我靠美顏穩住天下

4

著 望三山　繪 黑色豆腐

我靠美顏穩住天下

4

contents

我靠美顏穩住天下

4

contents

第一百二十四章

李昂奕拖著一條病腿，走到門前恭送著聖上離開。

顧元白走得遠了，腳步忽地一停，側頭朝後看去，李昂奕還站在原地，仍然在恭送著他。

遙遠的距離模糊了兩個人面上的神情，但李昂奕看上去卻好像右腿未曾斷過一般，背部微駝，與以往並無兩樣。

只要他不動，旁人就看不透。

顧元白回頭登上了馬車，田福生偶然一瞥之下，便見到聖上雙眼微眯，唇角微挑地轉著玉扳指的模樣。田福生連忙低頭，聖上分明已是動了殺意。

兩年之前，聖上處決盧風時，便是這樣的神情。

馬車緩緩動了起來，慢慢消失在街角之後。李昂奕還站在大門處，身後的侍從扶著他，低聲道：「殿下，為何不躲？」

「躲？」李昂奕笑了，他拍了拍自己的右腿，「斷了一條腿，保住了一條命。這買賣難道不值嗎？」

侍從：「這斷的可是一條腿啊。」

「但安了皇帝的心，」李昂奕瞇了眼，被攙扶著往臥房中走去，「我要是躲了，這條命就要徹底被大恒皇帝拿去了。」

大恒皇帝果然殺伐果決，他都已雙手奉上了自己的把柄，顧斂還是不信他。

§

顧元白的馬車到了工部的造船坊。

工部尚書和左右侍郎已等候在此，陪著聖上看著最近造出來的樓船、車船、海鶻等海上戰艦。

這一個個龐然大物出現在眼前，仰頭看去，詫異驚歎不止。

古代造船技術屬世界一流，這就是顧元白敢大張旗鼓禁毒並派遣水師前往沿海的底氣，大型戰艦不缺，中小型戰艦更是穩固，在車船兩側安裝的絞盤，轉動起便能恐怖地將敵船絞碎於深海。

與戰艦相匹配的武器都已裝備好，顧元白看了遍炮彈和弓箭的規格。每艘戰艦上都要準備火攻的戰具，油這個助燃物必不可少。

因著唐朝的水師強大在前，工部建造船隻的銀兩從來不少。顧元白掌權後，更是百萬兩、百萬兩地往其中投錢，以作造船物資之用。從前朝到現在，單說大恒可以拿出去作戰的戰艦，都要以千為計數。

大恒的船隻即便是中小型，一船也可乘兩百名左右的戰士，像是樓船這般傳統的大型戰艦，更是一船可乘五百名左右的士兵。

顧元白相信即便是現在突發戰爭，他即便不會贏，但也不會輸。

唯一的弱點便是大恒水師已荒廢許多年了。

武器再鋒利，若是執掌武器的人發揮不出其威力，如小兒拿刀與大人赤膊又有何異？

顧元白自然沒有忘記水師的訓練，但若是西夏背後之人早已準備了數十年之久，那麼他短短兩年督促出來的士兵怎麼能和人家打？這場戰鬥，大恒必須謹慎、必須小心。

從造船坊出來後，顧元白便懷著滿腔的熱血與戰意回了宮。他的神情銳利，步伐之間袍腳飛揚，薛遠看了他好幾眼，總有種小皇帝即將就要衝上戰場的感覺。

可聖上卻是快走了幾步，便覺得有些微微喘息了。

步子放緩下來，顧元白側頭問田福生：「姜女醫的叔祖，至今為止還未曾有過消息？」

薛遠跟在身後，聽到「姜女醫」這三個字後，便是眉頭微微一皺。他班師回朝之後特意去打聽了在傳聞之中與聖上伉儷情深的女子，宮侍口中所說的「女醫」，應當就是這位了。

田福生壓低聲音：「聖上，姜女醫的祖父與叔祖是在河北逃荒途中失散。咱們的人挨家挨戶地去查了，到現在還沒有什麼消息，但河北如此之大，偏僻地方如此之多，查得慢了些也不足為奇。」

「而且這逃荒的人啊，當年哪裡有口糧吃，就會往哪裡去，」田福生想了想，「指不定姜女醫的叔祖早已離開了河北，天下之大，只不過是周圍三省，咱們絕對能找到他這個人。」

「他們失散到如今也已四十年之久了，」顧元白歎了口氣，神態平和，「哪怕她的叔祖那時不過舞勺之年，現如今也有五十歲高齡了。」

當真還活著嗎？

這個機會實在太過渺茫，顧元白本就沒有抱多少希望。但只要這個世界上有治療他的方子，那必然不只一個人知道。他最想要的不是姜女醫的叔祖，而是她叔祖手中的醫書。

書，有時候比人要更來得好找。

顧元白忽而皺眉，若有所思：「前些時日好像也聽聞過河北一詞。」

「淨塵寺，河北名寺僧人，」薛遠突然開口道，「臣還記得清楚。那日雨落之前在院前攔住了他，這僧人口中說的話便帶有河北口音。」

是了，顧元白恍然大悟，他隨口一問：「那僧人看起來年歲幾何？」

「年齡尚輕，」薛遠道，「對答卻是沉穩。」

顧元白輕輕頷首，沒有再問。

待到午睡時，薛遠親自上前去伺候著聖上上床歇息，輕輕扯著聖上腰間綢帶，低聲問著：「聖上，這姜女醫又是何人？」

「利州人。」顧元白回道。

薛遠倏地抽掉腰帶，順滑鮮亮的外袍猶如花朵綻開一般四散，他起身彎著腰，脫去聖上肩膀處的衣裳，「聖上明明知道我想問的不是這個東西。」

手臂被抬起，外袍從袖口處被脫下。薛遠離得近，動作緩慢，顧元白的臉時不時從他胸膛處擦過。薛遠常年行軍，本是個毫不留意自身的人，但他身上的味道卻並不難聞，反而有種獨特的、好似常年月累積攢下來的兵戈碰撞味。

一聞便是風沙、大漠，與煙火沉沉。

顧元白有些出神，直到指尖被碰了一下，「她祖上學醫，醫書於我有用。」

薛遠神色一凝，「臣曉得了。」

內殿的宮侍都在埋頭做著自己的事，殿外的侍衛們背對於此站得筆直。薛遠低頭，恰好迎上顧元白抬起的臉，唇角相碰，又飛快相離。

這分明就是在偷情。

這樣不經意的相碰，反倒是激起了癢意。唇內少了個東西，只想要對方舔一舔，再輕輕地咬上一咬。回憶中的感覺太過舒服，舒服得顧元白都想要在此刻拉著薛遠的衣領，逼他低頭，再強行吻上去。但如果這麼做了，他豈不是就要徹底被薛遠纏上了？

顧元白說了不嫖薛遠，前幾次的親密可不算是他嫖的人。如今若是親了嫖了，那可當真是要負責了。

顧元白面色不變，不想負責，「下去吧。」

薛遠眸色暗斂，他摸了摸唇，胸腔又開始不老實，跳得如同幾頭瘋了似的狼匹在亂撞。站著不動，捨不得走。

顧元白低頭整理著衣擺，瞧著他還不走，挑眉抬頭。正想嘲笑他幾句，但這頭一抬，薛遠就猛地彎身在他唇上大力吮了一口，唇上一痛，薛遠已站起身大步離開。

「……」顧元白嘖了一聲，輕聲，「有病。」

他慢悠悠地上了床，正要閉眼入睡。外頭卻響起了幾分急促的腳步聲，伴隨著聽不清內容的低語，寢宮的門被驟然敲響。

叩門聲愈發急促不安。

顧元白心中升起不妙的預感，他倏地從床上撐起身，黑髮在身後垂下，四散而凌亂。

「怎麼？」他攥緊被褥。

外頭的侍衛聲音發緊，「聖上，宛太妃、宛太妃……」

顧元白呼吸一沉，整個人都已僵在了床上，他聽到自己問道：「宛太妃怎麼了？」

「宛太妃病重，生命垂危，」侍衛艱難地道，「行宮的護衛拿著腰牌，正在殿中等待。」

天地都好似靜了。

顧元白明明是坐在床上，卻好似是飄蕩在雲層之間，沒有一處實實在在的落腳點。好半晌，他才道：「朕不信。」

這定然又是哪個敵人在暗中搞的小把戲。行宮被顧元白的人保護得密不透風，御醫前些日子還曾來信，言明宛太妃近日裡難得有了些精神，怎麼可能就這麼生命垂危了呢？

顧元白笑了笑，「一個把戲，真當朕會踏進去兩次嗎？」

他想要下床去懲治那些膽敢通報假消息的侍衛，被子一揚，雙腳踩在地上時卻陡然無力，頭腦發暈。

顧元白猛地抓住了床架，床旁繫著的平安扣被尾指勾過，掉落在地，「啪嗒」一聲，碎得四分五裂。

門猛地被撞開，不過瞬息，顧元白便被薛遠抱了起來。顧元白失神地看著自己的尾指，他怎麼能這麼不小心，太不吉利了。

「帶我出去。」聲音低啞。

薛遠沉默地抱著顧元白走了出去，外頭跪地的人正是顧元白派去保護宛太妃的人。這些人忠心耿耿，顧元白很是信任他們，但在這時看到他們，年輕而瘦弱的帝王卻是眼睛一紅，面色凝結。

「聖上，」行宮的護衛們臉色憔悴，眼中血絲滿溢，「宛太妃她——」

「朕不信，」顧元白風輕雲淡地打斷他們，「騙了朕一次還不夠，還想要再騙朕第二次？來人，備馬，朕要快馬加鞭地趕往行宮。」

田福生撲通跪地，冒死進諫：「聖上，您身子受不住！」

顧元白道：「備馬。」

侍衛長帶著人也沉沉跪在了地上，著急，「還請聖上三思！」

他們自然攔不住顧元白，但顧元白看著跪了滿地的人，血色慢慢染紅了他的神情。

宛太妃病重，或許明日就會死，或許在他還未曾得到消息前就死了。只有快馬加鞭，才有可能趕過去見宛太妃最後一面，為什麼要攔著他？

因為他的身體嗎？因為這具沒有用的身體，所以連見宛太妃最後一面也無法辦到嗎?!

顧元白咬著牙，喉間漫上一股血腥氣味，他牙齒顫抖，一個字一個字地擠出，「薛遠，備馬，帶我去行宮。」

滿殿寂靜，無一人敢出聲。正當顧元白以為薛遠也不會出聲時，薛遠突然抱著顧元白轉身回到內殿，找出了披風和鞋襪，抱著聖上在眾人面前疾步走過，言簡意賅道：「現在走。」

顧元白抱著他脖頸的手緩緩收緊，肩背顫抖。

他沒看腳底下的路，只知道薛遠腳步邁得快極，不知道走了多久，已然走到了馬廄之中，高聲道：「紅雲！」

烈馬嘶吼幾聲，顧元白轉身便被薛遠抱到了紅雲背上，鞋襪被一雙溫熱乾燥的大掌穿好，厚厚的披風蓋在身上，薛遠翻身上馬，扯過韁繩一揚。

鬃毛飛舞，冷風傳來。六月明明已經春風和煦，但顧元白此時卻覺得分外地冷，冷得手指僵硬，無法彎起。

宮門褪去，繁華的街市褪去，京城的城牆褪去。

薛遠從身後伸出手，握住了顧元白僵硬的手指。

「我必須要去見她最後一面，」顧元白喃喃，「這面見不到，我就再也見不到她、她再也見不到我了。」

那時即便跑到天涯海角，即便高聲呼喚，再有權，再有錢，都換不來宛太妃的這一面。

這是小皇帝的母親，也是他的母親啊。

薛遠鏗鏘有力道：「見。」

第一百二十五章

從京西到河北行宮處，千里馬跑起來只需要兩日的時間。

但這樣的兩日，吃要在馬背上吃，睡也不能睡，日夜奔行，不能休息。

顧元白受不住。

但他做好了應對路上所有艱難險阻的準備，同薛遠說：「不要顧忌我。」

薛遠點頭，道：「我知道了。」

經過驛站時，薛遠帶上了清水和肉乾，買了一床厚被，將顧元白橫著放在馬匹之上，於是日夜兼程，馬不停蹄地往行宮而去。

因為沒有護衛，時間也很是緊迫。薛遠為了安全，抄了一條鮮為人知的近路。他轉圈似的在官路小道之中穿梭，提防著有可能的追蹤與危機。

夜晚，冷月高懸。

薛遠抱著顧元白的手臂收緊，顧元白枕著厚被靠在薛遠的胸膛上入了睡，眉目不安緊皺。

這時，薛遠便會短暫地鬆開紅雲的韁繩，快速地整理好顧元白身上蓋著的披風，然後低頭，用粗糲而乾燥的唇瓣在懷裡人的眉心處落下一吻，低聲：「好好睡。」

紅雲即便是匹千金難買的千里馬，也需要吃草、喝水、休息。薛遠將這些事留在了夜間，在顧元白睡著了之後，他便將顧元白抱在懷中下了馬，牽著紅雲讓牠好好地吃一頓飽飯，睡一會兒的短覺。

顧元白睡得不安，偶爾會掙扎著要從惡夢中醒來，薛遠便側過頭細細密密地吻著他，好聲好氣地壓低聲：「沒事沒事。」

顧元白在這種安撫中，挺過了一夜夜昏沉的夜晚。

紅雲夜間休息好，白日裡再精神奕奕地踏上前往行宮的旅程，顧元白抿著唇，他被照顧得很好，薛遠卻很疲憊，「你靠著我休息一會。」

薛遠笑了，靠在他脖頸之間深吸一口，「別動，讓我聞聞。」

這就是休息了。

寒風抑或塵土，飛揚之間踏馬而過，薛遠將行程緩至了三天，在第三日的早晨，千里馬奔騰到避暑行宮之前。

行宮的守衛們被突然到訪的聖上嚇了一跳。

顧元白裹著一路的風塵僕僕，在薛遠的攙扶下往宛太妃的住處趕去。一路所遇的宮人，要麼一臉驚愕，要麼滿目悲戚。

等終於到了宛太妃的門前時，那些被他派過來陪伴宛太妃的宗親孩子正圍聚在門外，不知是哪個孩子率先看到了他，驚喜高呼：「皇叔來了！」

顧元白的心一沉。

他忽而走不動路了，從這裡往房門裡望去，裡面只有一片深沉的黑暗。這些黑暗好似有了實體，重得宛若千斤，散發著哀切的意味。顧元白掐了一把手心，告訴自己，你得走。

他推著自己走進了門。

昏暗的房間之中，人數稀稀。臥房之中的床上躺著一個人，和親王妃坐在床側，正在拭著淚。

被子中的人伸出一隻仍然溫潤的手，氣息卻斷得接不上來，「元、白。」

顧元白的眼瞬息紅了，他上前握住宛太妃的手，「母妃，兒子在。」

「我兒，」宛太妃已經被宮人換上了一身漂亮繁複的衣裳，這身衣裳層層疊疊，繡圖如活了一般精巧，真是哪哪都細緻極了。襯得宛太妃溫柔的眼眸，都好似有了幾分回了精神的氣血，「你怎麼不聽母妃的話，你是趕了多久、多久來的？」

顧元白張張嘴，卻沒有聲音發出，他使勁兒咳了下嗓子，終於能說出話來了，「許多日。」

宛太妃嗔怪地看著他，手指在顧元白的手背上緩緩摩挲，「母妃要走了，不能再叮囑你了，元白，你一定要記得母妃說過的話……」

她說上一句話便要過上許久的時間，屋中不知是誰已經響起了抽泣之聲。顧元白卻覺得眼睛乾澀，只看著宛太妃鬢角幾根發白的髮，她眼旁幾絲笑起來的皺紋。

宛太妃還很年輕，但她的皮囊卻從內到外散發著沉沉的暮氣。這樣的暮氣肉眼可見，只寫了四個字——油盡燈枯。

「母妃到了黃泉，便能和先帝同姊姊說了，」宛太妃眼中紅了，淚珠順著臉側劃過，滴滴被軟枕吸去，「咱們元白，是個好皇帝，好兒子。」

顧元白握緊著她的手，咬著牙壓抑住喉嚨裡的哭意。

宛太妃說完了這幾句話，就有些累了，她轉頭看著顧元白，費力地抬手，擦去顧元白臉上的灰塵，「母妃下葬那日，你不准來。」

顧元白吐出一個字：「不。」

宛太妃想說說他，但是話到嘴邊，卻又咽了下去。她不說話了，眼中露出回憶的神色，母子兩人的手緊緊握著，過了不知道有多久，宛太妃的手突然失去了力氣。

顧元白抵著她的手，極緩極緩地眨著眼，「母妃。」

宛太妃沒有出聲。

顧元白張開嘴，大口大口地吸氣呼氣，呼吸聲都在顫抖。他從宛太妃的手上抬起頭，便見到宛太妃雙目緊閉，好似睡過去的面容。

手中一顫，宛太妃的手從顧元白的手指上滑落離開，重重捶打在床褥之上。

宛太妃薨了。

顧元白只覺得呼吸都要停了。耳邊的哭聲驟然響起，又好似隔了千山萬里般的那般遙遠，面前好像有人上前來勸，「聖上，放手吧。」

放什麼？

心口驟然疼痛了起來，顧元白滿頭大汗地捂著胸口，周圍的喊聲突然響亮，震耳欲聾地鑽到顧元白的耳朵裡。顧元白卻難受，呼吸粗重，眼前發黑。

薛遠道：「聖上！」

顧元白最後一眼便是他扭曲猙獰的緊張神色，那之後，黑暗襲來。

§

聖上暈倒了。

整個行宮之中的御醫聚在殿中一一把脈，每個人的神經都緊緊繃起，薛遠站在床尾，看著床上的人雙目血紅。

追著聖上的侍衛們終於到達行宮了，他們腳步匆匆地衝了進來，大批大批的人填滿了整個宮殿，讓人連喘息都覺得困難。

他們騎的是良馬，趕不上千里馬的速度，又走的是官道，即便是比薛遠還要疲憊的日夜趕路，但還是晚了有兩個時辰，就這兩個時辰內，聖上就暈倒了。

侍衛長看到薛遠就想要衝上去揚拳，但拳頭還未揚起，又挫敗落下。

薛遠帶聖上來見宛太妃最後一面是錯的嗎？

如果不來見宛太妃最後一面，如果聽到了宛太妃抱憾薨了的消息，聖上就不會這樣了嗎？

會這樣，甚至要比這樣更加難過。

侍衛長鼻音沉重，「薛大人，聖上暈了幾個時辰了？」

薛遠好像沒有魂了一樣，過了許久許久，他才從鈍疼的心臟中回過神，沙啞道：「一個半時辰。」

侍衛長又問：「御醫有說些什麼嗎？」

薛遠卻不見回答，侍衛長抬頭一看，薛大人正眼眸通紅，眨也不眨地在盯著聖上在看。

御醫們原本以為聖上至多只會昏迷一日，但卻沒有想到，直到兩日後聖上也沒有睜開眼。

御醫徹底慌亂，行宮之中不適合醫治聖上，禁軍出征，一路護著聖上回到了京城之中。太醫院的御醫們日夜不睡，琢磨著聖上為何昏迷不醒的緣由。田福生和監察處在與聖上的心腹大臣們商議之後，壓住了聖上昏迷不醒的情況，只以聖上養病為由來應付百官。

前朝和內廷也因此暫時安穩如平時。

和親王府。

王先生收到了消息，大喜！他派人刺殺顧斂時，卻沒料到薛遠為了抄近路而帶著顧元白走了另外一條道。千里馬奔騰，與王先生的人正好錯過。等回程時再想要潛伏，卻等來了黑甲禁軍。

刺殺顧斂雖然沒有成功，但也有了意外收穫，顧斂如今昏迷不醒，這不正是一個大大的好機會嗎？

宛太妃身邊的這顆棋子就是王先生手中最大的棋子，當真是不枉費大量的心血，終於是起到了作用。

王先生立即採取動作，決不能浪費這個天機。

不到幾日，民間便流傳起聖上病危，已命在旦夕的消息。

這謠言愈演愈烈，甚囂塵上。京兆府尹及時做出了反應，加強士兵巡邏，一旦發現此等不實謠言，立刻抓住扔進牢獄之中。

但事實擺在眼前，百官已經數日未曾見到皇上了，皇上養病，是養什麼樣的病？為何獨獨能見參知政事、樞密使和幾位尚書大人，卻不能見其他人？

宮中殿前伺候的宮侍話語中的含糊不清，田總管臉上逐漸加深的焦急和憔悴。恐慌還是漸起，百官之中、百姓之中人心惶惶，都想要知道聖上如今怎麼樣了。

聖上如今還在昏迷著。

已昏迷十幾日了。

人會因為什麼而陷入這麼長久的昏迷呢？

太醫院的御醫茫然，他們試過了各種的辦法，但還是手足無措，無計可施。

每一日都要比前一日更為焦灼而不安。不安的百官們也聚起來到了宣政殿前，高呼「萬歲」，請聖上見他們一面。

殿中的眾人面色凝重，彼此對視了一眼。

如今已無法再壓制住了。

又怎麼可能只是百官、京城百姓們惶惶不安呢？這些以聖上為中心的心腹大臣、監察處和東翎衛，宮女太監們，每一個都急得嘴上燎泡，都覺得風雨欲來。

他們也不安啊，他們更急，急得日日在殿前等著聖上醒來。聖上，您快點醒吧，您這座山要是再不醒，咱們就擔不住了。

當日，參知政事和樞密使出面，阻了百官們的面見。但第二日、第三日……終於，聖上昏迷不醒的消息終究還是無奈地被宣告了出去。

朝廷譁然。

而這一日，王先生衣冠楚楚，特意整理了數遍的袖口和衣冠，緩步走進了和親王的房中。

和親王正坐在桌後，書桌上攤開著一本不曾被動過的書。他的面色憔悴而昏沉，雙目無神。

「王爺，」王先生行了一禮，直言道，「聖上病重了，如今已是奄奄一息。」

和親王驟然起身，猛地回了神，他死死盯著王先生，「你說什麼?!」

王先生曾用西夏使者來試探過和親王，和親王雖易怒易躁，但在大事上卻分外理得清。他絕不會和王先生這個異國人來合作圖謀大恒的皇位，所以王先生根本就未曾打算做無用功。

他只是憂慮地道：「聖上已昏迷數日不醒，宮中御醫也毫無辦法。在下心想，若是醫不可治，那便是巫術了。若是有人用了巫蠱之術使聖上長眠不醒，這又怎麼能是御醫可治的？」

和親王慌張地從書桌後跑出來，緊緊攥著王先生的手，「先生有辦法？」

「在下雲遊四海時曾認識過一位精通巫蠱之術的好友，這位好友此時應當就在京城，」王先生歎了口氣，「只是王爺，我等被拘於府中，即便是我這好友肯相助，我們也到不了聖上的面前啊。」

和親王的呼吸粗重，他咬牙，「我來想辦法。」

第一百二十六章

皇宮被大恒皇帝防成了鐵桶一塊，王先生想要到皇帝的面前，這比登天還難。但此次時機實在難得，王先生已打算好就此一搏，若是此博輸了，王先生已準備好得體的衣袍，他坦然赴死。若是贏了，那便不負這數十年的隱忍蟄伏。

將進宮一事交予和親王後，王先生便開始聯合起了京城之中的某些官員。

大恒的皇帝愛民，光是一個反腐的政策就讓百姓們歡欣鼓舞。但對於被反的官員來說，這就有些不是滋味了。

皇帝在反腐之前先放出了消息，給了某些人自己吐出所貪污款項的時間。雖說顧元白已經給予這些人睜一隻眼閉一隻眼的優待了，但總有些高官，心中會分外地不舒服。

這些不舒服，便是王先生撬開他們的縫隙了。

王先生看人的這雙眼睛很少出錯過。這些人敢貪，那他們就敢化作自己的助力。以利相誘，以危相逼。皇帝讓你們暗中還了貪污的款項，你們又怎麼可以確保皇帝以後就不會對付你們？

這位皇帝陛下可和先帝完全不一樣。他可以潛伏三年拉下權臣盧風，你們又如何能保證，他不會花另外三年來拉下你們呢？

相比之下，趁此機會架空皇帝，來使另外一個稍好對付的和親王上位，這豈不是更好？

一番說辭下來，總會有人為此而動心。王先生打點好內外，而在這時，和親王也剛好得到了好消息。

他們可出府進宮了。

次日一早，和親王就帶著王先生同他的好友往皇宮而去。

和親王今日的神色冷峻，不發一言。王先生瞧著他的面色，小心翼翼問道：「王爺，您臉色怎的如此難看，莫非是身體不適？」

和親王搖了搖頭，「我只是在擔憂聖上。」

想到了他對皇帝的心思，王先生的面色不由淡了下來，他坐直，應了一聲之後便不再多問。

到了皇宮之後，宮侍上前領路，一路朝著聖上所在的寢宮走去。

王先生身邊跟著的好友乃是一個中年男子，這男子身材矮小，雙眼細長，相貌與衣著皆是普普通通。大恒的律法明令禁止巫蠱厭勝之術，即便這會兒懷疑聖上是被巫蠱之術給魘著了，也沒人敢大張旗鼓地招人入宮，來驅邪除晦。

一行人走到殿前，就瞧見聖上寢宮門前已聚集起了文武百官。這些百官要麼面色焦急，要麼神情沉沉，他們跟在高官身後，正是想要問清楚聖上如今情況，親眼看一看聖上為何會無故昏迷至今。

和親王帶著兩人在百官面前從側邊走進了宮殿，王先生忽地回頭，與百官之中的幾人隱晦地交換了一個視線。

寢宮之中，焚香沉沉。

宮殿之中三步一人，侍衛們全副武裝，將此處守衛得蚊子也飛不進來一隻。宮人同侍衛們的臉上神情嚴肅，氣氛壓抑得厲害，行走之間，竟除了自己的呼吸，聽不到其他的聲音。

王先生不敢亂看，規規矩矩地隨著和親王到了內室。宮中的太監大總管迎了上來，先給和親王行了禮：「王爺，這就是您帶來的兩個人了？」

和親王的聲音沉沉，「就是他們。」

王先生覺得和親王語氣不對，他正要抬頭朝和親王看去，又有侍衛上前搜了身。中年男子緊張地交出一卷放在布袋中的長針，「官爺，這些東西等會兒就要用。」

侍衛們將長針一一仔細探查過，點頭，「放於我等手中，你若要用，我等再交予你。」

中年男子不敢反駁，連聲道：「是。」

待搜查完他們之後，田福生便帶著他們前去內殿，語氣中的疲憊和焦躁掩蓋不住，「聖上已昏迷大半個月，太醫院的眾位御醫什麼辦法都用過了，可還是無可奈何。」

王先生將他的話默默聽在心中，也跟著歎了口氣，「正是因為如此，我等平民百姓也跟著擔憂。本來未曾想到巫蠱之術，但若是聖上連續數十日還昏迷不醒，這不是巫蠱之術又還能是什麼呢？小人也就大著膽子，不管對錯，去懇請王爺將小人這淺薄想法傳到宮中來了。」

田福生擦擦淚，壓低聲音道：「莫說是你們覺得不對了，我也覺得不對。可宮中規矩森嚴，有些話不能亂說，有些事不能亂做。即便咱們再著急，也不能去碰這些個東西。」

王先生故意遲疑道：「那小人……」

和親王在一旁肅顏斂容，他的目光直直看向前方，長久頹廢於污泥之中的將軍終於顯出了幾分征戰沙場時的堅毅神色，「我擔著。」

王先生啞然。

田福生道：「這是小的同和親王您一同允了的事，自然是小的和您一起擔著。」

王先生心中道，原來是他們私下裡做出的決定，那些大臣們想必還不知道。

這就更好了。

終於，他們步入了內殿，遠遠就見龍床上躺了一個瘦弱的人。王先生不敢多看，他身邊的中年男子倒是被田福生請了上去，看看聖上這模樣是否是被人魘著了的緣故。

中年男子正了正頭上的髮帶，又整了整袖口，才謹慎地來到了龍床邊上。

周圍的侍衛們緊盯著他不放，王先生也屏氣凝神。中年男子拱手道：「小人要看一看聖上的雙眼。」

薛遠站在一旁，滿臉的鬍子拉碴，他死死盯著這個人，眼睛不眨一下，沙啞道：「看吧。」

中年男子只以為他是個高官，不敢拖延，伸手就朝著聖上眼皮上摸去。他的兩指之間夾了枚銀光閃現的細針，這細針直對準頭上的死穴位置，一旦插入，大恒皇帝必死無疑。

他們的大業將成了！

§

殿外，百官對峙，劍拔弩張。

太尉王立青王大人撫了撫花白的鬍子，冷哼一聲，「趙大人，我說國不可一日無君。聖上如今昏迷不醒，自應該有人代其為之監國，使萬民心中安穩，這難道是錯的嗎?!」

樞密使趙大人面無表情，冷硬道：「敢問王大人心中所想監國之人為誰？」

百官靜默，唯獨豎起耳朵裡，不敢放過一句。

王太尉年齡已大，又高居二品，他本不應該出這個頭。但前些日子有人找上了他，同他說了一番似是而非的話，王太尉那時毫不留情地將人驅趕出了府，等人走後，心中卻不斷回想此人說的話。

王太尉不再年輕了，他既怕死，又怕晚節不保。當年聖上反貪腐，他正是因為自己的這「兩怕」，才慌張地將半輩子所貪污的錢財東貼西補地還了回去。

聖上放了他一馬，他心中慶幸。但被提醒後才知，他慶幸得早了。

以當今皇帝這個脾性，他真的會放過他們這些大蛀蟲嗎？

王太尉想了許多，甚至想到了先前二女婿被查貪污一事。他的二女婿正是前任的太府卿，被降職之後前來同他哭訴，那時王太尉還痛斥了他一頓，現在想想，王太尉只覺得渾身寒意升起，覺得這是聖上要對付他的苗頭了。

「那些雞蛋和其他宮中所需物品，我不過是沿著之前的帳本一一記過，怎麼聖上就非要查我呢？」二女婿辯解的說辭一遍遍在腦中迴響，「岳父，聖上就因為一個雞蛋就來查我啊！」

是啊，為什麼非要查他的女婿呢?這不就是要來對付他了嗎？

王太尉渾身一抖，一夜過去，他就咬咬牙答應上了王先生的船，要保命，要保住這一輩子的好名聲，那就必須要把顧斂拉下去！

在群臣面前，王太傅直言不諱，「聖上未有子嗣，但卻有一親兄弟，正是先帝的長子和親王。如今聖上重病不起，和親王不代為監國，誰又能來監國呢？」

不少人暗暗頷首贊同，王大人說得沒錯，國不可一日無君，如今在這風頭浪尖，和親王監國是最好的選擇。

若說要由聖上的心腹大臣們監國，沒有聖上的命令，他們名不正言不順，百官不服。但若是先帝的長子，如今聖上唯一的血脈和親王，那他們就沒有什麼異議了。

和親王同樣是威名在外，強過許許多多仗著祖上蔭庇的宗親子孫，他本身便具備可以監國的實力。

有人率先站出：「王大人說得有理，下官也覺得如此人心惶惶之刻，由和親王監國最是能安撫官民之心。」

此話一出，陸陸續續又站出來了幾個人贊同此舉。

樞密使和參知政事站在另一旁，與他們隱隱呈分裂之勢。

若是因為國事，那和親王監國自然是個明智之舉，畢竟和親王不是那等糊塗得不辨是非的人。但樞密使等幾位大臣，如何能不知道王立青此時的險惡用心？

他分明是想要趁此機會架空聖上罷了！

幾位老臣的臉色凝著，王太尉看著他們，忽而笑了起來，暗藏得意，「不知幾位大人可還要說什麼？」

「和親王此時被聖上禁在和親王府之中，」政事堂的參知政事上前一步，不卑不亢，「沒有聖上命令，和親王爺不能出府。」

「哦？」

對面一個臣子冷笑兩聲，指了指寢宮殿門，「那敢問參知政事大人，剛剛進入殿門的可是和親王？」

參知政事面不改色：「二者不可混為一談。」

太尉一職因為聖上重用樞密院和政事堂而不得不退於二線，王太尉手中的實權多已分到了樞密院之中，此時新仇舊恨一同沖上腦中，王太尉指著參知政事與樞密使便厲聲道：「我看你們是心有不軌之意！百姓與我等都焦慮不已，爾等卻只看到手中一己之利！你們分明是不願和親王監國，怕失了手中之權，趙大人，我說的是與不是？」

樞密使胸膛劇烈起伏，指著王太尉的手指顫抖：「你休要滿嘴胡言！」

「我是不是胡言，你們自己心中知曉，」王太尉冷眼相看，「你若是不同意和親王代為監國，那就拿出個緣由來！」

百官不由朝著樞密使等人看去。

然而樞密使等人臉色鐵青，卻說不出一言。

站在王太尉身邊的一個年輕官員快要壓抑不住笑意，眉梢都要染上喜色，「既然您幾位無話可說，那——」

「你想要什麼緣由？」皇帝低低的聲音從宮殿之中響起，「朕還沒死的這個緣由，夠不夠？」

王太尉與其周圍幾個帶頭官員臉色大變，驚愕朝著宮門看去。

皇帝被薛遠扶著，和親王跟在其身後，緩緩走出了殿門。

烈日的明光從聖上的鞋腳緩緩往上，打過聖上的衣袍，漫過聖上蒼白的鼻樑。聖上眼眸黝黑，居高臨下地看著站在最前方表情已經扭曲的王太尉，他抵拳輕咳幾聲，道：「王太尉，朕這一條，夠不夠好？」

第一百二十七章

顧元白在昏迷的時候做了一個夢。

那夢可以以假亂真，恍惚之間，顧元白覺得自己好像回到了現代。

他坐在直升機上，巨大的轟鳴聲就在耳旁。髮絲隨風飛舞，高空的風夾雜刺目的光，如雪如冰的冷意。

顧元白只看一眼，就知道這是在高空跳傘之前。

他就在這次的跳傘之中，穿過雲層的霎那，蘇醒在了小皇帝的身上。

駕駛員回頭，扯著嗓子喊：「快到了。」

風吹過臉上的風，和駕駛員扯著嗓子時臉上顫抖的肉，細節真實到不像是一個夢。如果不是夢，他是回來了？

顧元白抬起手摸著空中無形的風，黑色皮質指套包裹著手心，五指從手套之中穿出，修長有力，骨節分明。白，卻白得健康。

他蜷縮著手指，這是和小皇帝完全不一樣的手。

還會跳嗎？

顧元白低頭整理著身上的裝備，他是老手了，跳傘也不必由人帶。他移到艙門處，同記憶中的那樣比了一個「OK」，然後往前一步縱身躍出。

整個世界都平靜了。

山川、河流，層疊而美麗的地球在雲層之後展開在眼前，大腦中一片空白，在即將穿越雲層的時候，顧元白閉上了眼。

再次有意識時，眼睛上是一隻溫熱的手。

薛遠的聲音在一旁響起，有些低，有些啞，「還不醒嗎，顧斂？」

顧元白聽著他的聲音，感受這床榻的柔軟，心道，我回來了。

他動不了身體，於是緩緩地眨了眨眼。

長睫從薛遠的手心掃過，薛遠整個人一僵，他愣了好半晌，才急急忙忙地低頭，額頭隔著手掌與顧元白相貼，小心翼翼地道：「你醒了嗎？」

他緊張得聲音都在發抖。

顧元白又是極緩地眨了一下眼睛。

醒了。

§

聖上的臉色蒼白，咳嗽聲斷斷續續，他放下手，看著下方面帶驚恐的臣子，緩緩笑了，「怎麼，見到朕就不會說話了？」

王太尉和周圍幾個臣子臉色慘白，雙膝一軟便跪倒在地。

聖上低低叫了一聲，「王太尉。」

王太尉面上已有絕望之色，「臣在。」

「你還沒回朕，」聖上往前走了一步，髮上的玉冠終於步入了烈日之中，日光從他的身側穿過，在地上拉出一道沉色的輕輕晃動的長影，「朕沒死，這理由夠還是不夠？」

聖上一步步地走下臺階，一步步地走到王太尉的面前。他的步子像是索命的屠刀，文武百官們跪拜，退讓開出聖上腳下的這一條路。

這條路的盡頭就是王太尉和其同黨。

王太尉的大腦一片發白，他的雙腿發軟，脊背連挺直的力氣都已不再，心中不斷叫囂著後悔和恐懼，聖上昏迷了數十天，讓王太尉忘記了他的威嚴和可怖，等到聖上醒來後重新站在王太尉的面前時，王太尉的每一個毛孔都在嚎叫著害怕，他才想起這位皇帝陛下曾經做過的事。

顧元白，這可是曾經血洗齊王府、斬殺反叛軍的顧元白。

王太尉的手已不由自主地顫抖，他聽到了耳旁傳來了牙齒磕碰聲，側頭一看，原來是同盟的那幾個官員。

他們已經害怕到開始打起寒顫了。

顧元白終於走到了王太尉及其同黨的面前。

明黃色的龍靴上金龍凶猛，雙目冷酷。這龍映入了跪在地上的幾人眼中，他們的汗珠從額上滑落，滴落在游龍之前。

「聖上，」已經有人忍不住叩頭，一聲聲沉悶響起，「臣錯了！」

顧元白的臉上少了些氣血，身上的藥汁味兒濃重，他輕輕地咳了一聲，柔聲地問：「朕受不得你們的錯。」

沉重的腳步聲齊齊響起，外頭跑進來了一隊身披黑甲的禁軍。禁軍手執盾牌大刀，各個強壯高大，虎視眈眈地盯著滿地的文武官員看。

顧元白道：「拿下。」

禁軍衝上前，如猛虎般將王先生暗中聯繫的幾個黨羽精準抓捕壓下。顧元白看著那些不斷喊冤認錯的臣子們，眉目之間冷靜得毫無波動。

有冒死進諫的臣子嗓音發顫地道：「聖上，王大人幾人所提之舉也是為了朝廷穩固、百姓安心著想。」

「朕明白，」顧元白突然笑了，「田福生。」

田福生即刻捧著一卷聖旨快步走出，宣讀聖旨中這幾人所犯過的罪行。

聖上則在這一聲聲的宣讀中轉過了身，不徐不疾走向殿內。

百官們仰頭，看著聖上的背影，心中的不安和恐慌逐漸平靜。待田福生宣讀完，笑迷迷地說了一句「還請各位大人回衙門去吧」的話後，百官甚至未發出一句反駁，安心地與同僚三三兩兩，往各自的衙門處走去。

聖上一旦醒來，便猶如一座巍峨的山，只要這座山在這，就能震住百官，穩住天下百姓的心。

殿中，王先生及他的那位扶桑好友已被壓著跪在了大殿之中。

扶桑人的手指已斷了四根，鮮血直流灑落了滿地。兩隻惡狼被侍衛拽在一旁，獠牙涎水之間還有咬掉扶桑人手指時所沾染上的鮮血。

顧元白被薛遠一步步扶著，慢慢走到桌前坐下。

這場心神巨盪下的暈倒，再加上之前數十日吸食西夏國香的危害，已讓顧元白的身體虛弱非常。他靠在椅背之上，每說一句話，都得要歇上一歇，喘上幾口氣。

「扶桑人，」顧元白微微閉著眼，讓人拿過一支未曾點燃的香料，道，「扶桑的香料。」

王先生一直冷靜的視死如歸的面容，在此刻終於沉了一沉。

顧元白輕笑幾聲，將香料遞給薛遠，「拿去給他們看看。」

薛遠拿過香料上前，在王先生眼皮底下彈了一彈。

王先生盯著香料死死看了一會，隨即閉上眼睛，不發一言。

薛遠嘖了一身，站直身走到了一旁。

顧元白靜靜呼吸了幾次，才又接著道：「在朕暈過去的時候，西夏的二皇子已經帶著人跑回西夏去了。」

他緩緩地說著話，「朕派去西夏探查的人回信，西夏國有用的人才，要麼是被關在了地牢裡，要麼是閉門躲著災。」

「西夏吸食你們所製香料的人，都是西夏二皇子的政敵，和國家的毒瘤，攔路的勢豪，」顧元白又咳了好幾聲，才道，「他用著香料，暗中讓政敵迫害良臣，他再暗中相救，那些被關在地牢中的人才，良臣，都已歸順到了西夏二皇子的手中。」

顧元白悶悶地笑了起來，「手握兵權的將軍，也成為了他的追隨人。」

「他跟朕說得漂亮，說扶桑是加害人，西夏是受害一方，」顧元白笑意更深，指了指王先生和一旁疼得已經半暈厥過去的扶桑人，「可明明是他利用了你們扶桑。」

西夏二皇子用扶桑的香料徹底清洗了一遍西夏的上層，所以原著之中，他才會不計較孔奕林的出身從而重用他，因為他已經無人可用。

那些地牢中的人才，他收服的良臣，這些不夠，少之又少。

現在西夏二皇子覺得扶桑的香料用處已經沒有了，覺得扶桑開始燙手了，於是想要從大恒入手，挑起大恒與扶桑之間的戰鬥。

如此一來，西夏便可以鷸蚌相爭，漁翁得利。

大抵是因為顧元白的長久昏迷，西夏二皇子又在回國途中，所以防備變低，監察處探查出來的消息驚人，等顧元白一醒來，便送給了顧元白一個大禮。

王先生的呼吸，已經粗重了起來。

他今日已做好了赴死的準備，但聽到大恒皇帝說這些話時，他還是不甘，如果他可以將這些消息傳回國內，如果他可以將大恒皇帝蘇醒的消息傳回國內那該有多好！

但我為魚肉人為刀俎，王先生根本就無法做到想做的這些事。

顧元白好像知道他心中所想，淡淡一笑，雲淡風輕道：「我已派人朝你扶桑同黨傳遞了一個朕已身亡的消息。」

他站起了身，慢慢悠悠走到了薛遠的面前，抽出了薛遠腰間的那把大刀。

「大恒皇帝已死，扶桑會快快派水師往沿海處攻佔，」顧元白的嘴角勾起，配著蒼白的面色，猶如地獄的惡鬼，「朕會布好千軍萬馬，會準備好天羅地網，讓他們有來無回，葬身在我大恒國土之上！」

王先生脖子青筋暴起，猙獰大喝道：「顧斂，你這個暴君！我咒你終有一日死無全屍、萬劫不復！」

「朕先讓你們萬劫不復！」顧元白的胸口激烈起伏，狠意浮現，「我要讓你看看你的國家是怎麼在我手中顛覆，我要他們輸無可輸！讓他們以為自己是大恒的人，說的是大恒的話，我要你看看，你會怎麼成為你國家的罪人！」

他倏地抬起手，寒刀橫於王先生脖頸之上，「這是你害死宛太妃的代價。」

第一百二十八章

天子一怒，伏屍百萬。

王先生的心都一顫。

他看著顧元白的雙眼，那裡面的恨意和怒火滔天。大恒皇帝的怒火徹底被他激起，他要拿整個扶桑，以祭宛太妃在天之靈。

「你……」王先生握緊了雙手，壓下悔意，「是我害死了宛太妃，你要殺就殺了我。」

「殺了你怎麼能夠，」顧元白輕輕笑了，「你算個什麼東西？」

他的胸腔逐漸平靜，王先生卻愈發激動，他被顧元白所說的那些話駭到了，王先生不想要見到那樣的一日，他自欺欺人地朝架在脖頸的寒刀上撞去，期望就此死了，死了還能殘留扶桑不會因他而承受大恒皇帝怒火的希望。

但顧元白及時收回了刀。

聖上居高臨下看著他，「王先生現在不能死，你死了，就沒人能與朕共同慶賀沿海水師勝利一事了。」

侍衛上前，將王先生兩人拉下，王先生臉色漲得發紅，他用盡全身的力氣掙扎著想要朝顧元白撲去，「顧斂，你不得好死！」

侍衛堵住王先生的嘴，殿內終於安靜了下來。

顧元白抵拳咳了咳，把刀遞給薛遠。薛遠上前從他手中接過，再握著他的手將他帶到了座椅之上。

薛遠的一舉一動皆是小心翼翼，無他，只因為顧元白的手實在太過無力。白得血脈浮動都已一清二楚，像是稍稍用力，就會碎在手中一樣。

顧元白覺得自己好像給薛遠留下了幾分陰影。

乃至到了現在，薛遠時時刻刻都要看著他，寧願不吃不喝，也不想要顧元白離開他的雙眼。若是顧元白露出幾分身子不虞的神色，他便會露出一種……一種讓顧元白看了，都要呼吸一滯的表情來。

坐下後，顧元白歇息了半晌，才眼皮一撩，看向了和親王。

和親王嘴角抿得冷硬而筆直，手指垂落，默不作聲。

「和親王，」顧元白低低地道，「看看，這就是你府上的門客。」

從昏迷中醒過來之後，顧元白猛然想起那日在和親王的書房中聞到的香料味道。

和親王在明面上是先帝早年寄養在兄弟家的親子，是先帝的長子，若是外敵想要對顧元白出手，和親王確實是最好的接任者的苗子。

這正是顧元白不會給和親王兵權的原因。

顧元白想通之後，便派人密切監視和親王府，以和親王為中心向四方進行排查。王先生手段小心，但終究躲不過顧元白的眼睛。

他的一舉一動如在眼前，在和親王請旨入宮時，顧元白的人便暗中找上了和親王，給了他一個補過的機會。

終究，和親王在王先生的房中找到了一方秘藥，和王先生暗中聯合大恒官員的少許證據。

這些證據是王先生為了防止官員背叛而留下的把柄，到了最後，恰恰成為了顧元白給這些官員定罪的證明。

而秘藥，在宛太妃死之後，太妃身邊一個陪伴了她二十多年的宮人也在第二日自盡身亡，死狀如服用秘藥後的死狀無甚差別，顧元白還有什麼不明白的？

他的母妃，身體確實不好了，也確實活不久了。

但不應該是被如此陰私手段害死。

和親王嗓中乾啞，「臣請罪。」

「是該請罪，」顧元白緩緩地眨了下眼，「王太尉此番舉動一出，朕再怎麼著你，就襯得朕好像多小心眼似的。你雖然莽撞愚笨了些，但大事上至少還分得清。朕給你兩個選擇，要麼，你乖乖在和親王府圈禁至死；要麼，你去到北疆，做一個人人都不願意做的，永遠駐守在北地的護軍。」

顧元白幾近苛刻，「朕不會給你兵權，你要永遠屈居在總兵之下，在那裡生老病死，無朕的詔書，你不得入京。」

和親王嘴裡苦澀極了，憔悴而瘦削的臉上露出幾分疲憊，「臣想為聖上和大恒出最後一分力。」

顧元白抬手揮袖，「那你就先去把香給戒了。」

宮侍引著和親王出了殿門。殿中終於沒了其他人，顧元白坐在椅子上，半晌，才覺得自己應該找點事兒做。

他隨便抽出一本桌上擺著的奏摺，提筆沾墨，但奏摺上卻一個字也看不進去，手裡的筆一撇一捺也寫不出來。

宛太妃逝世的這件事，給顧元白帶來的打擊並非毀滅心神那般大，但也絕非小。

他早已做好了宛太妃逝世的準備，宛太妃至少比御醫口中所說的年限要多活了大半年。但等這一日真正來臨時，事了之後，還是覺得有些孤寂。

在知曉宛太妃是被人陷害之後，顧元白幾乎怒火攻心。查出源頭是和親王府上的門客之後，顧元白差點連和親王都要恨上了。

但恨意，是一種很費心神的東西。

顧元白很快就冷靜了下來。

理智時時佔了上風，但偶爾也會想起宛太妃，想起她已經逝去，偶爾也會陷入一片空茫的處境，會反覆責自己為何沒有更早發現不對。

若是發現了，宛太妃是否能多活一段時間？

薛遠突然道：「聖上？」

顧元白回神，佯裝無事地放下了筆：「朕有些沒有精神。」

薛遠沒有揭穿他：「多休息幾日，御醫說你不能太過勞累。」

顧元白輕輕「嗯」了一聲，索性將奏摺也合上，「宛太妃的棺柩何時能到京城？」

「宛太妃出了行宮後，便在路上遇上了一隊從京城回河北的僧人，」田福生小心道，「那隊僧人為宛太妃念了三日的經，也跟著一路又往京城前來，按照腳程，應當明後兩日就該到了。」

顧元白點了點頭，疲倦地道：「僧人善心，宛太妃生前也同先帝一般喜歡燒香禮佛，這隊僧人與太妃有緣。待到了之後，你等將他們好好安置一番，太妃入靈宮那日，請他們同成寶寺的僧人一同誦經。」

田福生道：「小的記住了。」

顧元白還有好多好多的事沒做，他拿起筆的時候大腦空白，放下筆之後卻覺得不妥，「研墨，朕給西夏皇帝去一封信。」

薛遠皺眉，「聖上要寫什麼樣的信？」

孔奕林正巧通稟入宮，進來後剛好也聽到了聖上的話，好奇道：「臣也有此一問。」

「西夏二皇子送給朕這麼一份大禮，朕怎麼也得禮尚往來，」顧元白揚了揚下巴，「既然你來了，那便由你來寫吧。」

孔奕林拱手應是，田福生派人給他搬來椅子和案牘，筆墨紙硯俱全，孔奕林拿筆，問道：「聖上，臣該如何寫？」

「誇他，」顧元白扯起唇，「往死裡去誇李昂奕，再將西夏所賠之物加上三成地去誇讚。務必要讓西夏的皇帝認為若是李昂奕登不上皇位，朕就會對其不滿。」

孔奕林腦筋轉得快極，沒忍住笑了起來，「臣知曉了。」

他沾了沾墨，沉思一會，便筆下飛舞，行雲流水地寫了起來。

顧元白看著他動作，歎了一口氣道：「孔卿，你與米大人的姻親，怕是要晚上三個月了。」

「臣不急，」孔奕林手上不停，隨口道，「米大人也不急。」

宛太妃薨了的訃告一旦發出，凡誥命者皆要入朝隨班守制一個月，凡有爵之家，一年之內不得筵宴音樂，停嫁娶官一百日。

孔奕林與米大人家的女兒結親一事也必然要停下，不只是他們，庶民之家同樣三月之內不可娶嫁。

顧元白精神有些疲乏，他起身道：「你且寫著，朕去休息一番。」

孔奕林應了一聲，恭送聖上離開。

寢宮之中，顧元白坐在床邊。宮侍都退了出去，獨留薛遠在內。

薛遠正脫著聖上的鞋襪。

顧元白從上往下地看他，細細看著他的容顏。

醒過來至今，顧元白還未曾有空閒去這般仔細地瞧他。

薛遠以往狼狽的時候，都怕顧元白看他。可他這幾日狼狽雖狼狽，卻緊盯著顧元白不放，連給自己刮鬍子的時間都覺得是浪費。

鬍子拉碴，唇上乾燥得起皮，顧元白忽地伸出手，掰開薛遠的嘴唇一看，果不其然，裡頭撩了幾個快要爛了的火泡。

薛遠手上動作停了，抬頭看著顧元白。

顧元白捏了把他的臉，道：「你昨日夢中驚醒了兩次。每次醒來都要跑到朕的身邊抱一抱朕，捏一捏我的手，這就罷了，你還非要在耳邊低聲叫我好幾遍，直到我迷迷糊糊地應了幾聲，你才肯滿足離開。」

這便是顧元白覺得自己把薛遠嚇出陰影的最大緣由了。

顧元白本以為自己才是睡得不安穩的那一個，但身子不爭氣，他心中再壓抑再難受，一天還是得睡五六個時辰以上，愈不舒服睡得時間愈是長。反倒是薛遠，他才是那個不斷在夜中驚醒的人。

只要不看到顧元白，或是顧元白長久沒發出聲音，薛遠便會升起恐慌，會不由自主地想顧元白是否還活著。

死一個人是多麼乾脆的事，但在顧元白的身上，這徹底成了折磨人的事情。

薛遠想堵顧元白的黃泉路，但怎麼堵？如果顧元白是在他夜晚入睡時死去的，這該怎麼辦？身體記住了這種深入骨髓的不安，一旦一兩個時辰沒有看到顧元白，薛遠的本能就會催使他醒來，然後去小心翼翼地探一探顧元白的鼻息。

聖上只以為薛遠一夜會驚醒兩次，其實不然，薛遠一夜會醒來睡去數次。他看著顧元白，去看他胸膛的起伏，脈搏的跳動，有時候小皇帝的呼吸太淺，他太過害怕，才忍不住低聲叫起顧元白，聽他低低軟軟地應上一聲。

這是一夜之中唯一心安的兩次。

薛遠沒說這些，他攥住了顧元白的手指，喉結滾動了幾下，才低聲道：「對不起。」

「對不起什麼？」顧元白的指尖動了幾下，心中暗歎一口氣，「別脫朕的靴子了，拿個小刀來，朕給你淨面。」

薛遠出了內殿，回來時端來了一盆熱水和巾帕，手中還拿著一個玲瓏精緻小刀。

顧元白讓他坐下，拿著巾帕擦過他的下巴，順著他的下頜線一點點地刮去胡茬。

「別說話，」聖上神色認真，眉頭蹙起，細白冰涼的手指在薛遠臉上點來點去，宛若在幹著什麼大事，「要是削掉了你的一塊肉，這可不能怪朕。」

薛遠聞言，頓時緊繃起了身體。

他可全靠著以色侍君了。

顧元白瞧他這樣，樂了。手中動作緩慢，內殿靜了一會兒，聖上低緩道：「薛遠，我得謝謝你，讓我見到了宛太妃的最後一面。」

薛遠心頭火熱了起來，他忍不住想要咧嘴笑開，這一笑，又「嘶」了一聲，下巴上滴出了一個血珠。

顧元白一驚，給他擦過血珠，黑著臉道：「我讓你別動了！」

「白爺，我也不想動，」薛遠壓低了聲音，他使勁兒往下壓著唇角，但就是壓不下去，「只是忍不住笑。」

顧元白涼涼道：「再忍不住，等鬍子沒了的時候，你這一張俊臉也要毀在朕的手底下了。」

薛遠笑意一僵，斂容，等過了片刻，又虛假地自謙道：「聖上謬贊，臣這一張臉擔不起俊字，京城之中最俊的臉當屬褚衛褚大人。」

「確實，」顧元白漫不經心，走到了薛遠的左側，彎腰，「褚卿的臉是當真俊美。」

薛遠唇角一抿，彎成不悅的弧度。

顧元白仔仔細細地將薛遠臉上的胡茬給淨了，薛將軍瞧起來又變得瀟灑英俊了起來。顧元白放下刀，濕了巾帕擦過他臉上的碎渣，緩緩道：「薛九遙，你為何老是提褚衛。」

薛遠老老實實道：「臣長得沒有他俊，臣擔心聖上喜歡他。」

顧元白眨了眨眼，半晌，「荒謬。」

一點兒也不荒謬，褚衛明明就對聖上心懷不軌。

但這話，薛遠卻是不能說。他將淨面的東西拿出去遞給了宮侍，進來後又將聖上重新穿上的鞋襪褪去，顧元白躺在了床上，對著牆面蓋上了被子。

薛遠在身後給他整理著被褥，悉悉索索之聲斷斷續續。這個時節，炕床之內的碳火早就滅了，顧元白只覺得被褥之中冰冰涼涼，他半耷拉著眼皮，「薛遠，上來。」

這句話一出，不過瞬息，薛遠已經抽去腰帶脫去了衣袍上了龍床，暖意從身後貼了上來。一雙手試探地在腰間碰了碰，隨後大膽地將顧元白摟到了自己懷中。

顧元白喟歎一聲，舒適地往後一躺，將自己徹底交給了薛遠，舒舒服服地閉上了眼睛。

他病了一場之後，身子比先前還要畏冷，六月底的天氣了，還要薛遠和他一起蓋著厚被，不禁喃喃，「連累你了。」

「不連累，」薛遠不由探頭吻著他的後頸，只一下就忍住，硬生生地遠離，「這要是連累的話，聖上，我求求你連累我一輩子。」

顧元白悶聲笑了起來，發著顫。

因著在孝期，誰都是規規矩矩，不越線半分。顧元白笑了一會兒道：「那朕這一輩子可能有點短。」

薛遠眉眼一壓，陰翳隱約浮起，神情猙獰乍現。

「薛將軍還是別說這種話了，」顧元白背對這薛遠，沒有看到他的表情，「朕以往跟你說過一次，點到即止。朕不是在害你，薛九遙，你可知宛太妃這幾年為何故意減少與我見面？」

他說著，又想起了宛太妃過年時給他寫的那封信，信中每一句話當時看著只覺普普通通，現在想來卻能逼紅人的眼睛，「天愈冷，我兒莫要忘了加衣」，「今日聽到小童說了一句頑皮話，母妃寫在其後，我兒可看得開懷？」……

顧元白眼睛紅了起來，他握著拳，深呼吸了幾口氣，才緩和了激動，「宛太妃之死與我都如此，我先前跟你說的那番話，你當我說得玩的嗎？」

「那聖上是當臣隨口應付過去的？」薛遠脖頸上的青筋暴起，他從牙縫中蹦出話來，「我說的那些話，您這麼輕易就給忘了?!」

顧元白倏地回頭看他。

薛遠臉上的猙獰還未退去，顧元白都好似能聽到他的咬牙之聲，聲聲狠戾，好像要把他吞吃入腹一般，「聖上，說話啊。」

顧元白，「我只是在告知你最後一遍，免得你以後悲痛欲絕。」

他稍稍往後退開，審視地看著薛遠。薛遠人高馬大，劍眉入鬢，五官暗含鋒利，裝得起斯文，似笑非笑時更是匪氣濃重，這已然有了讓人傾心的資本。更何況薛遠不只如此，身材絕了，前途敞亮，這樣的人要想找個陪他一輩子的知心人，怎麼能找不到？

薛遠的神情微微緩和，但還是嚇人的厲害，他將顧元白的腦袋按在胸膛之上，凶神惡煞道：「睡覺。」

顧元白心道，行吧，睡覺。

他眼睛剛閉上，薛遠又在頭頂悶聲問：「顧元白，你就當真沒有喜歡我嗎？」

顧元白脫口而出：「我想睡你。」但不想負責。

這句話一出，他的臉色驟變。

薛遠一驚，隨後眼角眉梢就漫上了忍也忍不住的笑意，他喉嚨裡的笑聲沉沉，胸膛顫個不停，嘴角咧得老高。最後還佯裝正兒八經地拍了拍顧元白的後背，當做什麼都沒聽到一般，「睡覺睡覺。」

顧元白臉色難看地睡著了。

睡著之前，他好像還聽到了薛遠憋笑發出的怪聲。

薛遠握拳重重捶著被子，興奮地想要下去狠狠跑上幾圈練上幾刀。

心跳愈來愈快，渾身都激動得發抖。顧元白想睡他，他竟然想睡他？他當真以色侍了君了！

他眼睛發亮，牢牢地抱住顧元白，強忍著激動等著聖上醒來。過了一會兒，激動壓下，恐慌又冒了出頭，薛遠小心翼翼地又去探了探聖上的鼻息，呼吸淺淺，沒事。

薛遠大口地喘息了一下，抵著顧元白的頭頂，也閉上了眼。

第一百二十九章

午睡醒來之後，顧元白拿到了孔奕林代寫的信。

顧元白看完之後，分外滿意，他再潤筆一二，便蓋上了他的章子，讓人快馬加鞭往西夏送去。

西夏二皇子敢設局利用顧元白，顧元白也打算回報一二，如今西夏老皇帝還未死，他便讓李昂奕這登基之路變得更加曲折艱難一些，算是他的誠意了。

等李昂奕忙完國內的一地混亂之後，扶桑和大恒的沿海開戰也已開始。李昂奕自比漁人，鷸蚌相爭之際，他定不會放過這個趁火打劫的機會。

只看最後是漁人得利，還是黃雀在後吧。

顧元白齒間一動，咬了一口唇肉。刺痛一閃而過，眼中更加清明。

他會給李昂奕足夠的時間讓他將皇位坐穩，讓他將軍權握在手裡。等李昂奕讓西夏煥然一新之後，他再接手這嶄新的土地。

李昂奕，是你會輸，還是朕會贏呢？

§

七月的第一日，高柳微動，碧玉般的晴空蒙上了雨霧，小荷輕顫，遊魚藏匿，京城從前日夜裡便落起了濛濛煙雨。

在微微細雨之間，宛太妃的棺柩被抬到了京城。

顧元白穿著一身白袍，頭戴冠冕，身紋十二章紋。腰纏革帶，佩綬在身，繁重的帝王衣袍一絲不苟，他久違地穿上了這樣的一身衣服，卻是為了迎來宛太妃的棺柩。

宛太妃死後，帝王的所有衣服都換成了淺色。

淺服在身，一點點地吸去雨水。煙雨從臉側緩緩凝成珠子，顧元白輕輕一動，眼前的冕旒便晃亂了他的視線。

若是有雨，便少不得風。

模糊的視線之中，棺柩在雨中緩緩而來。

棺柩有白頂相護，未曾落下分毫的細雨，待到護著棺柩的人站定時，顧元白上前一步，在輕微的風、輕微的雨中，抬起愈發沉重的衣袍。

衣衫打落了將落的水，顧元白雙手相蓋，舉至身前，再緩緩落下。

脊背彎曲，朝著棺柩深深一拜。

唇上應當也沾染了雨水，乃至於說話時便嘗到了一股舌尖發苦的味道。

顧元白髮上水露沉沉，眼睫被雨水壓得快要看不清宛太妃的棺柩。

初冬的梅花糕最是香甜，樹下的陰涼最為喜人。

這些個回憶，也同棺柩一同壓在了心頭。揪著不放，夏日將來，冬日還在眼前，顧元白唇微張，他又嘗到了一嘴的細雨綿綿，苦味變成了鹹味，雨水不作美。

大恒的皇帝對著宛太妃的棺柩彎了好久的腰，而後低低，「太妃安息。」

身後的百官同樣舉起手，同聖上一同彎腰而拜。

宛太妃的喪禮規制已是規格內的最高，而宛太妃的碑文，則是由顧元白親自撰寫。這是顧元白第一次寫這樣的文章，大概是情到深處，他一揮而就。碑文出來後，看過之人無一不雙目一濕，熱淚盈眶。

「我與母久不見，亭下尋，其諄諄，頗言語，吾視旁之樹神。樹上有雛鳥，母與我共視，則喟然歎曰：待雛長，豈有不離母者？我朝之視，乃母鬢有白髮數根。前日，余又尋樹，樹之老鳥已複，惟長也茫然失措之於周旋雛，想其亦與我同。」

田福生看到這，更是涕淚不成聲。

宛太妃下葬之後，罷朝三日。

整整三日，顧元白把自己關在了書房之中。每日直到天色將黑，他才從書房中走了出來。

他的神色看起來還好，只眼角微紅，猶如桃花披雨，似有似無的悲戚。

周圍的人只當做不知，田福生伺候著聖上用了晚膳，瞧見聖上胃口不大好，便道：「護送宛太妃棺柩而來的僧人，小的前去問過了，是河北名寺金禪寺的僧人。他們自發而來，今日還同小的請辭，當真是什麼都不要，一個比一個的心善。」

顧元白歎了一口氣，「你曾跟朕說過，他們從京城返回河北，又從河北跟著太妃回來京城。他們與太妃有緣，臨走之前，帶來同朕說說話。」

田福生應道：「小的記下了。」

又一句日過去。

夜晚，顧元白猛地從惡夢中驚醒，他大口地喘著粗氣，捏著被褥的指頭發白，不自然地痙攣。

睡在床下的薛遠瞬息睜開了眼睛，翻身就跑去桌旁倒了杯水，遞到顧元白的唇前。幾口水下肚，顧元白攥著他的手腕，無措仰頭道：「薛遠，我夢見——」

話語戛然而止。

薛遠坦蕩地看著他，上半身就裸在顧元白的眼前，刀疤隱約，徒增匪氣，在暗光之下忽明忽暗。

顧元白鬆了他的手，低頭看著茶杯，盯著裡頭晃晃悠悠的水光，先前的惡夢都變得零碎，他狀似無意地抬起手揉揉鼻樑，道：「怎麼不穿衣服？」

薛遠勾起唇，似真似假一笑：「天有點熱。」

自從顧元白脫口而出之後，薛遠就變得有些不對勁起來。

要是細究，就是頗具風騷。

顧元白聞言，從手指縫中偏頭看他，薛遠的這一身皮肉當真是絕了，該有的地方有，匆匆一瞥之下，都還……不錯。

緊實有力，刀劍生死之中用血水和戰場鍛煉出來的生機勃勃。

顧元白深呼出口氣，將手裡的水杯遞給了薛遠，「再熱，你也得講規矩。」

薛遠接過水杯，手指與聖上手指不經意相碰。聖上眼皮一跳，宛若受了驚一般地猛地退後，茶杯從兩人指尖驟然掉落，摔到了綢緞被子之上，瞬息染濕了一片布料。

茶杯從順滑的綢緞上滑下，輕輕在柔軟褥子之上彈了一彈。

薛遠一頓，低著頭看著終於靜止不動的茶杯，再抬頭時，盯著顧元白的眼神已經變了。

顧元白面色平靜，看了那片濕意一眼，鎮定無比地道：「拿床新被子來。」

薛遠沉沉應了一聲，站著不動。

黑夜裡，站在床邊的他有些嚇人。且他身上光了一半，無論他會不會對顧元白做些什麼，只單看他身上那些起起伏伏的線條，就有些讓人心裡發怵了。

顧元白說想睡他，但真看到他時又頭疼。想法是一件事，做與不做是一件事，拿命去搏一搏想法，這還是不值當。

顧元白心裡頭還殘餘著被惡夢驚醒的後怕，「別杵在朕的床邊。」

薛遠膝蓋往床上一壓，手臂往前一壓，顧元白不自覺往後一退，靠在了牆面之上。察覺到自己做了什麼之後，顧元白面色一黑，他在躲什麼，在躲薛遠？

不就是光了個上半身嗎，顧元白，你躲他幹什麼？難不成你還怕他麼？

語氣轉瞬硬了起來，「薛九遙，你想要做什麼？」

聖上縮在牆角處，語氣卻強勢極了。

夜燈昏暗，薛遠的眼睛逐漸適應了這樣的亮度，他看得清清楚楚，聖上的眉間蹙著，唇角往下壓著，髮絲淩亂，跟個逞強的小可憐似的。

甚至眼角處，還有著這段時間以來的紅意，眼皮都腫了。

顧元白每日一點一滴的變化能逃不過薛遠的眼睛，他清楚地知道這一雙眼睛在這幾日以來藏起來隱忍地哭了多少次，小皇帝是男兒有淚不輕彈，他也不想要旁人見到他的狼狽，於是薛遠便只能當做不知。

只是看他傷心，還是難受。

他俯身向前，靠近顧元白。

屬於兵戈、大漠的氣息包圍。

胸腔之內的心跳得比平日裡稍顯快了些，跳得顧元白心煩，他伸手推著薛遠的胸膛，絕不肯在孝期幹任何一點兒不純潔的事，「滾。」

然而手碰上去，就是毫無衣物阻隔的觸感。

顧元白一僵。

僵住的一瞬，薛遠已然到了面前，卻只是輕輕俯身，在聖上發熱的眼皮上心疼地落下一吻，移到耳旁說：「臣這就去給您拿床被子來，很快，您等等臣。」

話音剛落，他便乾淨俐落地起身，從床上退下，抱著濕了一片的綢緞被子離開。

顧元白靠在牆角處半晌，才抬起手摸了摸自己的眼。

良久，他覺得耳垂發癢，上手揉了一揉，才不知從何時開始，耳垂竟然熱到發燙。

他也未曾感覺到熱意啊？

顧元白皺眉，又碰了碰臉龐。

他若有所思。

一場惡夢而已，竟然讓他都失去判斷冷熱的能力了。顧元白躺在了床上，不遠處櫃門打開又合上的聲音清晰入耳，他側過頭一看，黑暗中逐漸走過來一個身影，抱著床褥，走到床旁夜燈處，人影緩緩清晰。

「我不需要如此厚的被褥，」顧元白實話實說，「朕現在倒覺得有些熱。」

熱？薛遠神色驟然一變，他將被褥扔在一旁，上去便摸了摸顧元白的額頭，還好，沒什麼嚇人的炙熱感。

但他還是不放心，正要沉著臉走出內殿叫人，卻被顧元白拉住了手腕，「你要去做什麼？」

薛遠語氣裡帶出了一分焦躁，「我去叫御醫。」

「不必，」顧元白命令道，「朕的身體朕自己曉得，薛遠，朕現在讓你躺下睡覺。」

薛遠默不作聲地站了一會，五指捏到咯咯作響，半晌，他轉過身，三五遍地試下顧元白額頂的溫度，才勉為其難地坐在自己的床鋪之上，坐姿端正地盯著顧元白看。

顧元白被他看得心煩氣躁，耳垂更是發癢，最後倏地起身，掐住薛遠的下巴，惡狠狠地道：「別看朕了。」

薛遠表情一滯，他眼中複雜，又露出了那一種讓顧元白看了就覺得壓著一口氣的表情來。好像是被拋棄、被要掉了半條命一樣。

顧元白唇角拉直，他手中用力，在薛遠的下巴上留下一個紅印，最後收手，直挺挺地躺在床上，「你愛看就看吧。」

第一百三十章

薛遠不應該露出這樣的神情。

無論是殘忍還是囂張，斯文還是狠辣，薛遠都不應該有這樣的神情。

可憐、心酸，像是快死了一樣，看得人呼吸一滯，重話都說不出來。

顧元白閉著眼，在心煩意亂之間，睡了一個不安穩的覺。

第二日，他接見了來自金禪寺的河北僧人。

薛遠在其中見到了曾在聖上院落之前三顧而不入的僧人，他稍稍一指，聖上便抬眸看去，將那年輕僧人看得渾身一僵，緊張得不敢動彈。

聖上微微一笑，「莫要拘謹，上前來說話。」

年輕僧人咽了咽口水，上前喚了聲佛號，行禮道：「小僧慧禮，拜見聖上。」

「無需多禮，」顧元白笑得很溫和，和僧人心目之中滅佛滅得說一不二的威嚴皇帝完全不是一個模樣，「你瞧起來年紀不大，可有雙十年紀？」

僧人一板一眼道：「小僧已有二十一。」

顧元白笑了幾聲，隨口問了一句，「你在淨塵寺時，曾徘徊在朕的院落之前三顧而不入，是認錯了誰？」

「小僧也是這會才知道那處的香客是您，」慧禮躊躇道，「還請聖上勿怪，小僧那時無狀了。小僧倒也不是認錯了誰，只是……只是小僧聽到幾位女施主口中說了一個名字，那名字好似與我師父少時家人名字相同，小僧一時猶豫，才在您院落之前三顧不入。」

顧元白端起茶杯輕抿了一口溫茶，「巧了。是誰的名字？」

「姜八角，」慧禮忐忑地笑了笑，「我師父未剃度前的俗家姓氏便是姓姜，師父少時還有一兄，師父的兄長曾經對他說過，若是以後生了女兒，孩子便以八角、兒茶為名。」

顧元白端著茶的手倏地一抖，猛地抬頭朝著僧人看去。只聽一旁「嘭」的一聲巨響，田福生手中的茶壺乍然摔落，茶水濺了一地，老太監目露驚愕，嘴唇翕張，顫抖不已。

§

東翎衛在傍午時駕馬從皇宮而出，出了京城後便奮力揚鞭，馬蹄揚起濕泥，急速往河北而去。

這是救治聖上的最大希望了，絕對不能出現任何一點問題。皇宮之中，金禪寺的僧人茫然無措地被田福生安置在宮內，眾人圍聚在慧禮身旁：「慧禮，你師父是怎麼回事？」

「聖上為何對我們如此優待？」

年齡相仿的年輕僧人們一句接著一句，慧禮撓了撓頭，老老實實地搖了搖頭，「我也不知。」

金禪寺的僧人們不知，但知曉緣由的人卻已經開始激動了起來。

田福生為聖上奉茶的手都在顫抖，顧元白看他這樣，不禁笑了，逗趣道：「你這般心神激蕩，若那僧人不是姜女醫的叔祖，亦或是他早已失了醫書不通醫術，你豈不是要白白高興一場了？」

田福生呼吸一滯，「聖上，您可別拿這種事打趣小的！」

顧元白失笑地搖了搖頭。

他初聽聞時也是驚喜，但很快，顧元白就將驚喜壓了下去。他開始去想最壞的結果，去做好最不好的準備，只有這樣，當現實真正走向不美好的發展時，顧元白還能保持著自己的風度。

金禪寺在河北省內深處，比避暑行宮要遠得多，一來一回也需要半個月的時間。

在這半個月內，強制和親王戒香的侍衛也曾來報，和親王的戒斷反應很是強烈，但和親王都已咬著牙一一堅持了下來，以他如今的意志來說，一年左右應當便可徹底戒斷。

顧元白沉默了良久，道：「戒香成功之前，就不要拿他的事來同我說了。」

侍衛應了聲是。

顧元白的全副心神除了政務之外，其餘都放在了河北金禪寺中，連薛遠在他面前坦胸露腿也不能喚回他的片刻心神。

薛遠憋得臉色難看，心道，這他娘的就是想睡我？

除了聖上，姜女醫也得了消息，每日都殷切盼望著金禪寺中的僧人便是自己的叔祖，更期盼叔祖手中有辦法可救聖上一命。

宮中金禪寺的僧人，也有寺中長老帶隊。這幾位老者比年輕僧人知曉的要多得多，田福生親自來向他們打探多次，愈是打探，便愈是心中肯定，覺得姜女醫的叔祖一定是去金禪寺當了和尚！

怪不得他們怎麼也沒有在河北找到人！

逃荒之時，餓殍遍地。金禪寺那時便放僧人出門，用寺廟之中的口糧能救一個人便救一個人。金禪寺寺廟小，依山而建，地處偏僻，正因為如此才能保留些許糧食。待荒亂結束，金禪寺也因此而成為河北名寺，人人對其敬佩非常。

寺中長老同田福生說，慧禮的師父空性，便是在那時以災民之身孤身入寺的。

原來滿心冰涼，冷風都可在心中呼嘯，現在有了確切的消息，田福生還沒見到人，就已激動地在夜中攥著衣角偷偷哭過了好幾回，滿心都是歡喜。

等偶爾早上起床一看，呦，對面張大人的眼睛也是通紅的。

在這種焦急的等待之中，終於，前往金禪寺的東翎衛帶著一中年僧人與幾包袱的醫書，風塵僕僕地回京了。

事到臨頭，顧元白反倒不急了。

他只是一笑，輕描淡寫地道：「奔襲數日怎麼能在這時強行讓人帶他來為朕把脈？東翎衛辛苦，那僧人也辛苦，回去休息兩日，待緩過來後再進宮來見朕吧。」

「哎呦，聖上，」田福生急死了，「您先讓人瞧瞧吧？」

當真是皇帝不急太監急，顧元白瞥了他一眼，「不瞧，兩日後再說。」

任誰急，顧元白也不急這一日兩日的功夫。他好好地吃了晚膳，睡了一個好覺，待到第二日一早，出乎顧元白的意料，被東翎衛帶著長途奔襲的僧人空性，主動來求旨面聖了。

顧元白眉頭一挑，悠悠道：「請！」

過了片刻，一位身材清瘦面容堅毅的中年僧人便走了進來，伏地行禮道：「小僧空性，見過聖上。」

聖上坐在桌後，聲音清朗，「起。」

空性起身，拱手垂頭，他身穿袈裟法衣，雖是一個小小僧人，但氣質卻非常人，當真有了幾分世外高僧的風範。

「小僧已知曉聖上找來小僧的緣由，」空性坦然道，「小僧自從與兄分離，便將祖籍醫書當做至寶，未曾有片刻懈怠於此。只金禪寺地處偏僻，小僧除了診治寺中眾僧的風寒胃火之外，也未曾給過旁人診過脈。」

顧元白一笑，風度翩翩，「無論治不治得好，朕都不會降罪於你。」

空性神色一凝，肅然道：「小僧必當竭力。」

顧元白面上再淡定再大氣，等到空性為他把脈時，他還是不由屏住了呼吸。察覺之後，他心中好笑，又緩緩放鬆了身體，轉身往周身一看，他身邊的人都已目不轉睛地盯著空性，各個屏息凝神，緊張得微微發顫，面色漲紅。

薛九遙會是何樣？

顧元白又往另一方側頭，薛遠也正在看著空性，他好像察覺到了顧元白的視線，側頭對上了聖上的雙眸，僵硬地笑了一下，無聲安撫著顧元白：「別緊張。」

緊張的是你吧，薛九遙。

脈搏之聲跳動緩緩，好似過了一瞬，又好似過去了很久，空性起身，「聖上，小僧冒犯了。」

他在顧元白身上的幾處穴道按壓了下，有些疼，有些卻並無感覺。一番診治之後，空性心中已有了底，他面色稍緩，卻不敢將話說得太滿，「小僧的醫書之中似乎是有救治聖上的方子，但小僧卻不敢全信書中所言。若是宮中的御醫也在，小僧可將醫書拿出，與其共同研習一番。」

這句話剛出，殿中緊繃的氣氛一變，頓時喜悅了起來。

顧元白瞳孔緊縮一瞬，強自平靜一笑，「既然如此，便辛苦你了。」

「這怎麼能是辛苦？」空性苦笑不已，「您不知道。小僧自從聽聞您身子不好之後，便心中擔憂不已，日夜都想要往京城而來。小僧在一年之前，便將醫書所得整理為了五冊書，想要托人帶到京城獻給您，但小僧託付的人卻在兩月之後將這五冊書完璧帶了回來，小僧那時才知曉自己想得太過簡單，哪裡能是什麼東西都能送到聖上面前的？」

顧元白一愣，追問道：「去年？去年什麼時候？」

「去年六月初，」空性歎著氣搖頭，「京中的官員也不肯受百姓的禮，當真是廉潔奉公，正氣凜然。」

顧元白懂了，那時正是反腐時節，百官都被嚇成了慫瓜，確實沒一人敢在他眼皮子底下亂收東西。

一時哭笑不得，反腐一事促成了蝗災之事的優勢，但他卻硬生生地推走了一次救治自己的機會。但終究，老天還是眷顧他的。

顧元白讓太醫院的院使前來照顧空性，讓其與太醫院眾人一同研製個能治癒他如此症狀的章程來。

一直到了月底，顧元白從未催促過太醫院半分，但御醫和空性卻很是著急，他們千百次地琢磨藥方，因著聖上身體太過虛弱，又常年服用各種藥物，所以顧忌良多。要去平衡藥方又不能損害其藥效，一直忙到八月分，太醫院才遞上一個完備的章程。

顧元白覺得這個速度已然算快。

而這時，顧元白已經為宛太妃守孝兩個多月了。

時間匆匆，宛太妃也已走了許久。顧元白偶爾想起她時，悲痛緩緩，溫情存留心頭。將太醫院的章程拿在手中時，他突然恍然，宛太妃即便是死了，還是為顧元白帶來了一番大禮，那便是送她到京的僧人之中，找到了救治顧元白的生機。

盛夏，蟬鳴鳥叫聲不斷，冰盤在殿中冒著嫋嫋涼氣。聖上聽到薛遠焦急呼喚，才發覺自己已不知不覺之間，淚流滿面。

第一百三十一章

一雙大手擦去顧元白臉上的淚，薛遠急得滿頭大汗，粗糲指腹小心翼翼，「怎麼突然哭了？」

顧元白從來沒有在人前哭過。

但他此刻卻默然無聲地流了滿臉的淚水，未發出分毫的聲響，悄無聲息的，等薛遠注意到時，驚愕之下，心都揪住了。

顧元白順勢抓著薛遠的衣領，攥著衣衫的手指用力，玄衣在他手中皺起、團成了一塊，直到猛然湧起的那股氣消散，顧元白才鬆開手，喃喃，「我竟然哭了嗎？」

薛遠擦過他的眼角，顧元白不由閉起了眼睛，盛夏的空氣炙熱，薛遠的手一碰，淚水都好似被燙得停止了一樣。

薛遠從宮侍手中接過溫熱的巾帕，擦著顧元白的臉，心疼得不會說話了，「別哭了。」

模糊的視線逐漸清晰，顧元白緩緩閉了閉眼，「無事。」

他將驟然升起的失措情緒壓下，再睜開眼時，便看到薛遠的衣領已經被他攥得散亂了開來，顧元白面上的窘迫之色一閃而過。他伸手稍稍整理了他的衣襟，拿起巾帕，「手。」

薛遠手上有些濕痕，不知是汗水還是顧元白的淚水，顧元白低頭，認真地擦過他的手，從指縫中滑過。

「聖上的手好小，」擦著擦著，薛遠突然憂慮道，「也好瘦，手腕這麼細，臣兩個手指頭就能圈得過來。」

顧元白心中的傷感被打碎，「薛將軍這話說得好笑，朕的手指長，和女子的素手比起來，更是大了不止兩三圈，你哪隻眼覺得朕的手小？」

薛遠突然陰沉了下來，「原來聖上還知道女子的素手大小。」

顧元白：「朕只是覺得你在睜眼說瞎話。」

薛遠瞧出他的心情還是不怎麼好，想著辦法逗他開心，手指在聖上手心裡撓了一撓，半真半假地黑了臉：「臣都不知道女子素手是多麼大，多麼小。」

「那你就去看，去瞧去摸，」顧元白微微一笑，把薛遠的手一扔，巾帕也扔給了宮侍，「起開，別礙著朕的眼。」

薛遠莫名其妙地站起身，退到一旁看著顧元白的背影，丈二摸不到頭腦。

顧元白將太醫院遞過來的東西重新看了起來，翻到最後，太醫院含蓄寫在其上的弊端也已一一列出。

顧元白的身體虧損太大，即便是養好，也無法孕育子嗣。他的身體弱是天生的弱，又錯過了少時根骨未開的最好時候，現如今只能盡力去補一補他的身子，使壽命長久，不再如此提心吊膽，但大約是無法如普通人那般能跳能跑的健康了。

無法孕育子嗣對一個帝王來說無疑是最大的打擊，但顧元白卻接受得良好。只要能比現在好，能使壽命延長，顧元白已經感謝天地了。

等顧元白頷首之後，太醫院便開始按著章程做起了事。

五天後，一個陰雨天氣，有人冒雨前來稟報，和親王妃在兩日前腹痛，當日誕下一女，如今母女平安，正在和親王府之中。

顧元白一愣，倏地站起，「女孩？」

宮侍道：「是個女孩。」

顧元白出神了一會兒，喃喃：「女孩也很好，很好。」

露出笑，「派人去通知和親王，再賜下賞賜，讓王妃需要什麼就說什麼，朕為她們母子倆做主，誰也不能懈怠。」

說完，顧元白就在殿中來回踱步，他說不清是期盼著和親王妃誕下男孩還是女孩，若是男孩，那必定要抱養在顧元白的膝下，王妃是不能親自撫養了。

如今生的是個女孩，顧元白就需要在宗親府上再找些其他的孩子。

他歎了一口氣，但心中卻微不可見地放鬆，顧召的孩子若是當成他的養子，以後會坐上他的皇位，他終究是……有些膈應。

但女孩就不一樣，甚至因為是女孩，王妃也要輕鬆一些。她若是想撫養自己的女兒，那便親自撫養。若是她不喜歡這個女兒，那便送到宮中，顧元白會認其為女兒，會給她一國長公主的尊貴地位。

不過王妃向來堅韌，想必她會毫不猶豫地選擇獨身撫養女兒。

若是如此，顧元白會盡可能地補償她們母子倆，代替和親王作為她們的靠山。

顧元白能放和親王去北疆，這已經是帝王的仁慈，是看在和親王被人陷害到如此地步的分上。但和親王既然選擇了這條路，那就不要再妄想回京。

即便是和親王妃求情也不可以，顧元白已然退步，再也不會更退一步。

等到休沐日的晴朗天氣，顧元白便暗中去了和親王府，去探望剛剛出生的小嬰兒。

穩婆將小丫頭抱了出來，「聖上，您瞧瞧，這便是咱們和親王府的第一個小姐了。」

小嬰兒還在睡著覺，毛髮稀疏，小手握成拳頭放在耳朵兩側，小得好似連風吹都受不得，顧元白沒有多看，便讓人趕忙給送了回去。

王妃現在不能見人，她便派了身邊的侍女前來傳話。一問和親王如何處置，二問她是否可親自養育女兒。

顧元白反問，「問問你主子是想見還是不想見和親王，想養還是不想養女兒。」

侍女跑回去問了和親王妃，王妃抱著自己的女兒，溫柔地將女兒的小手放在唇前親了一下，回頭道：「我不想見王爺，我只想安穩地養大我的女兒。」

王妃在知道自己生下的是個女兒後，沒人知道她心中的慶幸。

她知道這個孩子是怎麼來的，若是個男孩，那必然要養在聖上的身邊，可那樣沉重又髒污的罪惡，連她都心中一顫神經緊繃的秘密，聖上時時刻刻看著她的孩子，又怎麼會心中不計較呢？

和親王愈是因為顧元白想要一個兒子，王妃愈是喜悅自己生的是個女兒。

她的女兒不必承受來自父親那樣扭曲的情感，她是乾乾淨淨的，王妃看著小小的她心中便軟成了一塊，幸福便升了起來。這樣平靜又溫暖的生活，她不希望再被和親王打破。

顧元白聽到了王妃的回答之後，點了點頭，道了一句：「朕知道了。」

賞賜放下之後，顧元白便起身帶著人離開了和親王府。一路上，烈日昭昭，街道之上人來人往，薛遠突然問道：「聖上喜歡襁褓小兒？」

顧元白看了他一眼，薛遠佯裝隨口一問，目光正在周圍商販的攤子上轉悠，如同一點兒也不在意顧元白的回答。

顧元白學著薛遠的樣子，勾起一抹虛假的客氣微笑：「我喜歡幼童的程度，就如同薛將軍喜歡女子素手一般。」

「說清楚，」薛遠俊臉一板，不笑時便有陰煞在眉目蒸騰，他面上嚇人，卻在人來人往的街市上借著袖袍的遮擋，偷偷牽住了顧元白的手，「我何時說過喜歡女子的手了？」

「我要是喜歡，」他想用手指插入顧元白的指縫，含糊帶著輕浮，「也是喜歡這樣的手。」

他的手指骨節總是磕人，粗硬分明，插入顧元白掌心時的酸脹感從不會在短時間內消失。顧元白不喜歡被他握著，疼；也不喜歡被他塞著舌頭，脹。

不在孝期倒還能品出一二分美好，現在？顧元白沒當眾踹他一腳就是好事。

他皺著眉頭，要抽出手，可薛遠卻好似不知道一般，握得更為用力。

袖袍將兩隻手的動作掩埋，薛遠強硬地握了一會兒，又軟了下來，「聖上，您這一個月都不讓臣靠近……」

他壓低聲音：「連握手都不讓臣握。」

才品味過親吻揉捏滋味的薛遠，知道現在是國孝在身，顧元白不願意做出格的事，他也不想做，他只是想要偶爾握一握顧元白的手，去壓一壓至今仍然不安的心。

單單去穩定心神而已。

他歎了口氣，真情實意地道：「臣就只握著，必然規規矩矩。」

然而這聽在顧元白的耳朵裡，不亞於「蹭蹭不進去」的威力。

顧元白眼皮一跳，毫不留情甩開他的手，轉身讓田福生上前，給他擦擦汗。

田福生在薛大人的瞪視之中，樂呵呵地給聖上擦過了汗，面上帶了喜色，「聖上，您好像又長了一些，小的都快搆不到您了。」

顧元白露出幾分笑意，「真的？」

「小的哪裡敢說假話，」田福生當真覺得聖上是長高了，也好似是更瘦了，他給聖上揮著扇子，聖上的髮絲在空中飛舞，被烈日照出幾縷金燦燦的光芒來，田福生突然想到，「小的還記得聖上有一把圖畫得頂好的扇子，山水之色躍然紙上，那把扇子還在去年行宮時被聖上帶在了身上，但也不知從何時起，小的竟然找不到了。」

因為宛太妃的去世，所以今年聖上的壽辰和宮中的宴飲都不再舉辦。行宮避暑，顧元白一想起行宮就會想起宛太妃，他也不願意前去。

如今已是八月分，顧元白早已打算在京城熬過這個盛夏。

田福生一說，顧元白若有所思，「可是褚卿曾獻上的那一把摺扇？」

田福生連連點頭，「褚大人那一把扇子當真是一絕，十成十地耗盡了心思，那樣的一把扇子即便是現在，有錢人家也願意花上千金去買一把，更何況褚大人的名聲響亮，君子六藝，畫技一絕，這是整個京城都知道的事。」

墨寶值千金，說得便是如此吧。顧元白感歎不已，也不由可惜了一番，「那扇子給朕的時候，朕還喜歡得很，但是可惜，如今早就不知丟失何處了。」

聖上的東西，無論哪一樣都會被宮侍收好。這扇子十有八九是顧元白自己弄丟的，除了遺憾，也全無辦法。

薛遠在一旁聽得默不作聲，只笑意滲人。

而在聖上坐鎮京城的時候，遠在沿海的福建水師，正在海面上和扶桑的水師激戰正酣。

第一百三十二章

扶桑收到了大恒皇帝已死的消息後，當即派遣戰艦和水師從三方侵入大恒沿海，拿出家底同大恒一搏。

攻擊福建的扶桑水師大型船十艘，小船二十艘，在夜中朝著福建沿海靠近。

大恒一方的海上戰艦單是大型船便是三十艘，中小型戰船為五十艘，福建水師數萬士兵吹響號角、打響鑼鼓地迎戰。

扶桑前來探查敵軍消息的五艘小船心中一驚，即便是黑夜妨礙了視線，他們也能看出綿連不斷的大恒船隻，敵我雙方實力差距過大，扶桑的探查船隊看著一排又一排戰船上士兵舉起的火把，轉身就駕駛著船回頭跑去。

海面上波濤洶湧，西風陣陣，這猛烈的西風吹鼓起了扶桑的大軍，讓他們的船隻可以乘風快速到達大恒的海面之上。但等扶桑的偵查船隊想要逆風逃走時，這就困難上了數倍，他們一動，就被在戰船上舉著火把的大恒士兵看到了。

高亢的吼聲響起，船上的校尉一臉激昂，樓船之上的投石機調轉方向，在黑漆漆的夜中，士兵們拚命轉動著船舵。

這五艘扶桑的小型戰艦很快就被大恒的船隻包圍，船上的總兵暴跳如雷，「調轉方向！調轉方向！快找地方逃出包圍圈！」

扶桑士兵滿臉大汗地轉動著船舵，總兵盯著他們的眼睛血紅，正當又要破口大罵時，空中傳來破空之聲，總兵仰頭一看，大腦空白，整個人僵住了。

巨石劃破長空，從黑黝黝的夜空下愈來愈大，最後狠狠砸在了扶桑戰艦之上。海水被洶湧濺起。

大恒水師很久沒有進行過戰鬥了，他們七八艘裝備著投石機的船隻包圍住敵軍的五艘小船，七八個投石機對準中間，百來斤的重石狠狠彈起，再毫不留情地落下。

木頭做的船隻徹底被擊穿，木屑漂浮在海面之上，又被一個個掉落海面的人壓下浮起。船隻上的數百個士兵慘叫聲、哭嚎聲驟起，有的被巨石直接壓成了肉泥，有的被波及墜入了深海，血肉將深色的海水染成了紅色。戰艦上的人在呆愣，在哭喊，可一波又一波，巨大的石頭從四面八方襲來，將這些小型戰艦徹底碾成了碎屑。

愈來愈多的士兵跳下戰艦，但深海本就是危險重重，尤其是夜晚的深海。水師登上小船，去與這些掉落海裡的扶桑士兵鬥爭，臉上凶狠，下手也是凶狠。

扶桑的人同聖上有仇，對仇敵不需要手軟。

各個副將、將軍早已聚在不遠處的樓船之上，他們迎著西風去看不遠處扶桑的水軍，扶桑也察覺到了這裡的變化，開頭的船隻正在往這邊而來。

福建水師總將林知城此時激動得無法言說，他當機立斷，「周副將，你帶著一隊艦隊從左側包抄，帶著五艘大船十艘小船前去。」

周副將周身一震，大聲應道：「是，末將領命。」

他挺直背咳咳嗓子，熱血雄心在心中升起，「人呢，都跟我走！」大步離開，每一步都聲聲作響，步子急促，想要立功的心情火熱。

甲板之上一共是五位副將，剩餘的四位副將看他一走，連忙殷勤地看著總將，眼睛裡頭的著急和期待都快要比士兵手中的火把還要亮眼。

林知城也沒有辜負他們的希望，「劉副將，帶著鐵頭船頂在最前頭，我要你做開路的前鋒，你敢不敢？」

劉副將當即激動得臉上橫肉抖動，他用力地捶了捶自己的胸口，「那有什麼不敢的？末將領命。」

樓船上的數百士兵都往這裡看來，每一個人的眼睛都亮了起來。福建水師除了驅趕海盜，已經很久很久沒有和別人戰鬥過了，他們的心情激動，看著那些已經跟著周副將、劉副將走了的兄弟們，更是心中羨慕得不行。

他們也想要搶軍功，也想要為大恒去打殺這些狼子野心的敵人。在知道這些敵人竟然敢在大恒販毒之後，在親眼目睹聖上在沿海處禁毒後那些吸食香料人的慘狀之後，福建水師們總算是體會到了什麼叫做咬牙切齒的恨意了。

即便再有君子風範的人，也徹底變成了另外一副野獸模樣。

太恨了。

恨得都想要不要命地去和扶桑人拚命，去想要咬掉他們的肉喝了他們的血！

林知城看著滿船士兵們燃燒著火焰的眼神，語速極快地做著部署。

「吳副將，你同樣帶著五艘大船十艘小船從右側圍堵。」

「末將領命。」

「趙副將、程副將，我要你們帶著車船跟在鐵頭船之後絞碎敵軍大船，絞盤給我動起來，大膽地去毀了敵軍的船！」

陳副將連忙追問，「總將，我呢？」

「你留在這，跟我在這指揮，」林知城道，「咱們還得命令樓船，轟了他們！」

陳副將頹喪了，強自打起精神來，「末將領命。」

人人都動作了起來，當扶桑軍一踏入到大恒士兵的射程範圍之後，迎來的就是從天劃過的巨石。

扶桑水師亂了一刻，又連忙回擊。他們自然也有投石機，但大恒的投石機是工程部最新改良過的軍械，不只是彈起的射程更遠，還要更為精準。

漫天亂石重重而降，黑暗之中，扶桑水師離得遠，第一波只能讓其產生慌亂。兩波巨石下去，林知城命令停止投石，站在樓船的最高甲板之上，高喝：「全軍出擊。」

「向前——」

一道人聲一道人聲的將這條命令吼了出去，劉副將在最前頭，帶著鐵頭船揮舞大刀，臉色漲得通紅，脖子青筋暴起，他用盡全力吼著：「給我破開一條路！」

甲板上的水師奮力應聲，不斷搖著船櫓，義無反顧地往前方衝去。

巨大而堅硬的鐵頭船，逆風而上地撞上了敵軍。現在的風向不是站在大恒的這一邊，開路的鐵頭船上的水兵們咬牙，揮舞著臂膀使勁地搖著船櫓，加大力度，再加大力度，要一舉撞碎敵人的船。

他們搖得手臂疼疼也不敢放慢絲毫速度，劉副將也在咬緊牙關，鼓舞著手下的兵：「那群狗娘養的竟然敢往我們大恒販毒，總將也曾帶你們去看過沿海的人毒癮發作的場面，他們心髒得很！都給我打起力氣來，再用點力，聖上給我們的糧食和肉是要我們贏來勝利，我們得給後面的兄弟破開一條路！」

水兵們埋頭，汗珠子跑進眼裡，眼睛生疼也不敢空出手去擦一下。

大人說得對，他們鐵頭船要給後面的船隻開路，不能懈怠。

身後帶領車船的趙副將和程副將也是心中著急，趙副將面色一肅，「不行！我們船上的水兵都得支援鐵頭船，鐵頭船隻夠快才能發揮威力。」

程副將嚴肅地點了點頭，「你儘管帶著人去，我帶人頂在後方，放心！」

趙副將轉身就要匆匆離開，突然，被西風而吹得猛烈飛揚的髮絲，竟然緩緩停了下來。

趙副將愕然，他驟然轉身朝程副將看去，程副將雙手顫抖，也同樣在震驚地看著他。

髮絲又被海風吹了起來。

東風來了。

劉副將瞪大眼睛，近乎扯著嗓子吼道：「揚帆！給老子揚帆！」

手腳靈活的水兵們爬到桅杆上，解開繩索，只聽「啪」的一聲，巨大的帆布揚起。

愈來愈凶猛的東風將帆布吹起成一個大鼓，鐵頭船愈來愈快，愈來愈快，最後轟然一下，徹底撞到敵人的船隻。

開出了數條供著龐然大物一般的車船絞碎敵船的路！

恐怖的絞盤轉動，碩大的樓船跟在後方，在東風相助之下一點點把敵人逼向後方。鮮血、斷臂殘肢，斷掉的桅杆和細碎的木船，深海中到處都是人和屍體，哭喊聲和勇猛的打殺聲不斷。

終於，天邊微亮了。

扶桑人後退，調轉船頭準備逃回。各個副將聚在樓船上，每個人都是雄赳赳氣昂昂，經過一夜的廝殺，每個人的眼睛都已經紅了。

「總將，我們追嗎？」

追嗎？

扶桑水師逃走的地方不知道還會不會有接應，廣南東、兩浙一地的水師不知道有沒有戰勝他們所對付的扶桑軍，他們是應該去支援廣南東和兩浙一地還是應該趁勝追擊？

林知城從副將們的身上看過。

每一個副將臉上都是壯志雄心，眼底都藏著還未停止的對勝利的渴望。

林知城只覺得身體之中的血液也沸騰了起來，他的胸腔同太陽穴一起鼓動，鏗鏘有力道：「追！」

大恒的海鶻如海燕一盤掠過水面，在東風下揚帆起航，急速逼近扶桑的水師。

扶桑人大聲喊著大恒人聽不懂的話，不知道是在咒罵還是在求饒。在扶桑的指揮船上，扶桑的總將猙獰地拽住幾個大恒人的衣領，吼道：「你們不是說林知城沒用了嗎？福建水師敗落了嗎！」

這些大恒人正是被朝廷剿匪之後與林知城背道而馳的海盜同夥，林知城接受了朝廷的招安，而他們則是逃到了扶桑。

被質問的海盜推開總將，怒道：「誰能知道現在的皇帝竟然重用林知城了！你最好對我們有禮點，我們可是你們扶桑的貴客，要是沒有我們，你們怎麼能發現東南亞的花！」

在逃亡扶桑時，這些海盜發現了東南亞的一種奇特的花，他們把這些花帶到了扶桑，當做成為扶桑貴客的禮物。這些花之後便做成了西夏的國香，在周圍的國家供銷，此香讓扶桑積累了無比巨大的財富。

總將眼神陰冷，惡狠狠道：「你們的消息讓我們死了這麼多的人，損失了這麼多的戰船！你們死了都不足惜！我回到國土就要去告訴天皇，讓他們把你們全都賜死，扔到海裡餵魚！」

他剛說完狠話，後方就有船隻來報，「大恒人追上來了！」

總將表情扭曲了起來，「混蛋！」

§

沿海百姓們在半夜就聽到了海面上的廝殺之聲。

號角連天，鼓聲浩蕩，百姓們心情激動得睡不著覺，待到天邊微亮，他們連忙跑到沿海邊，看到的就是遮天蔽日的大恒船隻。

帆布揚起，海邊都被遮掩，一排一排的船隻追著扶桑的船隻而去，近處的海面上滿是戰爭留下的殘屑，木板、打落的船、屍體、殘肢……

還有逃得飛快的敵軍！

他們福建水師贏了！

第一百三十三章

半個月後，出了孝期的顧元白便收到了沿海水師的捷報。

兩浙、福建、廣南東贏了，不僅贏了，他們的膽子還大得很，竟然一路追著扶桑軍到了他們一個停駐水師的島上。

顧元白低估了大恒的水軍和戰艦的實力，三方水師緊追不捨，將扶桑逃軍包圍後便採用了火攻，火勢連綿，趁此時機一舉佔領了這個軍裝島。

顧元白命人將王先生帶了過來，讓人將沿海情況一字一句地念給他聽。王先生聽著聽著，冷靜的神情被打碎，變得目眥盡裂，極盡掙扎著束縛他的繩索，顧元白捧著溫茶，出神地看著殿外秋景。

待到王先生一聲聲痛苦的嗚咽逐漸變低，大恒的皇帝才轉頭朝他看去，唇角的笑溫潤，「王先生，我朝的水師要多多謝謝你，還好有你，才能使水師繳獲扶桑那麼多的甲衣、糧食、火油。」

秋日的燦陽悠悠，大恒皇帝捧著杯子的手在這樣的豔陽之下宛若透明，含笑的眼眸染上褐色的金光。

王先生喉內腥味沉重，有著這樣一副人畜無害皮囊的皇帝，心竟然這麼地狠。

他告訴自己這都是假的，扶桑做了如此久的準備，怎麼可能就這麼輸了？

大恒天國，幅員遼闊的中華上國，即便是倉促應戰，也有這樣的底氣嗎？

顧元白覺得不夠，又笑著道：「扶桑做錯了事，我朝自然要去教誨扶桑改正錯誤，走回正路。但這一路辛苦，扶桑想要得到我朝的教誨，就要承擔我軍前往扶桑一路上的軍需，再給予大恒足夠的補償。我天朝上國，便不懼辛勞多走一趟也罷。」

這話一出，田福生都不由愣了一愣。

還、還能這樣？

顧元白語畢，不再去看恨不得殺了他的王先生，「帶下去吧。」

沿海的戰爭無法讓遠在千里之外的京城百姓們感同身受，此番消息也未曾在《大恒國報》上刊登。甚至流傳更為久遠的，還是先前王先生在京城所傳播的皇帝昏迷已久的消息。

在九月中旬，為了徹底打破謠言，顧元白在百姓面前現身，前往天臺祭月。

皇帝一身衮服，白綢繫於腕上，躬身下俯時的腰背瘦弱，冕旒如雨珠相碰，一舉一動皆能入畫。

百姓遠遠看著聖上，禁軍千萬人長槍豎起，面色嚴沉。

聖上出行時，百姓可圍觀，但不可夾道呼喚、從高而盼。聖上點香時，手臂輕抬，挽住衣袖，行雲流水之姿看著就覺得高高在上，不是尋常人可比肩。

百姓們說不出來什麼好聽的話，只覺得聖上不愧就是聖上，做什麼都獨有一番威儀。

褚衛和同窗也在外圍觀著，層層疊疊的宮人和侍衛將聖上的身影遮擋得嚴實，只偶爾有袍角從中一閃而過。

同窗看得久了，驟然覺得不對，連忙拽了拽褚衛的衣袖，「子護，你覺得我等先前在狀元樓底下瞧見的那個美兒郎與聖上是否有幾分相像？」

褚衛淡淡道：「那就是聖上。」

同窗靜默片刻，猛地跳起，「什麼！」

褚衛輕輕皺眉，同窗安靜了下去，壓低著聲音道：「你怎麼不同我說那是聖上！」

「你那時並不想要入朝為官，也不想同廟堂有所牽扯，」褚衛言簡意賅，「何必同你多說？」

同窗一噎，無話可說地搖起了頭，不斷嘟囔：「好你個褚子護。」

褚衛還在看著聖上。

今日的天氣好，衰服用的便是春秋的衣袍，腰間的革帶輕輕一束，正是因為離得遠，反而能瞧出聖上的脖頸、手腕和身子的消瘦。褚衛心頭升起幾分擔憂，憂心聖上前些日子的昏迷，憂心他如今瞧起來好像更加虛弱了。

宛太妃的逝世也不知聖上能否承受得住。

但除了擔憂之外……褚衛的喉結滾動，他垂下了眼，長睫遮下一片陰影。

修長的五指稍動，好像要摟住什麼似的。

「褚衛！」

同窗的話猛然將他驚醒，褚衛將雙手背在身後，面色不改地側過頭，抬眸道：「嗯？」

「聖上要走了，」同窗道，「此處人多，待會必然要堵住路，不若現在先走？」

褚衛卻腳步不動如松，「你先走。」

「我先走？」同窗訝然，

褚衛頷首，白袍將他的身形包裹得更顯頎長，「我去面見聖上。」

聖上坐上了龍輦，前方的六匹駿馬還未邁動蹄子，侍從就跑過來道：「聖上，褚衛褚大人想過來拜見您。」

顧元白看了一眼外頭的天色，「讓他來吧。」

薛遠眉頭一挑，神情自若，「聖上，您頭上冕旒纏在一塊兒了。」

顧元白動手撥弄了一下，珠子在他的碰觸下脆響聲不斷，他的指頭冰冷而又白皙，五指繞著繩子，玄色的細繩同通透的白玉珠子在長指上纏綿不清，藕斷絲連。若珠子是個人，怕是都要在他的指頭上羞紅了臉，「哪處？」

薛遠一時看得著迷了，聽到問話才回過了神。他的餘光瞥到不遠處朝這裡走來的褚大人，唇角冷笑一閃而過。薛遠翻身上了馬車，屈膝跪地，小心翼翼地將兩串纏在一塊兒的琉珠慢慢解開。

顧元白單手撐著臉側，微微低著頭方便他的動作。

褚衛走近後，入眼便是這樣的一幕。他眼眸驟然一緊，唇角下壓出一個不悅的弧度，短暫後便恢復了原樣，從容上前行禮，「臣拜見聖上。」

顧元白隨意點了點頭，懶聲：「薛九遙，你還未好？」

「臣這就好了。」薛遠將琉珠順好後才放下手，又當著褚衛的面正了正顧元白的衣袍，屈身跳下了馬車。

§

褚衛黑眸定定，將他所做的事看得清清楚楚。片刻後，他唇角微微勾起，露出了一個淺笑來，

「聖上這些時日身體可還安康？」

「都還不錯，」顧元白笑了笑，「你家小四郎又如何？」

褚衛一一說了，他話雖少，但句句都不敷衍，顧元白待他講完之後便點了點頭，以為褚衛說完話就會走了，但褚衛卻遲疑片刻，「聖上，臣前些日子得到了一幅李青雲的畫作，但卻只有下半部分。家父曾言，上半部在戶部尚書府中。臣去找了戶部尚書後，湯大人告訴臣那半幅畫在去年萬壽節便獻給了聖上。臣偶然得到的這半幅畫卷也不知是真是假，便想借宮中的上半幅畫卷一觀。」

顧元白來了興趣，這個李青雲是前朝的大畫家，被譽為前朝四大家其一，他生平很少有畫作流出，顧元白不懂得欣賞，但他知道李青雲這個名字就代表著金燦燦白花花的銀子。

他仔細回想片刻，去年的萬壽節，戶部尚書確實獻上了半卷畫作。顧元白心裡有了底，笑吟吟地看著褚衛，「褚卿，上幅畫卷是在朕的庫房之中。」

褚衛被他笑得出了些汗意，「聖上手中的畫卷必然是真跡，臣手中的卻不一定了。」

顧元白故意道：「如果是真的呢？」

「那便獻給聖上，」褚衛語氣裡聽不出半分不捨，「兩畫合為一體，也可相伴一世了。」

他說這話時，語氣緩緩，聲音清朗如珠落玉盤，真真是好聽得猶如情話一般。

薛遠臉色一冷。

顧元白忍不住笑了，褚衛兩年前還是傲骨錚錚，如今卻已知道變通了，知道來討好他了，顧元白坦然受了臣子的這分心意，「那朕便等著，明日裡就派人去你府上收畫。」

褚衛搖了搖頭，輕聲道：「臣親自送往宮中便可。」

顧元白想了想，五指在膝上輕敲，頷首道：「也好。」

褚衛行禮正要告退，卻突然想起什麼，抬頭朝薛遠看去，「薛大人如今應當開始相看姑娘了吧？」

薛遠眼睛一瞇，「什麼。」

「家母這幾日正在念叨臣的婚事，」褚衛歎了一口氣，「臣一問才知，薛夫人近幾個月來一直著為薛大人張羅婚事，竟未曾有過半分懈怠。薛夫人上府與家母敘舊得多了，家母便也開始著急了起來。」

薛遠扯起嘴角，看著褚衛，眼神像是在看著一個死人。

你想死嗎？

褚衛掀掀眼皮，也扯出一個冷笑來。

他薄唇稍動，吐出了最後一句話：「薛大人，你喜歡何樣的女子？不若直說出來，臣也好告知家母，讓家母也來幫一幫著急的薛夫人。」

顧元白有些愣神。

聽到褚衛的這句話，他才回過神來，往薛遠看去。

是了。

薛遠快要二十五歲了，這樣的年歲，又不是和他一樣的身體虛弱，無法孕育子嗣，家中自然要催促他成婚。

眉眼一壓，煞氣浮現。

薛遠看見他就像看見肉骨頭的狗一樣，他對顧元白的瘋狂勁頭，讓顧元白覺得即便是兩人睡了，他也只會更加貪婪和饑渴。這樣的人，還能對著顧元白以外的人硬起來？

親了又摸了，他說不嫖薛遠的時候薛遠硬要湊上來，他想睡他的時候卻說薛遠要成婚了，怎麼，耍著他玩？

聲音冷了下來，「褚卿若是說完了話，那就退下吧，朕乏了。」

褚衛一頓，應聲退下。

轉身的一瞬，笑意一閃而過。

駿馬終於邁步，龍輦慢行於街市。

鑲嵌金銀玉器，雕刻龍鳳圖案的馬車之中，聖上的語氣裡猶如摻雜著臘月裡的冰渣子，「薛遠，上來。」

晃動的馬車顫動一下，片刻後，薛遠跪在了顧元白的面前。

車窗、車門緊閉，龍輦之內昏暗，外頭的街道兩側人頭攢動，百姓的熱鬧喧囂即使是龍輦也未曾擋住半分。

顧元白去了龍靴，只著白襪的足踩在了薛遠的身上。

他輕輕隨著馬車的顛簸動了幾下，隱藏在黑暗中的臉被陰影劃過又被光亮打下，唇色紅了，眼眸黑了，眼神如刀，銳意和狠意交雜。

薛遠悶哼出聲，膝蓋結結實實地黏在地上，那處已經站起，抵著聖上足的熱意駭人。

這懲罰，太過折磨人了。

他滿頭的大汗，雙眼之中已被逼紅，血絲透著慾意，從霧氣和濕氣之中穿過昏沉，直直看著聖上。

顧元白語氣緩緩，腳下也緩緩，「薛九遙，娶妻？」

薛九遙的喘息之聲愈來愈重，愈來愈滾燙，似歡愉似痛苦。

馬車經過了拐角，百姓的呼聲更近，幾乎就在耳旁。

畜生東西跳了跳，表著忠心。

顧元白輕呵一聲，從車壁上直起身，彎腰探出黑暗，猛地拽住了薛遠的領口，薛遠猝不及防之下被拽得往前一摔，雙手及時撐著車壁，才能不壓在聖上的身上。

領口被捏得發緊，「朕問你。」

顧元白在他耳邊吐氣如蘭，帶著嘲諷的笑意：「別人要是踩你一腳，你也這麼……」

他頓了頓，低頭看了一眼薛遠，嗤笑，語帶威脅：「……風騷嗎？」

第一百三十四章

「別人敢踩我鞋面一下，」薛遠壓抑著，聲線繃成了一道弓，「我都得廢了他一隻腿。」

薛遠汗流浹背之間，突然覺出了褚衛的好處來了。

這人現在先別殺，讓他多出來蹦躂幾日。

但轉瞬，他就再也想不了其他了。

薛遠的呼吸沉重，顧元白的臉龐近在咫尺。他就要埋頭去靠近顧元白，可聖上卻是偏過了臉，掐住了他的下巴，柔聲，「我讓你碰我了嗎？」

他眉頭挑出一個誘人又無情的弧度，「沒有我的允許，你一根頭髮絲也不能碰我。」

聖上的手指，沒有可以限制住薛遠的力氣。

薛遠沉悶地大口喘息了一下，只要再一低頭，就能吻住顧元白嘲諷笑起的唇。雙手在車壁上用力地收縮，指甲劃出刺耳的聲響。

顧元白被困在懷裡。

只要壓下去，就能品嘗到他的唇，嘗遍他的脖頸和玉般的耳朵。

壓著他的手，壓著他的腳。

讓他哭。

哭著喊「薛九遙」。

薛遠心底的獸欲快要被逼瘋，他一遍遍地告訴自己顧元白身子弱……終究是被馴服，聽從了聖上的命令，喘著粗氣跪回了原地。

大腿繃起，老老實實地將雙手背在身後，忍得青筋暴起，血色充盈，即便是猙獰也不能動。

聖上說了是懲罰，意思就是聖上可以挑逗薛遠，薛遠卻死也不能碰他。

這懲罰的手段可以逼死人。

昏沉的馬車之中，只有縫隙中有偶爾的光亮閃過。空氣之中的塵埃在光線下如飄飛的金色沙粒，偶爾從聖上的指尖上滑過，再滑過衣袍。

顧元白的腳踩在薛遠的大腿之上，他撩起衮服的層層下擺，叮噹美玉碰撞出琳琅之聲，那只白襪卻實在礙眼，薛遠啞聲道：「聖上，臣給您脫掉白襪？」

聖上沒有說話，陰影之中的面容看不清楚神情，只一個下頷清楚，瘦而俏。

薛遠大著膽子伸手，試探地要朝著白襪上頭探去。在他的手快要碰上時，顧元白冷不丁地道：「不准碰。」

薛遠的雙眼一下子紅了，他宛若一頭困獸，低低道，「艸。」

顧元白翻開了一本書，昏暗下其實看不清書上的內容，他只隨意地翻著，高興了便翻得快些，不高興了就半天也不動上一下。那隻踩在薛遠大腿上的腳，便跟著翻書的速度，輕輕往前，再吝嗇地退後。

若有若無，擦身而過。

薛遠的脊背彎了起來，豆大的汗珠滴落在顧元白抬起的小腿上，「聖上，臣從來沒有相看姑娘過，薛夫人也從來沒給我說過什麼親事。」

顧元白眼皮撩起，腳尖一抬，在薛遠結實的腰腹處落下，「你說，」向下壓了壓，腳底滾燙，「這東西，別人要是碰了，是不是也這麼精神？」

「不會，」薛遠的聲音嚇人，「除了聖上，誰也碰不到。」

顧元白連翻了幾頁書，薛遠的呼吸一沉，悶哼。

「怕是別人不用碰，」聖上的語氣冰冷，「它就自己站起來了。」

「臣保證，」薛遠狼狽極了，燙意讓他的五官扭曲，「若是真的有那樣的一天，聖上就把臣給切了。」

馬車倏地顛簸一下，足尖猛地向前。薛遠抬頭，赤紅著眼睛的可憐，「聖上，白爺。」

一個大名鼎鼎、威名遠揚的年輕將軍，在北疆聞而生畏的少將軍，被硬生生逼到這樣棄甲丟盔的糟亂地步。

他的汗意已經浸透了衣衫，使衣袍變成了深淺不一的兩種顏色。顧元白靠在車壁之上，每一次的晃動，眼前的琉珠便會發出清脆的響聲。

他在黑暗之中，目光定在薛遠的身上。

多神奇啊，薛遠滿眼都是他，為他瘋狂，他變成這般模樣。顧元白的心底滿足感和愜意升起，好像薛遠對待他的這種癡迷，讓他也變得心情愉悅了一樣。

這樣的滿足，和權力帶給他的感覺全然不同。但殊途同歸，同樣讓他精神戰慄，讓他足尖繃緊，頭皮發麻。

能讓薛遠變成這樣的，當然只有自己一個。

「薛九遙，」聖上道，「記住你說過的話。」

薛遠從喉嚨裡應了一聲是。

顧元白嘴角勾起，終於開了金口，漫不經心地撐著頭，指尖瑩白，「碰吧。」

如打開了猛獸鏈鎖，如饑渴的旅人遇上了甘露，薛遠露出猙獰利齒，驟然朝著聖上撲了過來。

馬車動了幾下，駿馬被驚擾一瞬，隨後便被駕車人安撫。

§

薛遠從馬車上跳下來，秋日的風吹過他濕透的衣裳，冷意瞬間襲來。

他下頷緊繃，眉目之中充斥著不饜足的戾氣。侍衛長看著他胸前背後汗濕的衣裳，遲疑片刻，「薛大人，你這……」

薛遠轉頭看了他一眼，面色的燙紅和佈滿血絲的眼底嚇了侍衛長一跳，「薛大人，你這是怎麼了？」

還能怎麼。

這條路怎麼這麼短？

薛遠面上的陰煞更濃，身後動靜響起，聖上要下馬車。

薛遠頓時忘了侍衛長，快步走到馬車旁遞出了手。

顧元白衰服整齊，髮絲一絲不苟。他低頭看了一眼薛遠，眼角眉梢的紅意稍稍勾起，白玉的手指搭上，步步穩當地下了馬車。

田福生跟在聖上身後，盡心盡力地道：「聖上，太醫院的御醫和空性大師已等在殿外，今日的針灸得在正午時分進行診治。」

「朕注意著時辰了，」聖上的嗓子微微發啞，顧元白輕咳了幾聲，再出聲時已恢復原樣，「不急，朕先沐浴。」

田福生仰頭看了看天色，「小的這就去準備。」

顧元白懶懶地應了一聲，骨頭裡泛著倦懶。突然想起來，「明日裡褚卿會送來一幅畫卷，你去找一個懂得李青雲真跡的人來，看看他手中的那幅是不是真跡。」

田福生一一應下。

褚衛回到府，便把自己關在了書房之中，研墨作著畫。

七年的遊歷或許讓他變得憤世嫉俗，但也讓他學會了許多，模仿一個前朝名聲遠揚的大畫師的筆觸，對他來說，也不過是琢磨片刻的功夫。

褚衛落下了筆。

水墨在宣紙上成形，李青雲作畫喜歡豪爽的潑灑，他用色喜朱砂、紅丹、胭脂和石綠、石青幾色，喜畫重岩疊嶂的群山，再用鉛白著層層溪流瀑布。戶部尚書送予聖上的那半幅真跡，便是李青雲的名作《千里河山圖》。

巧了，褚衛在遊歷時曾在一位隱居山田的大儒那裡見到過《千里河山圖》的下半卷，他對那幅畫過目不忘，即便是一叢竹、或是山水的波紋也清晰如在眼前。

他自然沒有李青雲的真跡，但這只是一個面聖的藉口罷了，他也不需要真跡。

夜色披散，燈火點起。

一幅可以以假亂真的《千里河山圖》在褚衛的筆下緩緩誕生。

褚衛放下了筆，看著畫上未乾的筆觸，輕輕勾唇，將燭光滅掉，走出了書房歇息。

§

聖上的診治，一次便要佔去一日裡近一半的時間。

太醫院的御醫已是鬢角微濕，他將長針一一收起，田福生小心餵著顧元白用藥。

顧元白渾身無力，臉色蒼白，額上也是細細密密的汗珠。

空性把完了聖上的脈搏，同御醫們小聲說著話，過了片刻，他們就將聖上今日身體如何據實說了出來。

這些話實在深奧，顧元白皺著眉，不懂的地方也不願意糊弄過去，一個個問得仔細。

他的身體不好，如今的針灸和藥物主要是為了拔除他體內的寒氣。待到寒氣拔除之後，便開始養著他疲弱的身子骨。

顧元白安心了，笑著道：「待到朕身體好了那日，太醫院諸位與空性大師便是頭等的功勞。」

幾人推辭不敢，笑呵呵地被田福生帶出了宮殿。

薛遠匆匆跟著追了出去，拍著侍衛長的肩膀道：「張大人，人有三急。」

一刻鐘後，顧元白從診治當中恢復了幾分力氣，他伸出手，小太監連忙衝上來扶起了他。顧元白披著衣服起身，走到桌旁坐下。

今日的政務還未處理，顧元白勤勤懇懇地開始今日的工作，心中歎了好幾次氣，若是以後的診治也需一下午的時間，那這些政務還要再下發一部分下去。

燭光下批閱政務終究是對眼睛不好，偶爾一次可以，長久必然不行。

顧元白兩本奏摺批閱完，田福生和薛遠就一前一後地走了回來。田福生面色怪異，走到聖上身後默不作聲。

顧元白倒是道：「薛卿，你父親來了折，過兩日便可回到京城。」

薛遠不驚不喜，「臣知曉了。」

「你那幾日便待在家中，好好陪一陪薛老將軍，」顧元白笑了，「薛老將軍若是看到你在殿前伺候，只怕會怨朕把你拘在面前，使你委屈了。」

「不委屈，」薛遠真情實感道，「家父也只會感念聖上看重臣的恩德。」

只要進宮了，薛遠就絕不給顧元白再次把自己趕出宮外的機會。

想盡辦法也見不到顧元白的日子，瞧瞧褚衛如今那樣，就知道有多麼艱難了。

薛遠幸災樂禍地想，他是絕對不允許此事再發生的。

第一百三十五章

次日早朝之後，褚衛便請旨入了宣政殿。

他身著官袍，手中抱著一卷放入布袋之中的畫作。與他同行的還有禦史台的一位官員，這官員素來癡迷李青雲的畫作，頗有瞭解。他被田福生一同請來，便是想看一看這一上一下兩幅畫是否同為真跡，能否合為一體。

今日正是陰雨天氣，畫作會泛些潮氣，使紙張微微皺起。皇上庫房之中的那幅畫作已經擺在了案牘上，禦史台的官員眼睛一亮，一個勁地往畫作上看去。

顧元白笑了，打趣道：「萬卿這個眼神，都要將李青雲的畫給燒著了一般。」

萬大人拘謹一笑，同褚衛一起行了禮。起身之後，褚衛便將懷裡的布袋遞給了太監。《千里河山圖》的上下兩卷，終於放在了一起。

顧元白一眼看去，便不由失笑：「褚卿，你這畫必定是假了。」

雖然他不懂畫，但他至少可以看出畫作的新舊程度，若是單獨看著還沒什麼，兩幅畫放在一起，新舊的差別便倏地大了起來。

褚衛嘴唇翕張，最終抿直唇，垂眸看著桌上的畫。

瞧起來有幾分失望的模樣。

萬大人突然「咦」了一聲，湊近去看褚衛的那幅畫，「聖上，這可當真奇怪，雖是新舊不同，但這幅畫的運筆還是山水走向，都是李青雲作畫的習慣。不看新舊，只看畫，好似還真的是李青雲畫的一般。」

顧元白一愣，鼻尖微皺，「當真？」

萬大人不敢將話說滿，「臣再看看。」

陰雨天氣，本就沒有日光，萬大人愈看愈像，心中也愈覺得古怪。他將上下兩幅圖連在了一起，瞧瞧，斷開的地方無一絲縫隙，每一處都同上卷合在了一起，這若是不是一幅畫，仿畫的人又是怎麼做到的？

難不成只憑著下半幅畫卷，就能毫不出錯地與上半幅畫卷對上嗎？

「太像了，」萬大人感歎，「即便臣知道這是仿畫，也不敢說畫裡有什麼不同。」

顧元白眼角一勾，「有意思。」

他上前去，萬大人退開。聖上彎腰俯身，看著褚衛獻上來的那幅畫。

褚衛則在看著聖上。

顧元白的黑髮在脊背上欲落不落，他每輕微地動上一下，最邊上的幾縷髮便危險重重一分。

若是垂下來，會掃到褚衛的畫上嗎？

若是掃到了，怕是要沾上一角已被雨水濕氣染濕的水墨了。

褚衛思緒剛過，聖上的髮絲便從兩側滑落，褚衛下意識地快步上前，在髮絲未曾碰到畫作時便及時接住。

聖上的眼神投在了他的身上，褚衛君子如玉，他鎮定極了地道：「這畫不知經過了多少人的手，還是莫要碰到聖上為好。」

顧元白笑了笑，直起身，拍了拍褚衛的手臂，「褚卿細心。」

黑髮也跟著從褚衛的手中劃走。

褚衛收回手，眼中細微的笑意升起，「不敢。」

這畫雖然是假的，但畫中的內容卻像是真的。顧元白被勾起了些興趣，他讓褚衛將畫留下，若是下次再遇上賣予他畫的人，及時前來稟報。

而不久後，薛老將軍果然回京了。

他先進宮與顧元白商議正事，邊關互市開展得分外順利，張氏對商路本就準備了許久，他們在買賣生意上是老本行，因此做出來的互市，要什麼都能有什麼，極大地勾起了遊牧人對互市的興趣和熱情。

熱情表現就表現在，從北疆引來的駿馬一批一批的充入軍隊，北疆的牛羊一部分販賣到了南方，一部分入了軍營給士兵們添添葷腥。

加上先前西夏送來的馬匹，軍中便可再多組建一萬騎兵，騎兵之中，重騎兵的裝備和訓練手法也在不斷完善，糧食不缺，充足的肉類和蔬果便可餵養出足夠健壯有力的體魄。

這麼多的牛羊一入軍中，士兵們對顧元白的推崇和愛戴可謂是更上一層樓。他們知道日子好壞，這樣有肉有米的生活，他們沒當兵之前從沒體會過。

全天下，當兵之後能比當兵之前的日子更好，也只有大恒能做到。

軍隊太重要了，顧元白問了牛羊駿馬一事後，又問了邊關備守，薛老將軍感慨良多，忍不住多說了一句：「臣帶兵駐守北疆時，北疆士兵骨瘦如柴，北疆的百姓更是人心惶惶，睡覺也睡不安穩。但等臣這次回京時，」他忍不住露出一個笑，「百姓夾道相送，淚灑十里，給臣同將士們送的東西太多，以致我們都帶不下。」

「還有北疆的士卒們，」薛將軍忍不住眼睛酸澀，「去年連綿大雪，北疆的房屋坍塌數所，士兵連夜去救人清雪。大雪連下了數十日，路都被封了，但北疆的士卒們卻未曾凍死一個人。」

「我們喝著老鴨湯，裹著聖上您給的棉衣，都安安全全地過了整個冬。」

顧元白被他說得心頭暖意升起，他笑了笑，又忽然真心實意道：「這便是朕生平最想要看到的場景。」

「安得廣廈千萬間，」聖上低聲，「大庇天下寒士俱歡顏。」

此言一出，薛老將軍頓時淚流滿面。

薛老將軍一路眼含熱淚地出了京城，聖上特意讓薛遠陪他一同回府。薛遠看了薛老將軍一眼，頭疼，「薛將軍，你能別哭了嗎？」

薛老將軍的袖口已經被眼淚擦濕，「聖上實在是太好了，聖上太好了。」

薛遠臉上露出笑意，「聖上自然好。」

薛老將軍直到回了府，胸腔之中的激蕩和感動才逐漸平靜，他在兒子面前哭了這麼久，一時有些尷尬，便咳了咳嗓子，「過些時日，你就要二十五了，都快要到而立之年了，薛遠，你什麼時候能給你老子我娶回來一個媳婦？」

薛遠認真思索了一番：「難。」

「你娘和我都知曉你已有了心上人，」薛將軍長吁短歎，只以為他是不想多說，「你父二十歲便有了你，又兩年之後，林哥兒出生。如今我已過不惑之年，卻連個孫兒也沒抱上。」

薛遠懶懶道：「簡單。明日我便找幾個願意給薛二生孩子的姑娘，把她們和薛二關在一起。什麼時候懷胎了，再什麼時候從房裡出來。」

「你都有了心上人，你心上人怎麼不給老子生孫兒？」薛老將軍面色一板，大大的不滿，「難道你這個沒用的兔崽子，到現在還沒讓人家同意嫁給你？」

「生不出來，」薛遠實話實說，「也確實還未曾同意嫁給我。」

可能永遠也不會同意嫁給他，薛府好像也……養不起聖上。

薛老將軍沉下了臉，「既然人家不願意嫁給你，你就別再給我想了！回府我就要你娘給你張羅婚事。」

薛遠面不改色，「薛將軍，我不舉。」

薛老將軍徹底忍不住怒火，爆喝道：「你不舉，你在北疆連洗了半個月的褲子是怎麼回事！薛九遙，你長本事了你，為了一個不喜歡你還生不出孩子的女人，你連這種話都能說得出來！」

這一聲的怒吼，讓恭迎老爺回府的奴僕們嚇了一大跳。

薛夫人趕來時正好聽到了這一句話，她的臉色驟變，將僕人們趕走之後上前，「這是怎麼了？」

「妳看看妳的好兒子，」薛老將軍氣得雙手顫抖，「他為了一個女人，竟然能說出這樣糊塗的話！」

薛夫人一怔，隨即看向了薛遠。

薛遠咧嘴一笑，「老父親，誰同你說了是女子了？」

薛老將軍一怔。

薛遠舒展著身形，想著一會兒會有哪幾樣家法，能不能護住背，「我的心上人是個男的，自然是無法給你生孫兒了。我看薛二就不錯，你不是想要孫兒？讓薛二生上十個八個，能養得起。」

薛將軍沉沉地看著他，壓抑著道：「你再說一遍。」

老將這樣的神情，才是真真正正地升起了怒火。

薛夫人眼中含上了淚水，擔憂地看著兒子。

上次薛老將軍這麼憤怒的時候，可是將薛二公子打了個半死。

薛遠嘖了一聲。

他嘴上不急不緩道：「薛將軍，我說最後一次，你要聽好了。」

眼眸一抬，「我喜歡上一個男的，非他不可。除他以外的人，我舉不起來。」

§

第二日，薛遠果然沒有進宮。

顧元白心中早已料到，但偶爾喚人的時候，還是下意識地喊道：「薛遠。」

午時，田福生伺候聖上入睡，他欲言又止許久，終究還是低聲說了，「聖上，前日晚上小的將御醫送走時，回程後恰好遇上薛大人。小的在拐角處，聽到了薛大人同御醫們的幾句對話。」

顧元白閉著眼睛，呼吸綿長，「嗯？」

「薛大人在問御醫，」田福生難以啟齒地壓低聲音，「您何時能行床事。」

他本以為聖上會皺眉，或是升起怒火，但聖上卻出乎意料地勾了勾唇，問道：「御醫怎麼說？」

田福生一噎，乖乖道：「御醫說半月之後便可行床事。」

「半個月啊，」顧元白哼笑一聲，「朕記得了。」

田福生面容古怪，「薛大人也是這麼說的。」

聖上這怎麼都和薛大人心有靈犀了？

顧元白噗嗤笑出了聲。

他帶著這樣愉悅的心情入了睡，等到醒來時，田福生卻同他說，埋藏在薛府的人來報，說薛遠昨日夜裡被薛老將軍用了家法，並已在祠堂中帶傷被關了一整夜。

田福生話音剛落，顧元白就冷下臉。他的面色難看，眼底暗沉，田福生戰戰兢兢，「聖上？」

「備馬，」半晌，顧元白冷冷道，「去薛府。」

第一百三十六章

半個時辰之後，皇上的馬車停在了薛府的門口。

聖上從馬車上下來，面色有些冷凝。他實打實地受了薛將軍一個禮，才扯起唇角，問：「薛卿，朕今日叨擾了。」

薛老將軍受寵若驚，「聖上駕臨乃是臣的榮幸，臣倍覺欣喜。」

顧元白笑了笑，越過了他往薛府裡面走去。薛將軍連忙跟上，浩浩蕩蕩的人群手忙腳亂，顧元白疾步如飛，語氣裡聽不出喜怒，「薛卿，薛九遙怎麼不出來見朕？」

薛將軍面色一僵，吞吞吐吐：「這、他……」

顧元白步子猛地一停。

薛老將軍也趕緊停下，聖上從身前轉過了頭，側臉在日光之中看不清神情，面容被陰影遮掩，細髮飛揚，薛老將軍總覺得聖上放在他身上的目光沉沉，壓得他心中不上不下。

片刻，聖上唇角勾起，柔聲道：「薛卿人在北疆時，薛九遙便在京中撐起了一整個薛府。前幾個月，宛太妃逝去，朕身子不好，也都是他自請在殿前伺候，事事親力親為。他堂堂將軍之位，數月如一日的勤懇，不驕不躁，實屬難得。」

薛將軍理所當然道：「聖上謬贊，犬子做這些事也實屬應該。」

「實屬應該？」顧元白扯唇，「薛卿，薛九遙做事合朕的心意，是行軍打仗的好苗子，有將帥之才。他在殿前做這樣的小事，旁人都覺得朕是在大材小用，薛卿不覺得朕委屈了他？」

薛將軍哪裡會這樣想？他連忙搖搖頭，「能在聖上跟前伺候著是犬子的福分，若是他壞了什麼規矩，聖上直接懲罰就是，無需念著老臣。」

顧元白深深地看了薛老將軍一眼，轉身繼續往前走去，「薛卿，你這麼說朕也就放心了。朕實話實說，薛九遙用來很是順朕的心意，既然如此，他便過兩日就回殿前來吧。」

薛老將軍一滯，「聖上，這——」

顧元白好似沒有聽見，又問了一遍：「薛卿，薛九遙人呢？」

薛老將軍支支吾吾，說不出話來。

「讓他來見駕，」聖上好像知道什麼似的，眼眸黝黑，定在薛老將軍身上，笑意緩緩，「若是不能見駕，薛卿，你就得同朕好好說說不能見的緣由了。」

薛遠還被關在祠堂之中，薛老將軍將聖上帶到了祠堂的窗口處，往裡面一望，便能看見沉沉黑暗下一個跪地的模糊身影。

顧元白的鼻子靈敏，窗口打開的一刻，他便聞到了血腥味。

冷笑。

呵。

薛九遙被人打了。

顧元白想睡的人，半個月後上床的另一半，就這麼被薛平老將軍動用了家法，還見血了。

「薛將軍，」顧元白看著黑暗中的那個身影，低低道，「薛九遙是做了什麼事，能讓你如此怒火滔天？」

薛將軍面上閃過難堪，本來看到薛遠這副模樣而升起的心疼轉瞬又變成了怒火，他冷哼一聲，「聖上，小子頑劣，他罪有應得！」

「罪有應得？」四個字在顧元白的舌尖上玩味地打轉。

田福生聽著聖上這語氣，渾身的皮都已繃緊，小心翼翼地後退了一步。

但薛老將軍終究不是長久陪伴在聖上身邊的奴僕，他毫無察覺地點了點頭，隱含怒火地道：「他若是不改過來，一日不認錯，那就一日別出祠堂，莫說打成這樣了，打死都是給祖宗賠罪！」

顧元白壓低聲音笑了。

笑了一會，他突然歎了口氣。

「薛將軍，」聖上緩聲，「天下都是朕的。」

指尖抬起，輕輕指了下祠堂中的薛遠，聖上插入袖中的手平靜放著，「天下是朕的天下，人是朕的人。薛九遙，自然也是朕的。」

聖上笑了笑，轉過頭來笑看著薛老將軍，眼神柔和，「薛卿，沒有朕的允許，你怎麼能把他打成這番模樣呢？」

薛老將軍愣在了原地，半晌才匆忙解釋道：「聖上，臣事出有因。」

聖上語重心長，「再怎麼有因，你都不應該下這麼重的手。」

「天地君親師，」顧元白轉回了頭，從窗口看進祠堂，晦暗的光影下人影愈發朦朧，輕輕道，

「但薛將軍，你把他打壞了，朕還能用誰？薛九遙在朕的身邊，好壞朕自己教訓著，犯了什麼錯，薛將軍手下留情些，別在朕不知道的時候，人就給打壞了。」

他又道，「明白了嗎？」

§

祠堂的門從外被打開。

薛遠嘴中乾渴，唇上起皮。他抬起眼皮迎著盛光看去，心道是送飯送水的人來了嗎？

茶壺中的水聲響起，茶香和濃郁的飯菜香味混在一塊兒。薛遠眼睛微微睜大，看著聖上踏光而來，獵獵披風揚起，轉瞬被聖上蓋在了他的身上。

紅色披風邊角緩緩落下，顧元白蹲在身前，「傻了？」

薛遠：「聖上……」

顧元白勾起唇，上下打量了番薛遠。

薛遠本就身強體壯，如今在祠堂中待了一夜，面上也看不出什麼。他比顧元白想像之中的模樣要好，顧元白安了心，輕輕拍了下掌心。宮侍在薛遠的前方放下一個精巧的矮桌，食盒中用熱水溫著的菜肴仍冒著熱氣，佳餚美食熱湯擺於其上，御醫上前，查探著薛遠身上的傷處。

薛遠被人塞了一雙玉箸後才回過了神，他看著席地坐於軟墊之上的聖上，看了半晌，才張嘴說話：「聖上怎麼來了？」

顧元白言簡意賅：「你先用膳。」

薛遠想笑，笑聲到了喉嚨就成了悶聲的咳嗽，身後的御醫連忙道：「薛大人慢些，動作小心點，我等為你上藥，莫要扯到傷口。」

「我知曉了，」薛遠喝了一口茶壓下咳嗽，眼睛不離顧元白，又想笑了，「吃，這就吃。」

他從飯菜中夾了塊熱乎乎的肉放在了聖上的碗裡，「聖上也吃。」

顧元白拿起筷子，隨意吃了一口。

御醫給薛遠療傷的時候，薛遠一直在給聖上夾著菜，他生平最喜歡吃肉，給顧元白夾的也都是他鍾愛的肉菜。這些肉菜做得寡淡，顧元白吃膩了，正想讓薛遠別再給他夾菜，抬頭一看，就見薛遠嚼著個菜葉子，傻笑地看著他。

顧元白嘴巴一閉，低頭吃著肉。

等吃飽喝足，一些小的傷口已被御醫包紮起來。宮人在祠堂之中整理出了被褥床鋪，薛遠被扶著趴在其上，御醫拿著小刀劃破他身後的衣衫，去處理傷處較重的地方。

木棍打出來的層層傷痕遍佈其上，輕點的就是皮下淤血，重些的就是皮開肉綻。顧元白站在旁邊看著，臉色逐漸沉了下去。

在兩個御醫忙碌完了之後，他才屈身，指尖輕輕，碰上了薛遠的脊背。

薛遠背上一緊。

顧元白只以為他疼了，手指一抬，壓抑著道：「他打你，你不知道跑？」

薛遠頭埋在臂膀上，肌肉緊繃，他的聲音沉悶，聽起來好似也像是疼得很了一樣，「總得讓薛將軍出出氣。」

顧元白面無表情，「當真是孝順。」

「不是孝順，」薛遠側過頭，握住了顧元白的手指，低聲，「聖上，讓人都出去，臣同您說說心裡話。」

顧元白看了他一會兒，依言讓人都走了出去。

祠堂的門一關，屋裡只有宮侍特意放下的燭燈亮起。薛遠的手向上爬，圈住了顧元白的手，把他拉到床褥上，抱在自己的懷裡。

深深喟歎一聲，「聖上，你可知薛將軍為何生氣？」

顧元白的層疊衣袍蓋了薛遠的一身，他注意著別壓著薛遠的傷處，漫不經心道：「不知。」

薛遠在他耳邊笑了，故意壓低著聲音，像是說著一個天大的秘密，「因為我跟老頭子說……」

他用著氣音，「我心喜一個男子，只對他一個人能舉得起來，看見他就渾身燥熱，其他人都不可。」

顧元白一愣，耳朵開始發熱。

「薛將軍不信，想要我的心上人給他生個孫兒，」薛遠輕輕摸上了顧元白的腹部，調笑著，「您說，我的心上人能生出一個孫兒嗎？」

顧元白打掉他的手，冷酷無情，「滾蛋。」

「滾聖上懷裡去，」薛遠親了親聖上的耳珠，「心上人的脾氣大得很，薛將軍既然提起來了，我覺得就得說清楚，免得之後不知從哪裡竄出來了幾個宵小，昏了頭地去動我的懷中人。」

顧元白眉角眼梢不虞隱隱，「薛九遙，誰的脾氣大？」

薛遠悶笑幾聲，「我，我的脾氣大。」

他低頭，乾燥粗糙的唇瓣在顧元白的臉側移動，「臣惹怒了薛將軍，薛府都不一定讓臣進了，我現在只能跟著聖上您了，您去哪兒，我就跟著去哪兒。」

顧元白心道，當我信你鬼話？

「信也罷，不信也罷，」薛遠好似聽到他的心裡話一般，低聲，「擋不住我寵著你，你要什麼我就去找什麼。我已同我父母直言過了，他們聽不聽是他們的事，與此相比，我更想知道，聖上，臣的懷您躺得舒不舒服？」

他的手圈緊了顧元白。

顧元白剎那間便明白了過來。

這是那句天子入臣懷的另一種說法。

臣的懷舒不舒服？

您願意躺在我懷中了嗎？這麼舒服，躺一輩子又怎麼樣？

鼻尖的血腥氣兒更濃，顧元白仰著脖子去呼吸乾淨的空氣，白皙的脖頸修長地緊繃成一條漂亮的線。

薛遠額頭抵著他，有力的雙腿壓著他，一聲聲：「顧斂、顧斂……」

又是一句含蓄的情話。

太黏人了。

他還起燒了。

顧元白低罵一聲：「放開。」

薛遠手臂一麻，埋在身後的表情驟然猙獰，雙目猩紅，形如惡鬼可怖。

他五指一根根掰開，容顏上的可怖一點一點地壓下。顧元白起身，就要出去叫來御醫。

在他快要走到祠堂門邊上時，突然道：「半個月後，傷能好嗎？」

隱隱有血色浮上的薛遠一怔，隨即眼睛一亮，「能！」

「背上會留疤嗎？」

薛遠深呼吸一口氣，「絕對不會。」

「那就到時候再說，」顧元白低聲咳了一下，「好好養傷，你要是能好，那便睡，正好瞧瞧是什麼感覺。」

「你要是不能好，」聖上回頭看他，眉頭輕挑，「那堂堂大將軍薛九遙，就獨自躺床上養傷吧。」

顧元白忍不住一笑，「外強中乾，怕是你也受不住朕。」

他眼波含笑，如水一般掃過地上的薛遠，薛遠在他眼波之中整個人已然酥麻。出神看著聖上推開了祠堂的門，出去叫著御醫前來。

受不住？

虛？

第一百三十七章

顧元白當日就把薛遠帶回了宮。

薛將軍恭送聖上時，看著自己的兒子進了馬車，心中複雜良多。

聖上為自己的兒子生了氣，那樣的怒火讓薛將軍心底又歡喜又惶恐，聖上如此看重薛遠，這是他沒有想到的。但兒子有聖眷，眷顧還這麼的高，薛將軍心底高興，喜悅不用說。但同樣惶恐於這樣的聖恩，一旦反噬是否又會禍及薛府。

是福不是禍，是禍躲不過。聖上能為兒子呵斥薛老將軍，薛老將軍實在覺得受寵若驚，只希望薛遠能回報聖上如此的厚愛。

馬車逐漸離去，薛老將軍樂呵了一會兒，又突然板起了臉，跟著薛夫人道：「我倒要看看，他喜歡的人到底是哪個男子！」

究竟什麼樣的人能讓薛遠將大好的前途當做兒戲，這樣可對得起聖上？對得起他老父老母嗎？

§

日子一天一天地過去，月底的時候便是聖上的生辰，薛遠總算是讓顧元白品嘗到了他親手煮出來的一碗長壽麵。

那碗麵漲了肚，薛遠端著空碗看著聖上微微突起的小腹，著迷地看了半晌，才轉身將碗筷端了出去。

轉眼就到了半個月後。

兩浙的鹽礦採取一事一直在秘密地進行著，約莫年後便可投入官鹽之中販賣。白日裡，顧元白與各位大臣商議著國政，扶桑被他們佔據了一個島嶼，那島嶼位置重要，是扶桑對外貿易和武裝準備的小島。

扶桑主動提出賠償，想用真金白銀換回島嶼，他們甚至可以同意和大恒約法三章，臣子們正在討論該不該同意和扶桑進行交換。

扶桑的香料一事實在噁心，即便是平日裡最古板的老夫子也對其恨得咬牙切齒，期待能狠狠給他們重擊，讓虎狼之心的扶桑好好看看大恒的本事。

這事談論來談論去，最後顧元白拍板定音，談，換。

扶桑的地方實在是少，除了害人的香料之外實在是窮，因為距離遙遠，打下他們也不好管制，更何況這幾年的對外戰爭頻發，後方還有西夏虎視眈眈，這筆生意不值當。

但顧元白絕對不能讓扶桑這麼逍遙，林知城前方來報，扶桑的香料來源便在東南亞一塊，這一塊要完全燒掉，對其國內，更是要多方制約。

毀了他香料來源，扶桑就只能變成以往的那個貧窮落後的國家。更因此一役，周邊被迫害的國家沒幾個願意對扶桑好臉。

與臣子們談論完之後，顧元白出了些微汗，他抹去汗意，為自己日夜漸好的身體不禁露出笑顏。

「田福生，沐浴。」

沐浴出來，天色已暗。十月的天已經寒意漸起，顧元白一身白袍，走出泉殿后，就見薛遠蹲在泉殿兩側的細流之旁，不知在沉思什麼。

細流中的水是泉池裡放走的聖上洗澡水，顧元白眉頭一挑，喚道：「薛遠。」

薛遠回頭，看見顧元白後果然又愣了神。

顧元白肩上披了件靛青的大氅，襯得他略帶粉意的肌膚如玉如花，薛遠無論見過聖上出浴幾次，都會被如此的聖上懾住，眼睛跟著轉，打著虎狼的心思。

聖上被他的神情逗笑，被水敷紅的唇角勾起，眼波帶笑，輕輕癢癢地睨了薛遠一眼，「呆子。」

薛遠渾身一酥，腳底一滑，「撲通」一下掉落到了聖上的洗澡水裡。

顧元白徹底壓不住，哈哈大笑了起來。

他帶著笑意回到了寢宮，宮人將床鋪整理好。顧元白上了床，鼻尖是沐浴後的清香，他心中突然一動，叫住了準備退下的田福生，「給朕點起薰香來。」

田福生訝然，自從被西夏國香迫害過之後，聖上便對香料有些排斥，這可是自那之後，聖上第一次要點起薰香。

田福生忙去準備香料，特意準備了助眠的香，希望聖上今夜能睡個好覺。

香味嫋嫋，緩緩蔓延。

顧元白攏著被子，逐漸入了眠。

再次有意識時，便有人將他的手腕抬起在頭頂，正在親著他的耳垂。

酥麻之感從耳垂竄上腦中，顧元白眼睛微微睜大，抬眸，入眼的便是薛遠的胸膛。

顧元白道：「你做什麼。」

鼻音濃重，帶著睏意。

薛遠趁著他開口說話的間隙吻住了他的唇，長驅直入，到了從未有過的深度。顧元白不適地推拒，對上了薛遠要把他燃起了的眼眸。

顧元白知道他要做什麼了。

要上床。

胸腔之內的心臟倏地開始快速地跳動，群獸亂舞，氣氛陡然變得稠黏，暗暗的火苗纏繞，點滴成大火。

被褥皺起成了山峰河流，手指捏著黃綢，用力。

悶聲漸漸，顧元白面染薄紅，他痛苦地閉著眼，想要躲避薛遠貪婪的舌頭。

唇瓣被裹住，被吸吮，口中的一滴水都要被奪走，顧元白想說別親了，但說不出來話。

這樣的場景，和顧元白想得有些不同。

好像反了。

腿從壓制中掙扎了出來，但無論怎麼踹，薛遠還是不動如山。牙齒用力，舌尖破皮，薛遠只是微微皺了皺眉，隨即抬眼，用饞得發紅的眼睛譴責地看著顧元白。

那神情簡直垂涎欲滴。

「放開，」顧元白猛地悶哼一聲，又是狠狠踹了薛遠一腳，「朕讓你放開！」

薛遠巋然不動，還笑了笑，低頭吭了一口，「聖上別怕，臣這半個月，吃了不少補藥，學了不少東西。」

顧元白驟然失了力氣，眼眸睜大，無力中還有些找不到由頭的慌亂。

馬車上他那麼聽話，現在卻不聽話了。

聖上的一句句狠話斷斷續續地放了出來，每一句都能嚇得人戰慄不止。薛遠卻好似兩耳未聞，專心致志地嘗完了正面，便慢條斯理地把聖上翻過來，嘗著反面。

每一塊肉都要在唇齒之間細細品嘗。有些地方實在細嫩，薛遠身上最軟的地方便是舌頭，舌頭一用，聖上嘴裡的狠話驟然一停。

脖頸仰起，豆大的汗珠從薛遠的身上滑落到顧元白的身上，剛沐浴後的身子卻又出了汗，在火熱的炕床之上，被褥未曾起到片刻的遮掩作用。

「滾開，」含著崩潰的顫音，「薛遠，你不聽話。」

「聽話，」薛遠身上的衣衫早已扔在了床下，他向前，將聖上白皙纖細的手臂圈在他的脖頸上，哄道，「背上沒傷了，有大片的地方給你抓。」

他低頭要親，顧元白躲開。薛遠低低一笑，追著過去，還是親上。

指甲拉出一道道紅白相加的傷痕。

再也沒有比薛遠更聽話的臣子了，薛遠這麼確信。

聖上身子不好，一切都要慢。

薛遠慢極了，他看著床邊的蠟燭，蠟燭一根接著一根，在暖光下滴成了水。

濁水還未滑落，便又凝成了珠子。

人影晃動，薛遠每時每刻地都要顧忌著顧元白的身子，他便是要快也不行。在這個時候，聖上說的話便可以不聽。強硬如強盜，兩隻耳朵成了聾子。

強盜也沒他這麼磨人，強盜也沒有這樣故意放緩的慢。

§

第二日早上，太陽高空懸掛，顧元白才勉強睜開了雙眼。

他動了動手，指尖都泛著酸軟，抬眼一瞧，指縫中都是細細的牙印。

顧元白無力地眨了眨眼，動了一動，骨子裡都是憊懶。

薛遠太小心了，顧元白沒有受傷，可一夜過去，那樣慢的動作帶來的耳紅心跳的折磨，卻徹底浸在他的骨子裡。

顧元白頭一次知道，原來慢比快更要讓人難受。

他想起昨夜薛遠怎麼也不聽他話的表現，神情一變，想起昨夜裡的事情，又是一變。

掀起被褥，顧元白低頭一看，竟然連腳趾上都是牙印。

聖上僵在床上，臉色紅了又黑。

門被打開，薛遠從外走進。他手裡端著熱水和巾帕，瞧見聖上醒來，那張人模人樣的臉上便露出了幾分饜足的笑來。

顧元白盯著他看，唇角抿直，紅透了的眼角不善。薛遠突然歎了口氣，「聖上，大早晨的，您再盯著臣看，臣就受不住了。」

「……」顧元白扯唇，「呵呵。」

薛遠上前屈身，將聖上的雙腿放在自己的膝上，柔聲，「疼嗎？」

不疼。要問感覺如何，挺爽的。只要爽了，顧元白什麼都好說。但昨夜的薛遠卻跟個沉默的高山一般，半分不聽顧元白的話，顧元白讓他快點，他還是慢。讓他停下，他嘴上應得好，卻還是繼續。

想到這，顧元白用力踹了薛遠一腳，不留情，「朕看你就煩。」

薛遠實實在在地挨了，將足尖握在手裡，在腳背上落下一吻，笑道：「勞煩聖上再多看臣兩眼，時候不早，臣伺候著聖上起身。」

「穿個能擋住脖子的，」顧元白聲音發啞，「袖子長的。」

薛遠忍不住笑了，「是。」

早上，御醫已經等在殿外，顧元白拉起衣袖讓他們把脈，手腕上，三三兩兩的牙印一個挨著一個。御醫手上一顫，佯裝沒有看見。

等到御醫收了手後，薛遠立刻上前，拿出帕子反覆擦過顧元白的手腕。

薛遠的手糙，乃至全身上下的皮膚比平日裡更為敏感，手帕擦過兩三次後，顧元白便皺著眉，低聲道：「疼。」

薛遠丟了帕子，深深皺眉。那副樣子，好像有人在他心口插了一刀似的。

顧元白心道，又在裝了。

明明禽獸不如，若是真的心疼，怎麼在床上的時候讓他停他卻不聽話？

待御醫走了之後，顧元白將手腕放在薛遠的唇前，命令：「親。」

薛遠的喉結巨大地滾動了一下，卻搖了搖頭，「聖上，不能親。這塊兒皮薄，再親就要疼了。」

顧元白稍覺滿意，正想放下手，薛遠卻抓住，低著頭心疼地吹了吹氣。

骨子裡的酥意麻麻。

聖上的指尖暗地裡不由自主地縮起，柔了聲音，和顏悅色地問著薛遠：「你疼嗎？」

薛遠面色不改：「聖上說的是何處？」

「背上，」顧元白正兒八經地轉了轉玉扳指，「今個晚上，脫了衣服，朕看看朕有沒有傷到了你。」

薛遠不由咧嘴一樂，他也裝模作樣地點了點頭，乖順道：「臣都聽聖上的。」

第一百三十八章

當晚，顧元白什麼都沒做成，因為他起了微燒。

御醫說他可以在半個月後行床事，薛遠為了不傷了他更是小心翼翼。但聖上的身子還是撐不住透到骨子裡的歡愉，顧元白被迫用了藥，躺在床上安歇。

薛遠為了安撫他，便露出被他抓撓得滿是傷痕的背部來給他看。

聖上不領情，白了忠心耿耿的薛將軍一眼，閉眼休息。

三日後，顧元白才從床上起身。他被田福生暗中勸說了好幾次，「聖上，萬不可這麼不顧身體，這也實在太過傷身了。」

老太監不只如此，還故意當著薛遠的面挖苦他太過纏人，語中埋怨良多。顧元白沒忍住，伏在案牘上笑得脊背微顫。

薛遠站在一旁，冷硬的眼神掃過田福生，手中輕輕順著聖上的背。

又過了幾日，顧元白收到了來自西夏皇帝的信。

如今西夏的皇帝，正是上一任西夏的二皇子，那個被顧元白打斷了一條腿的怯懦皇子。

李昂奕信封之中的口吻無奈，「您寫給我父的那封信，著實是讓我那段時日寸步艱難。」

他自然沒有說得如此直接，只不過細節之中便是這樣的含義。整封信看完之後，顧元白的神情緩緩肅起，從中看出了西夏二皇子的諸多試探。

李昂奕已知曉了扶桑和大恒的海戰，他打算出手了嗎？

顧元白沉思了一晚，睡覺時也在想著西夏二皇子的事。薛遠爬床都被他一腳踹了下去，「朕現在沒心情。」

薛遠硬是爬了上去，抱著他入了懷裡，被踹了打了好幾下，一一扛下來，「聖上同臣說說，誰惹你沒心情了？臣這就去把他給砍了。」

「那就多了，」顧元白指著他，「你就當屬第一。」

薛遠嗦了口他的手指，斯文一笑，「聖上，臣甘願被聖上懲治。」

「臣跪著，保證不動，」薛遠躍躍欲試，想到了那日的馬車，「聖上，臣腿上有力，您可直接站在臣的腿上，扶著臣的肩膀。」

顧元白不為所動，悠悠道：「薛九遙，你再多說幾句？」

薛遠閉嘴了。

片刻的寂靜之後，反倒是顧元白先開了口，「我在想西夏皇帝。」

薛遠嗤笑一聲，「我記得，那個被我打斷腿的二皇子。」

「是，」顧元白緩聲道，「不久之後，西北與西夏交接之處必定會發生戰爭，那時，我打算御駕親征。」

薛遠猛地收緊了抱著顧元白的手臂。

顧元白抿了抿唇，側頭面對面地看著他，一一跟薛遠講他為何決定御駕親征的緣由，「如今國內安穩，沿海一地的勝利終究離內地遙遠，我行反貪腐之事的時候，便曾想過用一場勝利來宣揚威勢，地方的官員離皇帝遠，皇帝的威嚴對他們來講已經削弱良多。我曾同你說過這一事，你那時同我說，主將的威儀愈大，士卒才會信服，才會聽話。」

薛遠深吸了一口氣，點頭，「是。」

「所以朕需要一場必贏的勝利來威懾地方，來震撼西北。北疆一事的勝利不可，搶佔了天機的勝利沒有對內起到我想要的震懾程度，」顧元白乾淨俐落道，「對西夏一戰的勝利，我十拿九穩，既然如此，就更加不能放過這次御駕親征的機會。」

「更何況，」顧元白頓了頓，壓低了聲音道，「西夏一戰之後，我便打算實行學派改革。只有御駕親征回來，那些人才會在我的勝利餘威下膽怯，會害怕地不斷退避我。」

「到了那時，學派改革便能趁此時機一舉而成了。」

顧元白心中的章程一樣一樣地來，若是身體沒辦法診治，那他自然不會選擇御駕親征，遙遠的路途他都不一定能受得住。但現在一切都不同了，身體有辦法活得更好更久，顧元白的野心跟著身體開始燃燒，他說著這些話時，眼睛之中都好似亮光在跳。

迷人，耀眼，讓人心砰砰地跳。

薛遠突然低頭，捧著顧元白的臉去看他的眼睛。

顧元白一愣，話語戛然而止，眸中疑惑，倒映著薛遠的面孔。

「聖上，」薛遠氣音低低，「說好了的，您不管去哪兒，都得帶上了臣。」

顧元白嘴角不由勾起，他摸了摸薛遠的喉結，帶笑道：「你乖。若是聽話了，朕就帶你去。」

「……」薛遠歎了口氣，「聖上，臣怎麼都能聽話，那個時候若是再聽話，臣都要死了。」

顧元白嘴唇張開，還未說話，薛遠就誠懇問道：「當真不舒服，不喜歡？」

「喜歡，」顧元白也老老實實地說了實話，「只是你太過磨人，手也太過粗了些。」

「艸，」薛遠低低罵了一句，立刻道，「聖上別說了，臣要畜生了。」

顧元白：「……」

兩人鬧了一會兒，故意耍著玩，而後相擁而睡。半夜的時候，薛遠突然驚醒，他大口地吸氣呼氣，額頭抵著顧元白的額頭，感受著他的呼吸噴灑，過了好久，夢中的窒息感還存留於心頭。

他又做了一模一樣的惡夢。

顧元白半醒半夢之間，好像覺出了他的驚慌，順著本能伸出手，摟緊了薛遠的頭，「爺在這兒，不怕。」

薛遠被按著埋在他的懷裡，眼睛瞪大，懵了一會兒回神，忍不住笑了。

夢中山崩地裂，泥塵飛揚之中的可怖場景，緩緩散去。

§

十幾日之後，西北軍已從沿海水師之中回到了西北處。前方也來了信，稟明西夏國內士卒聚首，恐要從後方進攻大恒。

顧元白在早朝上，坦然言明他要御駕親征。

朝堂譁然。

一個又一個的大臣出來阻止，淚眼婆娑地跪地懇求。下朝之後，更是接連不斷地三三兩兩一夥，前往宣政殿勸誡。

可聖上去意已決，他無法將學派改革一事拿出來說服眾人，便將其餘的理由一一說出。如今已景平十年，快要到景平十一年了，大恒的皇帝兩代未曾率兵親征過，帝王的威儀逐漸被忽視，這樣的機會，在顧元白眼中倍為難得，他不可能錯過。

能說服的人都被聖上說服了，不能說服的人也無需強制說服。朝廷之中有一半都是忠誠的保皇黨，他們願意退一步，但仍然擔憂聖上安危。

顧元白不是聽不進臣子建議的人，臣子們憂慮他出事，即便顧元白有足夠的信心，也要給臣子們留下一個安穩的保證。

過了兩日，他從宗親府中挑出來了五個孩童入宮。

宗親府隱隱約約地察覺到了什麼，因此很是激動，反覆叮囑孩子要以聖上為尊，將聖上當做父母一般親近尊重，要懂事要有禮，萬不可耍小孩子脾氣。

五個孩童被教訓得心中膽怯，進宮面見顧元白的一路，更是頭也不敢抬，生怕自己是不聽話的那一個。

但聖上卻是和顏悅色，不只陪他們好好的在御花園中逛了一圈，還留了他們用了晚膳，晚膳上，都是適合孩子們食用的飯菜。

五個孩子逐漸放鬆，與聖上交談時也露出了些活潑本性。待他們該出宮回去時，聖上又賞了他們許多東西，含笑看著他們離開。

孩子們抱著賞賜的東西，小臉紅撲撲地牽著宮人的手離開，打從心底地露出了歡喜神色。

宮人收拾碗筷，田福生給聖上送了一杯茶，「聖上覺得這幾位小公子如何？」

顧元白搖了搖頭，歎了口氣。

第二日，又是宗親府中的另外五個孩童入了宮。這次顧元白早已等在御花園的涼亭之中，涼亭四面被圍住，火盆燃起，暖如初春。

孩童們到達涼亭之外時，顧元白從薛遠手中抽出手，吃掉嘴裡黏膩的花瓣，「一日半袋，不可再多。」

薛遠珍惜著數著花瓣，苦惱，「聖上，臣那裡就剩三袋半的乾花瓣了。」

顧元白一驚，「朕給你曬了千百餘株的名花！」

薛遠嘖了一聲，「少了。」

外頭的聲音愈近，顧元白讓薛遠出去。薛遠掀起厚重的棉布，走出去後便與一個小童對上了目光。他劍眉一皺，覺得這孩子有幾分熟悉，孩童瞧見薛遠在看他，規規矩矩地行了禮。

奇了，宗親府中的孩童都是皇族，應當只對佔了侯爵之位的臣子或者皇族之中的人按輩分和職位高低行禮。薛遠既不是皇族，也沒有受爵，他挑挑眉，上前一步居高臨下地看著這個孩子，「你認得我？」

「將軍班師回朝那日，我正好瞧見了，」小孩不急不緩，慢吞吞地說著話，「將軍英勇非常，惹人嚮往不已。」

他嘴上說著嚮往，表情卻很平靜，瞧起來不過五六歲的年齡，卻已經可以臉不紅心不跳地說著奉承話，著實是個人才。

而這孩童身上，隱隱看出幾分效仿聖上的影子，薛遠勾唇，故意道：「聖上也曾這麼說過我。」

小孩猛地抬頭，神情訝然，他小心翼翼又壓不住激動，「聖上也同我一般這麼誇讚將軍了嗎？」

「聖上也誇了我英勇非常，」薛遠意味深長地道，「讓我不要懈怠，再登高峰。」

孩童聽不出薛將軍說了葷話，他只為自己和聖上說了一樣的話而倍感雀躍，傻傻地笑了起來，隨即板起了臉，又慢吞吞道：「薛將軍，正是如此，你要勇登高峰。」

這孩子可真是敬佩喜歡極了顧元白。

薛遠理所當然，顧元白那麼好，一個小小的孩童崇敬他是自然的。這還不夠，天下人都應該如此崇敬愛戴顧元白。

但顧元白只能是他的。

原本以為親近一次便能暫且止住片刻的饞意和渴求，但事實卻完全相反，薛遠對顧元白愈來愈著迷，迷到一眼便能丟了魂。顧元白的手指勾勾，薛遠便心跳如鼓擂。這哪裡比以往好？分明比以往還要過分。

狼子野心被掩蓋，薛遠讓開了路，讓這些宗親府的孩童進了涼亭。

五個孩童一進來，聖上放下手中的書，朝著他們微微一笑，「可受了冷？」

孩童們都憋紅了臉，拘謹地搖了搖頭。顧元白讓他們上前來，幾個人一一見過聖上，其中一個孩童叫了一聲「皇叔」時，顧元白驟然一怔，「朕是不是在哪裡瞧見過你？」

一本正經的孩子朝顧元白行了禮，耳朵尖卻已經紅了，「皇叔，侄兒曾在避暑行宮中見過您。」

顧元白想起來了。

他被薛遠扶著到了宛太妃的臥房門前時，那一堆的宗親府的孩童之中，有一個人倍為驚喜地叫了一聲，「皇叔來了！」

便是這個孩子。

顧元白想起了宛太妃，壓下惆悵，笑意更溫和了幾分，他摸了摸這孩子的頭，「你叫什麼？」

孩童竭力想要做出平靜模樣，「皇叔，侄兒叫顧然。」

「顧然，」顧元白輕輕頷首，笑道，「好名字。」

第一百三十九章

顧元白要在宗親中挑出一個孩子養在膝下，這個孩子的品行、年齡、面貌、八字，甚至是能否活得長久都要考慮得到。

顧元白審視了一個又一個的孩子，順帶去審視其背後的宗親府。聖上從來不是好糊弄的人，若是打著貪婪噁心的想法，顧元白不介意再來一次血洗。

索性之前黑甲禁軍威逼宗親府的一幕還給皇室宗親們殘留了深入骨髓的恐懼，他們老老實實，安分守己地送了孩子來，再將孩子接走。

十日後，顧元白宣旨，招瑞王之孫顧然進宮暫居慶宮。

慶宮乃在大恒皇宮東側，故此稱之為東宮。聖上只將顧然安置在東宮，卻未曾給予明面上一字半句的承認，態度著實曖昧。

顧然進宮這日，瑞王將顧然叫到身前，瑞王府中的一大家端坐在正廳之中，聽著瑞王蒼老沉重的訓斥。

「你進宮之後，唯獨一點要謹記，」瑞王指了指顧然的父親，「他不再是你父，我也不再是你祖父。若是你之後有福，幸得聖上眷顧，那便要受我等大禮，你親近他，便屈身稱呼他為一聲『三叔』，稱呼我為『瑞王爺』，然哥兒，可懂？」

顧然行了一禮，慢吞吞道：「我懂的。」

「不止如此，」瑞王道，「待我身死，或是你生父母身死，你都不可守孝於前，那時，你便不是我瑞王府的人，只是宮中的人。無論瑞王府的人求你辦何事、是何人求你，你都無需多做顧忌，也無需關照他們。若是有拿不定主意的時候，儘管去同聖上言明，請教如何行事。」

顧然忍不住露出一個小小的笑，「聖上厲害。」

瑞王嚴正的面容稍緩，他也哈哈笑了，「聖上正是因為厲害，我等才不可心中暗藏不恭之心。我們宗親正是因為聖上的厲害才得以有今日這般安穩富貴的日子，盧風掌權時那樣苟且偷生的日子難道真的有人忘記了嗎？要是誰敢借然哥兒之事伸手到聖上面前，我必定不會輕饒他！」

瑞王倏地拍了拍桌子，沉悶聲響忽起。

心中原本藏著小心思的人低下了頭，肝膽一顫。

稍後，顧然的生父，瑞王的三兒子顧何親自將兒子送出了府。

顧何向來對小兒子可有可無，平日裡與顧然自然算不得熟悉，更遑論什麼父子親情。但他此刻卻萬分後悔，恨不得時光倒流回到從前好與顧然親近。將顧然送出門的一路上，他更是噓寒問暖，到最後竟然哭了，涕淚橫流，口口聲聲說捨不得顧然。

平日裡待顧然冷嘲熱諷的兄長們更是淚流滿面，抽泣不斷。

但他們遮掩在袖袍下的雙眼，藏的分明是嫉妒和惡毒。

顧然沉默不語，他年紀雖小，但看事卻比一些成年人還要通透。瑞王府只要瑞王活著，便沒人敢作妖，至於之後，若是顧然當真有幸被聖上養在膝下，瑞王府的事情，想必聖上都會為顧然處理得沒有後顧之憂。

顧然這麼確信著，無比地信任聖上。說起來雖是不孝，但顧然知道自己被聖上挑中之後，他心中便偷偷有雀躍升起。聖上在他眼中威嚴極了，這樣的人竟然真的要成為了顧然的父親，只要一想之後或許會稱呼聖上為「父皇」，顧然便忍不住羞赧和扭捏。

壓抑不住的激動開心。

顧然入宮時，聖上特意抽出了時間。他陪著顧然用了膳，去看了宮中供皇室孩子學習的弘文房，笑道：「待明日，你便可與諸位兄長在此學習了。」

顧然的餘光從聖上的衣袍處劃過，想要說些感恩的話，但又想起聖上先前同他說的莫要拘謹，眉頭糾結，尚有兒童肥嫩的臉皺成了一塊。

聖上輕笑了幾聲，彎身牽起顧然的手，摸了摸他的頭頂，帶著他悠然逛起了御花園。

顧然眼睛微微睜大，片刻後，已成了冒著熱氣的紅蘋果，看著聖上的眼神滿是藏不住的崇仰。

但御花園才走了半圈，便飄落起了如柳絮般的雪花。

薛遠拿起披風大步上前，將聖上嚴嚴實實地裹在披風之中，抬手擋在聖上頭頂，「快回去！」片雪還未落在顧元白的身上，他已經如臨大敵。

顧元白沒忍住一笑，朝著田福生招了招手，接過老太監送上來的小披風，為顧然繫好在脖間。

風起，雪花驟然變大。薛遠嘖了一聲，彎腰便單手抱起了顧然，牽著聖上的手往宮殿裡趕去，「聖上，您能讓臣少些擔憂嗎？」

他忍不住自得起來，低聲道：「要是沒有我，你該怎麼辦啊。」

「沒有你，還有王九遙，鄭九遙，李九遙，」薛遠的表情隨著聖上的話愈發陰沉，顧元白悠悠抽出手，披風被風雪吹得獵獵，他在披風遮掩下，順過薛遠的脊背，像是安撫即將暴起的雄獅，「但他們都沒有你好。」

薛遠渾身一酥，腰背挺得更直。

晚膳後，顧然被宮侍帶回了慶宮，顧元白從政務中抬起頭，便見薛遠和侍衛長正在外頭對練。

薛遠年輕氣盛，足足活了二十五年才開了次葷，他唇薄鼻樑又高挺，單是面相便能看出火氣旺盛。張氏弟子張好一眼就能看出薛遠是個內火強盛的人，事實也確實如此，但顧元白的身體，御醫的叮囑，現下可不能頻繁地行床事。薛遠也捨不得，因此直到現在，他也就才吃了那麼一口肉。

沒吃便罷了，吃了之後再禁口，才是最難的。

薛遠只能找些其他途徑來發洩精力，早上打拳，中午耍刀，晚上和侍衛們對練，偶然去東翎衛中碾壓那些精英，殺殺他們的勁頭。

汗水濕了衣襟，身姿的線條愈發漂亮，頎長和強悍，說的便是這樣的身形。

顧元白的目光吸在了薛遠的身上，順過他的腰腹和長腿。打轉了幾圈後起身，走到宮殿外的廊道之中看著他們兩人。侍衛們一半為侍衛長叫好，一半為薛遠叫好，兩個人你來我往，場面精彩絕倫。

侍衛長喘著粗氣，又是躲過薛遠石頭般的一拳，「薛大人，你是不是、是不是有事騙了我？」

薛遠陰惻惻一笑，「張大人，田總管和我說了，在我遠走北疆時，你曾給聖上暖了床？」

侍衛長俊臉一紅，結結巴巴道：「就暖了那麼一次。」

薛遠倏地用力，猛地把侍衛長摔倒在了雪地上，他笑出一口泛著青光的牙，「張大人是想要暖幾次？」

侍衛長忍著疼，問出了老早就想問的話：「薛大人，你和我實話實說，你和聖上究竟——」

「張大人，」薛遠垂眼，打斷他的話，「不該問的別問，不該想的別想。聖上九五之尊，什麼樣的污穢事都不能往聖上的身上潑，你說起來是無心，但總有人會聽者有意，你聽明白了嗎？」

侍衛長面色一肅，緩緩點了點頭。

薛遠放開他，轉身一瞧，正對上了廊下聖上的目光。

薛遠揚唇，大把的力氣從四肢竄進，他朝著聖上走去，最後愈走愈快，已經跑了起來。又猛地停在了廊道之外。

顧元白不由道：「怎麼不過來？」

薛遠道：「怕身上的寒氣衝撞了聖上。」

顧元白抿了抿唇，低聲：「快穿上衣裳，別受冷了。」

薛遠接過厚衣穿好，終於踏進了廊道，緩緩走到了聖上的身旁。

他眼睛不錯地盯著聖上在看，那樣的目光，好像要把聖上放進爐火之中炙烤一樣。顧元白偏過頭，握拳不自在地輕咳幾聲，餘光從他領口處瞥過，皺起眉，片刻後，「都背過身去。」

宮侍聽令，轉過了身。

聖上抬起手，衣袍中的蔥白指尖溫涼，一層一層地整理著薛遠雜亂的衣襟。

薛遠眉角眼梢都是喜悅，他趁機低下頭，親了口聖上的指尖。

聖上低聲教訓：「多大的人了，衣服都穿不好？」

「這話說得不對，」薛遠，「聖上每日的衣袍都是臣給穿上的。」

「那便是故意的了，」顧元白放下手，點了點他的胸膛，「薛九遙，想要朕給你穿衣？」

薛遠失笑，他恨不得顧元白走路都是被他抱著走的，怎麼捨得。聖上卻掐住了他的下巴，逼得他彎下了腰，而後在薛遠的唇上親了一口。

汗臭味兒，以前覺得難聞，現在竟然卻覺得可以。

聖上聲音沙啞，「別撒嬌了。」

薛遠沉沉地看著顧元白，眼底中的青火幽幽。

顧元白將髮絲撩到耳後，白嫩的耳珠微顫，薛遠的目光黏到了耳朵上，喉結一滾。顧元白悶笑一聲，滿面春風地從他身側而過。

顧元白太過分了，現下不能行床事，他便總是在這般不經意間撩撥薛遠一下，逗弄他一番。薛遠愈是為他瘋魔為他著迷，愈是因為他忍得汗濕臉龐，他便覺得心底打著顫，愉悅得精神緊繃，好似在空中走鋼絲，刺激到讓顧元白上癮。

在聖上如此惡劣的一面之下，乃至到了現在，聖上哪怕只是指尖碰到了薛遠的手指，都會撩起一片瘋長的乾燥草原。

§

大軍未動，糧草先行。

在籌備糧草前往西北的時候，顧元白抽出了時間，特意牽著顧然，光明正大地出現在了孔奕林與米大人小女兒的喜宴之上。

孔奕林受寵若驚，當即起身在眾人面前給聖上行了一個一絲不苟的大禮。

顧元白喝了敬酒，在米大人驚喜的眼神之中寫下「天賜良緣」四個字，顧然依偎在聖上的身旁，看著這些字，沒忍住笑了：「父皇，您的字真好看。」

宴席上，圍在聖上身邊的臣子們聽到「父皇」二字，面色驟然一驚。顧元白卻不急不緩，悠悠道：「一手好字瞧著便心中愉悅，然哥兒，你年歲尚小，但也要從這時起便勤為練習，才能寫出滿意的字，知曉了嗎？」

顧然認真道：「兒子謹記。」

不久後，顧元白便牽著顧然走出了孔府，孔奕林堅持要送聖上出府，顧元白瞧他一身紅衣，打趣道：「就把新娘子丟在那兒了？」

孔奕林微微一笑，「臣得先來恭送聖上。」

「回去吧，」顧元白道，「再過幾日大軍便要直指西北，你要同我前去，那時你與你妻子怕是新婚便要別離了。」

「臣是一定要同您去西北的，」孔奕林神色一正，「西夏皇帝登基後穩定國內大亂的第一件事，便是大舉朝大恒發兵，他必定也需要場勝仗來奠定威勢，西夏皇帝御駕親征一事重大，聖上便是再有全勝的把握，臣也得跟上去，至少也可幫著出謀劃策。」

顧元白笑了，「那你就好好珍惜這幾日的時光。莫送了，回去吧。」

孔奕林在府門前停住腳步，看著聖上被薛大人扶上了馬車。

他的心頭微熱。

千里馬常有，而伯樂不常有。聖上對他有再造之恩，但孔奕林也沒有想到，聖上竟然會親臨他的成親宴席。

為這樣的君主，死又何妨呢？

孔奕林帶著笑走了回去，宴席上的人接連成群地向他敬酒，他們臉上的笑意更加真誠，比之前熱情了許多。朝著米大人敬酒的人更是一個接著一個，各個大笑著誇讚著米大人找了一個好賢婿，米大人嚴肅的面容已經笑得見牙不見眼，自謙稱著：「不敢當不敢當。」

聖上的親臨是一個高潮，顧元白自然也知道，他坐在馬車上，衣袍搭在膝上，問著顧然：「你可知為父為何要親自前去孔卿家中賀喜？」

顧然想了想，「兒子不知道想的是錯還是對。」

顧元白鼓勵道：「說上一說。」

顧然慢慢地說了三點，一是彰顯聖上愛臣，二是對孔大人的看重，三則是趁此時機，暗示顧然已成為聖上養子。

顧元白挑了挑眉，待顧然說完之後，他搖了搖頭，「還有一些。」

顧然面上全然的疑惑，「父皇？」

顧元白借此機會，細細給他灌輸帝王之道。

馬車緩緩駛進了皇宮。外頭駕著高頭大馬的薛遠攤開雙手，低頭看著聖上剛剛碰過的地方，由衷地歎了口氣。

身旁的侍衛有人奇怪道：「薛大人，怎麼憑空歎氣，可是見到孔大人娶妻，你也心癢了？」

周圍幾人低低笑了起來。

薛遠不置可否，他握了握手，心裡想的卻是，聖上剛剛搭在他手心的手可真軟。

愈來愈軟了。

聖上喜歡看薛遠忍耐的神情，便連觸碰都吝嗇了，像是在懲罰薛遠那日的不聽話一樣，一巴掌給個甜棗，馴獸也不過如此。乃至現在只是碰了碰手，薛遠都是頭皮一麻。

他沉重地又歎了口氣，看向侍衛們，「我瞧著是不是憔悴極了？」

侍衛們齊齊搖了搖頭，「你看著不僅不憔悴，還精神十足。」

薛遠眉頭一壓，「行吧。」

裝可憐都沒辦法。

§

薛大將軍糾結著怎麼讓聖上別再這麼吝嗇的時候，聖上已經精神飽滿、器宇軒昂地準備出征了。

月底，經過充足的戰前準備，大軍英姿勃發，經過各個將軍操練的大恒士兵們身帶煞氣，知曉這次是跟隨聖上親征，更是一個個眼睛發亮，興奮無比。

聖上祭拜祈福整整一日，第二日一早，便身著甲衣，高髮束起，看著城外綿延百里的士兵。

這些士兵每一個人吃的都是顧元白給的糧食，穿的都是今年補上來的棉衣。他們人人孔武有力，看著聖上的眼神敬仰膜拜。

顧元白在軍中士兵們心中的地位無法言說。這一點顧元白也知道，挑選東翎衛時，禁軍數萬人看著他的熱烈目光，他到現在也未曾忘記。

以往都是主帥說出戰前的誓詞，但是這次，是由顧元白來說。

號角和鼓聲猛烈響起，急促鼓點敲擊得令人熱血沸騰。百官站在聖上身後，看著對面士兵臉上顫抖的肌肉。

聖上走上前，將軍和隊伍之中的軍官豎起耳朵，要及時將聖上的每一句話傳往後方，確保讓每一位士兵都能聽到。

「將士們，」顧元白目光平靜地看著戰士，看著高空，「朕曾聽聞過田間老農的願望，他想要耕種的每一株稻黍多一粒粟米。也曾問過身處破屋的匠人，他想要一塊削木更快的鋸刀。萬民樸實，只要多一粒米、多個鋸刀便可滿足。朕之後又問了從戰場上回來的士卒們，他們卻同朕說，他們想活著。」

將軍與軍官們一句句地大喊著往後傳話，這一句「想活著」便轉眼響徹了城外。

「朕也有一個願望，」顧元白道，「朕現在就說與你們聽，朕想要的是什麼！」

「朕想要一個人人衣食無憂的大恒，朕想要一個無人敢欺的大恒，願饑餓、恐慌、死亡遠離我大恒，願我大恒子民因我大恒而驕傲，因我大恒而被外人敬仰。契丹、高昌、甘州、西夏，朕要你們在任何一切的外敵面前抬起脊樑，做個鐵骨錚錚的好兒郎！」

顧元白深吸口氣，目光灼灼，「朕要勝利，朕要千軍萬馬踏過，人人成為英雄！」

士兵們漲紅了臉，青筋凸起，握著武器的手都在顫抖。

軍官們高昂的聲音一聲聲往後傳著，士卒們被聖上的話煽動，他們眼底憋得紅了，數百人、數萬人逐漸喊出了一條聲音：「勝利！勝利！勝利！」

在高聲大喊之間，眼睛都飽含熱淚。

大軍直指西夏之地！

第一百四十章

大軍出征時，顧然沒忍住哭了。鼻頭紅紅，這小大人一般的孩子一邊打著嗝，一邊竭力維持在父皇面前的形象：「父皇，嗝，兒子等您回來。」

太可愛了。

顧元白故意憂愁地抿了抿唇，「若是為父回不來了，然哥兒，你要擔起為父身上的擔子。」

顧然一愣，徹底忍不住，仰頭嚎啕大哭了起來。

顧元白：「咳……朕逗你玩兒呢。」

等安撫好養子之後，在百官含淚行禮之中，顧元白看了最後一眼威武輝煌的京城，毅然決然轉身離開。

後方的夾道百姓人頭鑽動，手中揮舞著一個個平安符，著急擠在一塊：「官爺官爺，我們求了平安符，能把平安符給聖上和將士嗎？」

路邊攔著百姓的官差耐心道：「不能拿過去。」

許老漢一家就在其中看著大軍出去，嘴裡不斷念道著「凱旋、凱旋」。他的婆娘和幾個兒子兒媳都擠在這裡，婆娘臉色紅潤，比去年胖了許多，不斷拿著衣袖擦著眼淚，旁人有不知道的，上前安慰道：「大娘，裡頭有你兒子啊？」

「裡頭有穿著我做的棉衣的兒郎！」許老漢的婆娘大聲道，又擦了下眼角，「希望這些兒郎都能好好地跟著聖上回來。」

周圍的幾個今年也被朝廷召集做棉衣的女人雙手合十求著神佛，不斷喃喃，「聖上一定要安康，都回來，全都好好地回來。」

路邊的官差聽得多了，忍不住說道：「你們不去關心莊稼，也不去關心今個兒中午吃什麼，怎麼都在這關心士兵來了？」

幾個婆娘瞪了他一眼，人群中的爺們兒喊道：「你吃著官家的飯，怎麼能說這種話！」

官差只好奇一問，頓時便人人喊打，他狼狽轉過了頭，一看，左右同僚都皺眉看著他，神色不善。

他訕訕一笑，回頭一看，大軍漸漸看不見影了。

§

北風飄寒，二十日之後，十萬大軍在西北邊界處安營紮寨。

主帥是驃騎將軍張虎成，將領者數。到達地方之後，張虎成前來同聖上請示，隨即便安排人下去挖戰壕壘高城牆，做好戰前準備。

西北的城牆數座，顧元白在城牆之上俯瞰萬里時，才恍然想起，原著之中西夏不就是從西北處攻佔了大恒的五六座城池嗎？

而現在，一切都已經變了。

這場戰鬥的目的不是為了戰勝西夏，而是一舉入侵西夏。冬日的惡劣環境讓後續運送軍需和糧食的後勤線壓力倍增，任何一個環節都不能出現問題，後方的人要確保前線的軍需補給安全。而留在後方的人，都是顧元白極其信任的人。

顧元白認為這次戰鬥的最大敵人，已經不是西夏，而是西北惡劣環境和後勤補充。

稍後，薛遠帶著偵察兵前去丈量地勢，將探查結果上稟，將領和參謀們依據地勢進行攻佔推演。將與西夏戰役中會發生的各種情況進行了不同應對。

孔奕林話少，但眼神極為尖利，每次一出口便是直戳要害。

顧元白的將領們，經過這兩年來接連不斷的勝利已經積攢了足夠的自信和戰意，他們信任自己的能力，信任自己的士兵和後方戰線。顧元白擔心驕兵必敗，但看完他們的狀態之後，這最後一點的擔憂也徹底落回了肚子裡。

他的將領們都保持了理智和清醒，要的是腳踏實地的勝利。

西北黃沙漫天，城牆都是泥沙的顏色。冬日寒冷，為了以防士兵們受了風寒，軍中日日都會督促人馬輪流燒熱水，衛生一定要乾淨，每日都要用熱水洗手洗臉和洗腳，伙頭軍供薑湯，士兵們每日都要喝上一碗熱呼呼的薑湯。

士兵們開始還嫌麻煩，但等知道聖上會時不時帶著將領來到他們營帳巡視時，便捉急忙慌地開始搶著熱水洗腳。

總不能臭著聖上吧？

顧元白不知道他們的小心思，他親切溫和地巡邏了幾個大營，從營帳裡面出來時，狠狠吸了幾口新鮮空氣。

薛遠在一旁，還有些納悶地道：「這群兔崽子還知道乾淨了，味兒都輕了不少。」

「……」顧元白揉了揉鼻子。

這叫味兒輕？那以前得是多重？

顧元白一想，也有可能是他的鼻子現在太過嬌貴的問題。他多吸了幾口沒臭味的空氣，道：「染病一事重中之重，一定要萬分注意！白日將營帳通風，薑湯日不可斷，吩咐下去，讓每一個伍長對手下士兵多加督促，一旦有了熱病或是風寒，即刻送往軍醫處診治。」

驃騎將軍與中郎將等人齊聲應道：「是！」

顧元白還未說完，「朕使萬民為西北戰士縫製衣物時，也使其縫製了數萬布囊，布囊之中已放有含止血療傷之用的藥物，明日便將這些布囊下發，上到主帥，下到士卒，都要將牢牢將其繫於腰間，萬萬不可丟失。」

張虎成與諸位將領面色一肅，沉聲：「臣明日親自監督其發放。」

顧元白頷首，往回程的方向走去，「張卿，你與諸位將領論起作戰，要比朕有本事得多。朕只熟讀了幾本兵書，排兵佈陣卻是不可。你只管放心大膽地去做，攻防推演，眾人一心才能查漏補缺。」

張虎成有些誠惶誠恐：「聖上無論文治還是武功皆是戰果累累，臣惶恐，望聖上莫要再說這話。」

顧元白失笑，思慮片刻，問：「你可知道薛平將軍之子薛九遙？」

張虎成樂了，「臣和薛老將軍以往曾一同出戰過，薛九遙小小年紀便入了軍營之中，臣自然知道。」

薛遠悶聲咳了幾聲。

張虎成看向他，感慨良多，「遠哥兒如今都已比老臣還要高壯了，臣即便是與北疆相隔百里，也曾聽聞過薛九遙的名聲。待我等老將之後，武將也是後繼有人了。」

顧元白聞言，回首看看薛遠。他確實比這些將領們還要高大了。盔甲加身，眉眼銳利，將領們該有的成熟模樣他有，將領們逐漸失去的體魄和攻擊侵略的欲望，在他身上也濃稠入骨。

將領們因著張虎成這話感觸良多，三三兩兩地交談了起來。薛遠趁機俯身，在顧元白耳邊低聲：「怎麼這麼看我？」

顧元白耳朵發癢，他偏了偏頭，薛遠卻追了上來，舌尖捲過耳珠。

周圍的將領們忽然有人問道：「聖上，您覺得怎樣？」

話音剛落，周圍巡邏的士兵們就亮起了火把，在火光之中，聖上的面色好像透了層朦朧的薄紅，「……甚好。」

將領無人察覺，也跟著笑：「軍中的防備措施一項項做下來，臣等也覺得好。」

顧元白沉吟著點點頭，一副鎮定的模樣。

「薛九遙要學的東西還有很多，」顧元白接著剛才的話說，「但他有將帥之才，天賦異稟。無論是剿匪、鎮壓反叛軍，還是北疆戰事，都能從中看出一二。朕將他交予你，作戰之事你可隨意派遣他，讓他也好跟著你磨練一番。」

張虎成苦笑道：「先不說臣能教給薛九遙什麼，單單是西夏戰役，臣曾問過他是何想法，但遠哥兒卻說他只保護在聖上身邊，作戰一事，不要來找他。」
顧元白一愣，抬頭看著薛遠。
薛遠面色不變，好似沒有聽到張虎成的話。
「這等建功立功的機會，旁人都是搶著上戰場，薛九遙平日裡在戰場上也是衝鋒陷陣最狠的那一個，誰也攔不住他。他能說出這些話，臣都覺得訝然，」張虎成搖頭，「他說立功的機會以後多得是，不急這次。」
「……」顧元白慢吞吞地應了一聲，「嗯。」
用腳想，都能知道薛遠是為了誰。
他佯裝不經意地往旁邊一看。
薛遠垂眼，靜靜看著他。
嗜血嗜戰的人為了一個人放棄軍功，看著其他人上戰殺敵的時候寧願待在顧元白身邊保護。
真是……心緒複雜。
晚上，太監送來熱水。顧元白擦過手臉，簡單地擦著身子，坐在床邊泡著腳。
木桶中的水到了小腿處，他俯身拉著褲腳，一隻大掌伸了過來，黑影蹲下，將顧元白的褲腳捲起。
薛遠卷好衣服，伸手試了試水溫，「有點涼了，我再去端些熱水來。」
帳門揚起放下，薛遠很快回來，他蹲下身將聖上的腳從水桶裡拿出，握在自己的一隻手上。單手倒著熱水，覺得水溫差不多便停下，用手輕撥清水，「我的手比以往粗了些，只覺得水溫尚好，你試一試？」

顧元白在他的手掌之中動了動，「好。」

薛遠小心牽著腳移過去碰了碰水，顧元白覺得不錯，「可以。」

薛遠這才安心放了手，又伸出兩根長指圈住聖上的手腕，皺眉，「好像瘦了。」

「一連喝了好久的藥，受了好久的針灸，」顧元白扶著他的肩膀，還是被熱水燙得一哆嗦，「瘦了不奇怪。」

薛遠歎了口氣，穩住身子讓他扶，「再瘦就沒肉了。」

「你應當去看一看太醫院的那些御醫，」顧元白揚唇笑了，「他們從未行過如此遠的路程，又擔驚受怕朕的身體，這一路來，人人都瘦了一圈。」

薛遠敷衍地應了一聲，「讓伙頭軍給他們多做些飯菜。」

「伙頭軍的手藝還可，」顧元白道，「料子放足了，什麼都有味。」

「你不能這麼吃，」薛遠不允，「我早就問過了御醫，誰都能這麼吃，你不能這麼吃。」

顧元白：「總不能在西北還如在京城那般講究。遠哥兒，再加些熱水。」

薛遠加了熱水，忽地上前一探，親了一口，「叫九遙郎君。」

第一百四十一章

顧元白輕飄飄一個眼神看過去，薛九遙臉色便驟然一變，「白爺，好白爺，我說著玩的。」

顧元白嘴角一彎，「我還沒說什麼，你怎麼就認錯了？」

薛遠輕咳一聲，低頭給他擦著腳，「膽子變小了。」

說完，他端著木桶出去了。

薛遠說話當真是不打草稿，誰的膽子小，薛遠的膽子也不可能小。

顧元白躺在床上，腦中一會兒是百萬裡的黃沙漫天，一會兒是火把星星點點，城牆高大，溝壑通達，一會又想，薛遠若是看著別人立功自己卻兩手空空，他會後悔嗎？

過了一會兒，有熟悉的味道靠了過來，被褥掀起，薛遠小心翼翼，「白爺，今晚能和你一塊兒睡嗎？」

顧元白懶洋洋，「上來。」

薛遠美滋滋地上了床，將顧元白的腦袋抬起，手臂小心翼翼地放在其下，讓聖上枕著他的手臂睡覺。

顧元白蹭了蹭，「硬梆梆的，不太舒服。」

「軟，很快就軟了，」薛遠睜著眼睛說瞎話，「全天下就薛九遙的手臂最軟。」

顧元白樂了，給他比了個大拇指。

薛遠把他的手塞到了被子裡，不知是第幾遍的叮囑，「西北天涼，也很是乾燥。聖上夜中睡覺也要注意著些，手要時時刻刻放在被褥裡，否則第二日就要變成腫起來的豬爪子了。」

顧元白道：「是嗎？」

「咱們一起做一對豬爪子，」薛九遙裝模作樣地摸著他的手，故意佔著便宜，「即便是豬爪子，我手裡這一個也是最好看的一個。」

顧元白幽幽歎了口氣，「那就把不好看的那一個給砍了吃了。」

薛九遙若無其事地收回了手。

次日，西北竟然開始下起了大雪。

主將的營帳之中，顧元白和將領看著外頭的大雪，人人神色凝重非常。

派發布囊的將領積雪重重地回到營帳，「聖上，將軍，前方來報，西夏大軍已駐紮在我軍一百里之外。」

「一百里。」顧元白喃喃，眉間染上寒霜。

謀臣和將領們已在沙盤上將西夏大軍位置點出，一個時辰後，偵查軍回報，將更為詳細的消息上稟。

西夏大軍同樣號稱十萬戰士，但除去後勤人馬和炊事兵等不能參與戰爭的士兵，將領們確信其作戰的人不到五萬。

西夏國情和大恒不同，光是先前西夏皇帝登基，西夏便混亂成了一團。李昂奕的國香源頭一斷，國內政敵之中已吸食香料成癮的人不用他動手便會痛苦致死。

他們國內如此，後勤軍需必然緊張。說不定此次行軍中所用的錢財，便是李昂奕私自掏的自家庫存。

敵我雙方差距過大，戰線愈拉長愈是對大恒的損耗。眾位將領想法一致，出擊，主動攻上前。

顧元白頷首同意。

可接下來，大雪卻連綿下了數十日。

這大雪下得人眼睛跟著茫茫，每日一份的薑湯也轉為了兩份。還好戰前的準備做得充足，糧草堆積數個糧倉，大恒人穿著保暖的棉衣，心中安穩，無法察覺到將領心中的著急。

顧元白一整日無所事事，時不時就起身去看外頭的大雪是否停了。到了夜間，薛遠怕他憋出個好壞，硬是給他披上狐裘大衣，帶上皮質手套和絨帽，牽著聖上走出了營帳。

雪花日夜不停，顧元白身上沉重，一步一個腳印。狐裘細毛隨風雪飄舞，白色點雪如棉絮，縱然它連綿十幾日已耽誤不少糧食，但夜中看雪，雪只會更加美妙無辜。

顧元白鼻尖紅紅，垂眸，小心地在雪上穩住身形。

薛遠看著他，心都要化了。但下一刻，他的神色便緩緩收斂，眉頭豎起，臉側的髮絲隨風而起。

風向驟變，混亂無序。

腳邊有黑影竄去，薛遠火把一放，是幾隻慌忙逃竄的老鼠。

他原地站了片刻，不知在想些什麼。忽地握緊顧元白的手，轉身回程。

顧元白抓著他的衣袖，「怎麼？」

「今晚恐有暴雪，」薛遠抬頭看了一眼黑濛濛的天空，若有所思，「有些不對。」

顧元白當機立斷，「立刻喚人來！」

主帳的燈光亮了一夜，即便薛遠只是說有下暴雪的可能，但顧元白仍然不能抱有僥倖心理。士兵被叫起，響動逐漸變大，奔跑聲和呼喊聲頓起，火把四處飛快竄過。

神經緊繃的一夜過去，第二天早上，大雪卻停了。

這本應該是大好事，人人都在歡喜雀躍。但薛遠卻看著閃著白光的雪地默不作聲。

張虎成將軍連續數日的著急神情終於放下，他哈哈大笑地拍著薛遠的肩膀：「遠哥兒，昨夜你可想錯了！」

薛遠鼻音漫不經心，「嗯。」

張虎成見他還在看著門外景象，跟著看去，「那裡有什麼？」

「沒什麼，」薛遠呼出一口濁氣，眼皮一抬，天上的太陽灼灼，「這樣的好天氣，西夏大軍應當也要動起來了。」

張虎成將手緩緩背到身後，眼中精光閃閃，「雙方交戰的這一日，終於要來了。」

§

數十日的連綿大雪，同樣將西夏逼到退無可退的地步。在晴空當頂的第二日，西夏便排兵佈陣，號角鼓槌響起，踏著沉重的腳步往西北城牆而去。

西夏士兵號稱軍紀規整，主帥不說撤退便絕不會有士兵潰逃。但比起大恒士兵，西夏的後勤便是一大弱處，這場大雪已將西夏逼到退無可退的地步，他們只能贏，不能敗。

李昂奕身披盔甲，帶領五萬士兵踩過厚雪和黃沙。身邊的統帥說道：「陛下，前方大恒的旗幟已經豎起來了。」

李昂奕定睛一看，遠處有一方旗幟正隨風飄揚，上方一個「恒」字清楚明晰，直衝入眼底。

他眼中一閃，「記住，朕要佯敗，誘大恒士兵深入後方。」

統帥恭敬道：「是。」

「大恒士兵號稱十萬，但從京城到達西北之地，路途遙遠，又是天降大雪，他們的軍糧消耗必定超出想像，」李昂奕道，「即便不能攻佔西北的城池，也要將其糧食耗盡，使其陷入進退兩難之地。」

「大恒去年才發生蝗災，前不久又與扶桑開戰，」統帥沉吟，「便是大恒退兵，其國內也糧倉空虛，百姓恐怕會饑荒便起，陷入暴亂之中。」

李昂奕笑了，「這正是我所希望看到的局面。」

大恒士兵卻和西夏皇帝想像之中有天差地別的不同。

他們這些時日照樣吃得飽穿得暖，渾身都是力氣，閒下來的數日已經快要閒出了毛病。此刻聽聞終於開戰，各個眼冒綠光，凶悍地便要直撲敵人撕咬。

張虎成將軍整隊完畢，看著己方殺氣騰騰的將領和士兵，胸腔之中的熱血開始沸騰。士兵有這樣的狀態，又何須害怕拿不下勝利？

「將軍！」身邊的將領豪氣萬千，「前些日子沿海水師可是出了天大的風頭，這會總算是輪到我們了！看我拿下西夏統帥頭顱立功！」

當即有人不滿道：「別搶我人頭！」

張虎成仰天長笑，精神抖擻，「那我就看你們誰能搶到頭功！」

兩方大軍對峙時，在後方營帳之中，薛遠的眼皮卻跳個不停。

他握著顧元白的手不放，聖上的手心已經被他焐出了汗意，顧元白瞧出了他的不對，安撫地用另一隻手拍拍他的手背，「薛遠？」

薛遠深吸一口氣，將聖上拉起，「我們出去。」

顧元白一路被他拽著走，到了最後，薛遠已經抱著聖上跑了起來。顧元白摟著他的脖頸，皺眉問：「去哪？」

「我也不知道，」薛遠六神無主，「先跑。」

顧元白正要讓他停下，不遠處看守水井的士兵卻驚聲叫道：「這水怎麼渾濁了？」

薛遠突地停住腳，大步往水井邁去，低頭往水中一看，昨日清晨還清澈的水已然混著泥沙渾濁成了一片。薛遠沉沉看了片刻，倏地握拳，將顧元白往上一顛，又抱著他飛快往馬廄奔去。

一路還未到達馬廄，途中所遇見的牛羊都已焦躁無比地掙扎了起來。看守的士兵滿頭大汗，手腳無措地看著嚎叫不停的牛羊。

如此場面，看得顧元白眉心一跳。

薛遠額上已冒出汗珠，他吹了聲響亮的口哨，高喝：「紅雲！烈風！」

顧元白被他的聲音震得雙耳欲聾，薛遠脖子上的青筋都已賁張。遠處的馬廄之中，兩匹頗通人性的千里馬仰頭嘶吼出聲，硬是撞開了木門往薛遠所在之處奔來。

顧元白心頭突然開始狂跳，他不由雙臂用力，緊緊環住薛遠。

然而千里馬還未到達眼前，薛遠就忽地蹲下身，將手掌放在地面之上。

顧元白屏住呼吸，正要學著他的樣子去碰觸地面，卻驀然一僵，他盯著地上開始顫動的石粒，肉眼可見之下，黃沙開始在地面跳動。

是什麼？

薛遠猛地起身抱著顧元白就跑，冷風如刀割在顧元白的臉上，身後不遠處的馬廄轟然倒塌，雪泥揚起，又重重砸落在地。

顧元白瞳孔緊縮，他看著那一個個呆愣在原地的士兵，用盡了全身力氣喊道：「跑到空曠之地！快跑！」

話音剛落，地動山搖，山嶽怒吼，城牆化作巨石滾落，白雪成了污濁的髒色，頃刻間黃沙漫天，沙土凹陷，地面裂縫乍然裂開數米，牛羊嚎叫，與戰馬驚恐陷入裂縫之中。

轟然之聲響徹整個耳朵。

是地震。

地震來了！

第一百四十二章

這一場地震來得突然，連綿百里，吞噬了大恒和西夏的兩方大軍。

周圍的慘叫聲、呼救聲同著巨石滾落，侍衛和東翎衛，還有許許多多的普通士兵在往顧元白衝來。

未曾受到波及的人勉強站穩，膽肝俱顫，「保護聖上！」

「聖上！」

顧元白被薛遠抱著。

所有的聲音開始虛化，耳旁聽到的，只有一沉再沉的呼吸聲音。

陷落到裂縫中的士兵，被飛滾的巨石砸在身下的士兵，被埋進雪裡窒息的士兵。

每一個都是顧元白的心血。

他的雙目逐漸漫上紅絲，卻知道這個時候最重要的就是保證自己要活下去。

愈來愈多的人朝著顧元白跑來，嘶吼：「聖上在這！」

他們越過裂縫，卻被巨石擋住。越過石頭，又是塌陷一方。御前侍衛們和東翎衛的精英面色猙獰，只想趕快到達聖上的身邊。

但他們自保也難。

顧元白抬眸往遠處一看，天已經變得陰沉，糧倉倒塌，糧食被壓在廢墟之下。

薛遠的呼吸聲愈來愈重。
還好這裡沒有雪山。
「你不能死，薛遠，」顧元白頭腦悶悶，不斷喃喃，「你我都不能死。」
薛遠的腳步邁得飛快，即便抱著顧元白也未曾落下步子。身後的落下的人咬著牙在叫：「薛九遙，保護好聖上！」
不用他們說，薛遠就會這麼做。就像是此刻，他的手臂已然繃如硬石，泛著用盡全身力道的血紅。
誰也無法從他懷裡搶走人。
山崩地裂，塵土飛揚。先前做過的惡夢之中，顧元白就喪失在這樣的場景之中。
而今天，夢變為了現實。
薛遠牙縫緊繃，「我不死，更不會讓你死。」
城門倒塌，守衛城門的士兵已成了巨石下的屍體。薛遠換了一條路，可未過幾秒，就聽一聲悶響，腳下地面突然凹陷。薛遠身體扭曲，硬生生地轉過身躲過如深淵般的裂縫，卻平衡不穩重重摔倒在了地上。
顧元白被他帶倒在黃沙雪地之上，瞳孔驟然緊縮。
泥牆倒塌，從天而落！
牆面愈來愈近，薛遠倏地往前一撲，完完全全地把顧元白罩在他的身體之下。
轟然一聲，泥牆摔落身旁，瞬息坍塌在兩人身上。

薛遠悶哼一聲，撐在兩側的手臂猛地一鬆，他重重壓在了顧元白的身上。

顧元白顫著雙手撫上薛遠的臉，塵土飛揚的黑暗之中聲音也跟著發著抖，「薛遠，你怎麼樣？」

薛遠的手指動了幾下，血沫味兒濃重，顧元白呼吸一滯，大腦幾近空白，「薛九遙，你不能死。」

「……咳，」薛遠的聲音含糊響起，「還沒，死。」

粗糲的聲音，一張口顧元白就聞到了濃重的血腥味，顧元白倉促扯扯唇，勉強理智地著急去探尋薛遠的鼻腔，粗重的呼吸和稠黏的血液沾了一手。

薛遠受傷了。

顧元白強制自己冷靜下來，他想要去看看薛遠傷在了哪裡，可身上的重量讓他無法動彈，甚至讓他呼吸開始困難。又是一聲巨響，碎石跟著壓下，薛遠整個人都已砸在顧元白的身上。

顧元白喉間漫上血腥。

他咬著牙，咽下血味，低聲叫著薛遠，空氣稀薄，剛剛還能應聲的薛遠現在卻連聲都不吭。顧元白一聲比一聲急，顫著，「薛九遙——！」

薛遠猛地咳嗽了起來。

在這種時候，這幾聲咳嗽聽在顧元白的耳朵裡就好像是天籟。顧元白的眼睛忽地濕潤，他低聲：「別死。」

薛九遙不能死。

顧元白的手往腰間探去，鑽進兩人緊貼的衣衫之間，一點一點去搆自己腰間的布囊。

布囊中有藥。

顧元白以為自己很冷靜，衣衫皺起之中，好似成了山巒疊嶂，那個布囊應該很近，但在山巒疊嶂之間，藏在了不知道哪座深山中。

找不到，摸不著。

他的手指痙攣，卻有什麼溫熱的東西一滴滴落到了臉上，從臉滑到鬢角，拉出一道血色的痕跡。

顧元白的心猛地攥起，胸腔之中沉重得仿若已經沒了可供呼吸的氧氣，他想要取笑地問薛九遙是不是哭了，可聲音卻發緊，「薛九遙。」

沒人應聲。

「薛九遙，」顧元白艱難地發出聲音，氣息微弱，「出聲。」

薛九遙是男主。

天之驕子。

不會死的。顧元白死了他也不會死，薛九遙不說話只是因為他暈倒了，顧元白更應該在這個時候想辦法出去，不能急，人還有救，得趕緊救人。

手著急地摸索著衣衫中的布囊，突然有人喚道，「聖上！」

外頭遙遠的聲音忽近忽遠，頃刻間到達了坍塌之外。薛遠好像被這個聲音驚醒，他嘴唇動了動，氣音低弱，下意識地叫道：「顧斂。」

顧元白唰地一下，眼淚沖刷掉臉上屬於薛九遙的那些血痕。

「嗯。」聲音帶著顫音，薛遠心疼極了，他壓低聲音，破碎的語調在黑夜之中安寧，字字混著虛弱：「別哭。」

侍衛們開始挖著廢墟，著急忙慌地動著最外層的石塊。很快，一絲光亮逐漸變大，顧元白不適地眨眨眼，侍衛們跪在地上，腦袋往石頭塊底下探。

他們看到顧元白之後，眼圈頓時紅了，更加奮力地挖著石塊，不久，顧元白面前的石頭塊就被清理乾淨。

震感不見了，地震應該過去了，但還是會有餘震。顧元白和薛遠需要在餘震之前逃離這個廢墟。侍衛朝著聖上奮力伸手，可薛遠身上還壓著一大塊無法搬動的泥牆，薛遠連同泥牆壓在顧元白的身上，顧元白根本無法動彈片刻。

顧元白的呼吸聲愈來愈弱。

薛遠知道，沒時間了。

若是先把他身上的東西移走，顧元白的身體弱，他或許會在過程之中，先被薛遠和薛遠身上的這些石頭塊給壓死。

他的小皇帝承受不住這些重量。

薛遠眨眨眼，眼角一滴血珠落在顧元白的眼睛上。顧元白下意識地閉上了眼，薛遠呼出一口濁氣，手指用力，混著泥沙、鮮血的厚雪從指縫中壓出，他咽下血水，看向那些侍衛：「你們抬起石塊，我撐起來，你，趁機將聖上拽出去。」

對上他眼睛的侍衛紅著眼眶點頭。

薛遠低頭，顧元白的臉，已經被壓得慘白了。

周圍的人圍住了泥牆，帶血帶傷的手撐起泥牆，只等著裡外合併一起將聖上救出。

薛遠脊背繃起，他要用力。

顧元白頭腦缺氧，他下意識：「不……」

不能不。

薛遠深呼吸一口氣，無力的雙臂再次撐起，血水從臂膀下滑，肌肉鼓脹。

必須起來，薛遠，你必須要撐起來。

否則小皇帝，他就要被你壓死了。

他會窒息而死。

薛遠用力，再用些力。泥牆發出咯吱摩擦的恐怖聲響，外頭的人憋紅了臉使勁搬起泥牆，薛遠的臂膀逐漸打直，巨大的重量壓在他的背上，空隙一點一點，終於讓顧元白有了喘息的空間。

前頭的侍衛及時伸出手，拽著聖上的衣衫便將聖上從挖出的洞口處拽了出來，清冷的雪氣撲面而來，血腥味兒被掃開，塵土飄揚，顧元白卻睜大了眼。

他匆匆往後去看，薛遠撐著手臂，不知是血水還是汗水，從臉側凝成珠子，陡然滴落在泥地之上。

「薛遠！」

薛遠失力摔倒，少了他的支撐，外頭的侍衛猝不及防之下就要被泥牆帶倒，在顧元白眼睜睜的注目中，那些石頭塊和泥牆，幾乎又要砸落在薛遠的身上。

眨眼之間，時間都好似放慢了。

心跳幾乎停止，風吹的聲音如雷鳴般鼓噪，顧元白伸出手，手臂抬起的速度都慢極了。

這樣慢的速度，怎麼能救薛九遙？

不！

兀地一下，面前有紅影閃過，一身棕紅毛髮的千里馬奔過，極快地探進頭咬住薛遠的衣衫，帶著他轉瞬從石塊下跑出。

下一刻便轟然一聲，泥牆摔落在地。

顧元白看著被紅雲拽在嘴裡拉出石塊堆的薛遠，心臟重新開始跳動，他們躺在地上，侍衛們大口喘著氣，高呼：「聖上在這！聖上無事！」

顧元白手腳無力，沒法起身去看一看薛遠如何，但已經有侍衛跑了過去，大聲喊著：「薛將軍還醒著，快來人！」

餘光中，太醫院的御醫正滿臉熱淚地在士兵保護下跌跌撞撞地跑來。

「紅雲，好樣的，」顧元白閉了閉眼，咧嘴笑了，「好樣的。」

千里馬仰天嘶吼一聲，走到顧元白的身邊，低頭舔了舔顧元白臉上的血跡和淚水痕跡。

「朕感謝你，」顧元白緩了緩力氣，勉強抬起手，摸著紅雲的頭，認真地道，「朕感謝你救了薛九遙。」

天災人禍，顧元白由衷慶幸自己和薛九遙還活著。可到處入目瘡痍，斷壁殘垣，又讓這樣的慶幸摻雜了悲戚。

仍活著尚可以行動的士兵們，都往著聖上的方向趕來。他們的神色茫然，無助地尋著主心骨。

聖上就是這個主心骨。

顧元白知道自己要立即站起來，去安穩人心，佔據地震後的絕對優勢。

他最後摸了一把紅雲的頭，還活著的御醫顫抖著跪在了顧元白的身前，顧元白對他們道：「朕沒有受傷。」

薛遠將他保護得極好，除了那短暫的窒息，沒有讓他受到任何的傷害。

顧元白沉默地指了指薛遠，「去看看他。」

他則坐在原地，看著御醫診治薛遠。

薛遠身邊圍著一層又一層的人，顧元白的身邊也到處都是人。他看不見薛遠，薛遠也看不見他。

顧元白一直沒有說話，直到御醫轉回來跟顧元白說了一句「聖上放心」後，顧元白才收回了視線，在旁人攙扶之中緩緩站了起來。

眼睛一轉，入目便是一張張髒污的臉。

這些臉的神情或是害怕，或是空白，絕望和血腥在周身環繞。人人都看著顧元白，這是大恒的士兵，是為顧元白賣命的人。

「將士們，」顧元白咳了一聲，忍下嗓間的疼痛，「你們摸一摸腰間的布囊，那裡救命的藥物還在不在你們的身上？」

士卒們伸手摸到了腰間，參差不齊地道：「在！」「還在身上！」

「朕無比慶幸，朕準備了這些布囊，讓你們將其帶在了身上，」顧元白一字一頓，「死去的那些士兵是你們的戰友，是大恒的戰士，他們在天災中死去，活著的你們包括朕，不能就這樣白白地陷入惶恐之中！我們要帶著他們的遺願，更加堅毅地活下去，活著回京城，活著去見你們的親人與好友！」

士兵們攥緊了手，已經有人發出了抽泣之聲。

「人禍可免，天災難防，」顧元白指著天，激烈的情緒讓他的指尖顫抖，「但如此天災也不能使我大恒折服！我們有藥！我們有糧！你們轉頭看看，那些糧倉的石塊之下是什麼？是足夠讓天災無法奈何我們的口糧！」

士兵們轉過頭，瘡痍之間，糧倉的地方已經坍塌，但石塊壓不壞糧食，只要將廢墟清理，糧食都還在。

顧元白道：「我們不止有這些。」

士兵們回過頭看著聖上，目光中開始有神，開始發亮。

「我們還有大恒，還有綿綿不絕、數之不盡往前線送糧的後方，」顧元白鏗鏘有力道，「朕問你們，這些夠是不夠！」

人群之中的將領率先揮臂，淚流滿面地吼道：「夠了！」

士兵們被這一聲帶動，他們開始揮著手，也一聲聲在用命喊著，「夠了！夠了！」

喊著喊著，便是渾身顫抖，淚水奪眶而出。

顧元白的眼睛再次濕潤了起來，他等人群情緒緩和下之後，才擲地有聲道：「諸將領，上前一步！」

駐守在營中的將領們走出。

「未受傷的士卒由你們統帥，分為五方人馬行動，其一，跟隨軍醫對受傷士兵進行救治包紮，其二，去清理廢墟，盡可能地救出遇害之人，其三，挖出糧食和水井，去畜生圈巡查活著的馬牛羊等畜生，」顧元白，「其四，記下死去士兵姓名籍貫，找到屍首後燒火掩埋，伙頭軍聽令，震後用水必要沸騰翻滾，不可心存僥倖。其五，去廢墟之中找出尚且還有用之物，小到士卒鍋碗瓢盆，盡數放於空地之上。」

將領們抱拳：「末將領命！」

士卒一個個行動起來，軍醫和太醫院的御醫忙成一團。臨時的救災營帳搭起，傷患一個個被送入營帳之中，裝滿藥材的車輛最先被找出，全部運送到營帳之外。

人來人往之間匆忙卻有序，顧元白在營帳之中送去一個將領又迎來另一個將領。侍衛和東翎衛的人早已被他派出去探查兩軍交鋒情況和西夏駐紮地情況，待他們前來回報消息的時候，才知道西夏後方還有一隊兩萬人以上的人馬埋伏在斷壁之上，他們原本想要誘大恒士兵深入，卻在地震和雪崩之中死傷慘重。

西北平原之地，他們埋伏偏偏選了一地斷壁殘崖之上埋伏，可謂是慘上加慘。

地震不分敵我，無情的天災不會偏向於任何一個人。但至少，大恒士兵們的身上比西夏人多了一布囊的藥。

他們只要躲過去了，就多一分活下來的希望。

張虎成帶著頹靡的大軍回來，見到聖上之後，他心中的惶恐終於安定，雙腿一軟，跪在聖上面前痛哭流涕。

跟隨張虎成回來的將領們同樣跪了一片，嚎啕不止。

後方的士兵一一跪下，黑壓壓成了一片。他們的哭聲震天，既是在哭死去的人，也是在哭心中的恐懼。

顧元白看著黑沉的天，看著淒慘的斷壁殘垣，仰頭逼住了淚，而後道：「都給朕起來！」

「朕同你們說過的話你們都忘了嗎？」顧元白，「朕要你們在一切外敵面前！給朕挺起脊樑，做個鐵骨錚錚的好兒郎！」

「天災已停，你們在地動面前難道甘願就此認輸嗎？」顧元白眼中的星星之火，足以燎原，「給朕站起來，誰勝誰敗，現在還未可知。」

震後兩個時辰，偵查軍回報：「聖上，西夏皇帝李昂奕不知所蹤。」

震後三個時辰，東翎衛趁夜回程，他們帶回來了一個滿面鮮血的人。這人勉強在燈火下睜開了眼，看見了顧元白之後，苦笑兩聲道：「未曾想到再見到您，是在這樣的場景之下。」

第一百四十三章

來人是西夏皇帝。

顧元白看了他半晌，才勾起唇角，露出一個冷漠的笑來。李昂奕抹了把頭頂的鮮血，輕歎口氣，「還請您看在我這副模樣的份上，派個軍醫給我療個傷。」

顧元白道：「來人。」

兩刻鐘後，李昂奕頭上的傷已簡單包紮完畢。東翎衛是在戰場上發現李昂奕，彼時，他正被壓在一駿馬屍首之下，與裂縫深淵不過一臂之距。

營帳之中的燭光被冷風吹拂晃動，在兩國皇帝的臉上映出陰暗不明的光影。

李昂奕不用多想，便能知道這個營帳門前會有多少兵馬駐守，千萬人防守他一人，哪怕李昂奕有三頭六臂，也逃出不這大恒軍營。

他又歎了口氣，索性放鬆下來，靠在椅子上，如久別重逢的好友那般看著顧元白，「您看起來倒是沒受什麼傷。」

顧元白整了整衣袍，聞言眼皮一撩，似笑非笑，「確實要比你好上一些。」

「天命難測，」李昂奕眼中露出些無可奈何的神色，他無神了片刻，突然道，「今夜月色不錯，不如一同出去走一走？」

營帳之中的護衛精神緊繃，握上了腰間佩刀。

顧元白直接起身，「走吧。」

月色當空，大恒軍營卻還未陷入沉睡，執著火把的士兵四處巡邏，救災條理井然有序。

李昂奕看了眼高懸明月，悠悠道：「天災大難之後，月光卻還如此皎潔，真當是無情。地龍翻身來得也太過突然，偏偏是在你我御駕親征時降下，聽起來倒是有幾分鬼神之罰的意味了。」

顧元白邁過碎石，語調緩緩，「你不信。」

「我信，」李昂奕偏過頭，深深看著顧元白，「我信極了。」

顧元白雙眼一瞇。

「在我未去大恒前，您或許就聽聞過我『命硬』的說法，」李昂奕微微一笑，透著幾分暗諷，他在唇舌間把玩著這個字眼，「命硬，聽著真讓我難受。」

顧元白沒有說話，李昂奕也沒有想讓他應和的想法，他只是如喃喃自語般，輕聲說著自己想說的話：「您或許不知道，我是在茅房中出生的。我的母親身分低賤，偏偏卻好運地一次便懷上了龍種。她生怕有人毀了她的通天路，每日躲在茅房之中吃、躲在茅房之中喝，就這樣，在她膽戰心驚的躲避之下，後宮的那些蛇蠍，竟然當真沒有發現她。」

「但一個低賤的宮女躲著宮中嬪妃誕下低賤的二皇子，讓人覺得她不懂事的該死，」李昂奕唏噓，薄情冷漠的模樣，好似話中的那個人不是他的生母一般，「野心大過了能力，行事又這般的噁心，她不死又誰死？」

「在茅房中混著血和臭味的二皇子，也實在該死。」

「因為他太髒了。」李昂奕道。

顧元白淡淡道：「你的母妃如今卻被你追封為了太后。」

李昂奕笑了，「因為她有一個，」玩味地道，「命硬的好兒子。」

「您別急，我的話還沒說完，」李昂奕雙手放在身前，微捲的黑髮被血液凝結成了塊，「我自小長到大，日子實在是過得艱難。百姓愁一日三餐，愁溫飽子孫，我也跟著愁飯食，愁活命。單說這雙手，」他拿起手在顧元白面前一晃而過，「這雙手，曾被宮中娘娘踩在腳底下過。因她覺得石子刺腳，便讓我拿手給她鋪著路。那條石子路不長，可當時年紀小，便以為走不到盡頭。我尚且還記得那時的光景，我趴在地上，像條狗一樣，待宮中娘娘抬起後腳，我就得趕快把被踩過的那一隻手放到前面，讓娘娘及時踩到我的手上，周而復始。」

「您可知這娘娘為何這麼待我？因為我實在是命硬，也實在是好運，竟趕在她兒子出生前的五日從我低賤的母妃肚子裡生出，越過了她的兒子成為了西夏的二皇子。」

李昂奕自言自語：「也合該她看我不順心。」

「人或是迫於活命，或是迫於權勢，總要去做一些自己不願意做的事，」李昂奕停住了腳步，寒風突起，吹過眾人的衣袍，「這些事有好有壞，逼著你一步步地向前。你若是不做，那便活不下去。沒人不想活著，您不想活著嗎？您自然是想活著，從出生到權臣降世，您幾乎沒有受過多少磨難。生平最煩惱的應當就是大權旁落和這一具病弱的身子，您能這麼快地發現香料問題，能這麼快注意到身體的不適，這樣想活著的想法，您應當懂得該是多麼地強烈。」

顧元白默不作聲。

寒風吹起他鬢角的髮絲，他的臉側還有石粒摩擦過的細小傷口。

李昂奕隨風苦笑，他輕輕地道：「我想活著，被人看做是一個人一般地活著。」

「我想要穿上符合我皇子身分的衣服，想要上桌吃飯，想要旁人不再恥笑地朝茅房裡丟一個饅頭，再讓我撿起來吃掉，」李昂奕，「唔，我得誠實說一句，再好吃的東西在茅房裡滾上一圈，都讓人難以下嚥了。」

顧元白與他對視，他站在斷瓦殘垣身前，目中好像有幽色在發著光，兩國的皇帝陛下靜靜地彼此對視著。

李昂奕面上的笑意收斂，他變得面無表情。

西夏的七皇子俊美，李昂奕與李昂順有三分相像，但他的相貌卻普通得多。收斂笑意之後，普通的面容便浮現出了非一般的陰鬱冷酷，「我先學成個畜生，才能在污濁的西夏後宮中活到現在。那條石子路上，我的雙手被後宮娘娘踩得鮮血直流，她恨不得廢了我的手。而她身邊的宮女，則是呵斥我弄髒了石子路，當眾給了我五個巴掌。我用胸前背後的衣衫去擦掉那些鮮血時，我決定，我一定要做個人。」

「做一個真正的人，一個能把所有害我打我的人全部報復回去的人，」李昂奕沉著臉，「後宮的人最怕誰當皇帝？他們最怕我。因為只有我受盡了所有人的欺辱，誰都想要拽下我，因為他們知道，只要我出頭了，他們就會死。」

「大皇子傲慢，將我當做馬奴，他該死。三皇子溫和，私下卻讓我食滾燙的香灰，他和他母親都該死。四皇子、五皇子一母同胞，他們兄弟相幫，也該死……至於七皇子，嗤，蠢貨一個，倒是絕佳的好矛子。」

李昂奕：「您猜猜，我登帝之後，他們都是何樣的神情？」

顧元白：「我猜，他們害怕了。」

李昂奕沒忍住笑了出聲，他胸腔悶悶，笑得脊背彎曲，「您說對了。」

火把上的油脂炸開，火花被吹散，又猛地劇烈燃燒。

李昂奕直起身，冷下聲音：「但我好不容易做成了人，現在卻又輸了。」

「我自然信蒼天，可蒼天卻不眷顧於我！」李昂奕眼中血色慢慢升起，「它不讓我好好活著！我耗盡了所有的心血，我的數萬大軍，千百萬兩的銀子，整個西夏被我掌控並會在我手上慢慢復生，但蒼天卻不讓我這麼做！」

他猛地指著顧元白，吼道：「蒼天眷顧的是你！你受過什麼？萬民百官愛戴你，你要什麼便會有什麼！甚至連你要我的命，我都得斷一條腿來自保！」

侍衛、東翎衛和士卒們倏地拔出大刀長矛，瞬息包圍住了顧元白，尖銳對準李昂奕。

寒光跳躍，火光閃現危險。

李昂奕激昂的情緒轉瞬便平靜了下來，他還是那般地苦笑，「天降大難，你無事，我卻身陷敵營。這都是天意，是我的命。顧斂，」他輕輕的，一字一頓地道，「我沒有輸給你，我是輸給了蒼天。」

「天要我亡，我不得不亡。」

顧元白直到此刻，才突然笑了，他喜怒不定地道：「你覺得你不是輸給了我，是輸給了天？」

李昂奕坦然地道：「是。」

「那我就要你看看你究竟輸給了誰，」顧元白轉身，衣袍伴隨著大步飛舞，「帶上他。」

§

震後第二日，顧元白帶著大軍駕臨到了西夏軍駐地之外。

西夏人惶然，城門被緊緊關閉，城牆上頭站著密密麻麻的西夏士兵。

西夏沒有足夠的傷藥，他們因為後方的埋伏，傷兵足有兩三萬之數。加上西夏皇帝失蹤不見，西夏的將領惶惶不安，連夜帶人循著皇帝蹤影，他們連搜尋糧食都來不及做，完好未曾受傷的士兵被將領帶出，這座城內的，都是受傷了的西夏人。

看著遠在射程之外的大恒軍，地震後一滴水也未進的他們心中絕望漸起。

為何短短震後的第二日，大恒人便可以舉兵來到西夏城下了？

顧元白身披盔甲，他看著這道城門，平靜道：「張將軍，傳朕的話。」

張虎稱將軍領命，「是！」

顧元白道：「城中的人，朕知道你們是滿城的傷兵。」

張虎成提嗓，用西夏語將話傳到了西夏城牆之上。

「傷病無藥可醫只能等死，你們經過連日的大雪和天災，到了現在，或許連糧食都已不夠撐上幾日，」顧元白道，「戰場上的士兵，一旦受傷是什麼樣的後果，你們不會不知道。口糧會先供給未曾受傷的士兵，而你們，你們缺胳膊斷腿，只會被拋棄，成為戰爭下的無名屍體。轉身去看一看你們身後的廢墟，那裡還有你們眾多的戰友掩埋在其下等待著救治，可你們卻沒有辦法去救他們，因為你們自身也難保。」

「你們的皇帝，你們的將領無法保你們平安，」顧元白笑了一下，「他不是個好皇帝，他們也不是好的將領。」

人群之中被鉗制住的李昂奕臉色微微一變。

大恒士兵也在聽著聖上的話，他們抬頭看著西夏城牆上的敵對士兵們，看著他們臉上的髒污甚至還沒擦去，他們腳底下的城牆，破破爛爛得仿若一撞就會坍塌。

顯然一夜的時間過去，他們只匆匆架起了城牆。

和大恒根本沒得比。

西夏士兵明知道不該聽大恒皇帝的話，應該反駁，但他們卻沉默著，把這一句句話都聽在了心裡。

「來人。」顧元白突然道。

後方的士兵將車輛推出，手甫一鬆開，堆放得臃腫的車立刻翹起車把，車上的東西滑落在地。

士兵將層層布帶一一解開，裡面全是滿溢的糧食和草藥。

顧元白提氣，高聲道：「投降者救！不投降者殺！」

大軍震動，數萬人吼道：「投降者救！不投降者殺！」

高昂的聲音讓地面和城牆都在顫抖。

整個城池中的西夏人都聽到了這一聲衝破雲霄的喊話，他們忍著身上的疼痛，三三兩兩地與同伴面面相覷。

牆角廢墟上，許多人都還在痛不欲生地呻吟，他們的生命在快速地流失，血液染紅了地面。更多的人則是被掩埋在斷壁殘垣之下，在絕望地等待著死亡。

灰暗的城牆內處處都是這樣孤獨無助的場景。

沒人管他們，沒人救他們。

藥材和糧食，就是士兵的命。

「哐噹」一聲，不知是誰手中的武器掉落在了地上。這一聲的響動好像驚醒了整座城池，接二連三的鐵器丟落聲接連響起。

顧元白帶著大軍，看著西夏的城門在他們面前緩緩打開。

顧元白呼出一口濁氣，他看著那些忐忑不安的西夏人，轉身同諸位將領言簡意賅道：「救人。」

大批的人馬衝入到了西夏城池內，在西夏人戒備惶恐的目光之中將躺在地上痛苦呻吟的人抬起到軍醫面前。廢墟被一樣樣抬起清理，偶爾見到傷得不重的人，大恒士兵便直接將腰間布囊扯下，交予其用藥草止血。

處處條理分明，不急不緩。

顧元白騎在千里馬之上，轉過頭，看著人群之中的李昂奕。

「放了他。」

李昂奕被推出了人群，站到了大恒軍隊的面前。

顧元白居高臨下地看著他，道：「天災無情，它也沒有饒過我。去看看你城中的景象，與我城中有何不一樣？我大恒絕不趁人之危，我放你走，我要讓你看看，究竟是誰在亡你。」

「你救不了的兵，我救，你護不了的人，」顧元白俯身，黑眸幽幽，直視李昂奕，「我來護。」

顧元白直起身，鏗鏘有力道：「你信天命，而我踏淩霄。」

第一百四十四章

顧元白的目的從來不單單是為了贏西夏的一場戰爭。

他一是要用一場大勝來震懾地方，實施回國後的一系列變法。二是要借機入兵西夏，把這個正處於疲弱時期又有諸多好東西的國家收為己有。

名聲，民心，顧元白很貪心，他到目前為止，這些都想要。

用某種眾望所歸的方式，減輕大恒國內的軍需壓力，並且可以去鎮壓地震帶給他的負面影響。至於放了李昂奕。

顧元白瞇著眼，看著李昂奕獨自離開的背影。

他撐起弓箭，利箭對準了李昂奕，木弓撐滿，又面色平靜地放下。

顧元白還要拿西夏皇帝的死亡做一個幌子。

李昂奕還有一點用，大恒仁厚的帝王可以給他多一日的活命時間。

待李昂奕死的時候，他會派人親自去告知。相比虛妄的天命，他輸給的是為這一日、為這一場戰爭已經準備良久的顧元白。

天命哪有這麼看得起你，看得起你的是顧元白。

§

兩個月後。

西夏惠寧城太守府。

丁堰從厚重冬衣中抬起了頭，輕敲了下太守府的門。

太守韓揾已備好酒席在等著他，丁堰脫下披風和大衣交予小廝，外人悄聲退下，屋中只留他們二人。

韓太守舉杯與丁堰示意，感歎道：「子岩兄，你之前說的話是對的。還好我聽了你的話提前閉了城，離邊界近的那些城池，都已經被大恒人攻破了。」

化名劉賢的丁堰微微一笑，也舉杯與他同飲，「是韓兄你相信於我。」

說完，他似乎想起了那些不被人信任的日子，沉重地歎了口氣。

韓揾出口安撫了他幾句，丁堰搖了搖頭，不想再談，「國破家亡就在眼前，興慶府卻還在花天酒地，諸事不管。」

興慶府乃西夏的王城，此刻王城的主人，便是先帝最小的一個兒子的母親，旁人稱其為小王夫人。

韓太守聞言，不由神色一暗，「陛下死訊傳來不到半月，他們竟然已將王城折騰到了這般模樣。」

丁堰歎了口氣，「韓兄，你一直待在惠寧城閉門不出，自然不知外頭的情況。興慶府說是花天酒地，實則不過是自欺欺人。大恒皇帝太得人心，聽說不少邊界被攻防的城池之中，有的都是太守縣令自己打開了城門。照這樣下去，大恒的軍隊早晚會打到惠寧城來。」

韓太守沉著臉抿了一口溫酒，「他要打便打，陛下對我有恩，我死了也要守住惠寧城。惠寧城易守難攻，給他五個月他都攻不下來！」

丁堰心中道，確實太難攻了。

「您還不知道嗎，」丁堰舉起杯子擋在唇邊，壓低聲音道，「陛下御駕親征，大雪連綿二十日擋住他的去路，待到好不容易豔陽高照，陛下派兵往大恒處進攻，卻又逢地龍翻身。大難之後，大恒人抓住了陛下，然大恒皇帝仁善，覺得此舉乃趁人之危，著實不義，便命人放了陛下。誰想到在放了陛下的第二日，陛下反倒是被我朝武將鄭哲沛以一箭矢殺害。」

韓太守猛地將酒杯放下，怒不可遏，「我怎能不知道！大恒有一名常玉言的文人，寫文章嘲諷陛下犯了天罰，又是大雪又是地龍，全都降罪於我陛下，那文章都已從大恒傳到了西夏，我看了當真是怒火中燒，當真是一派胡言！」

他說完便看向丁堰，想要尋求認同，「子岩兄，你說說，這是不是欲加之罪？」

丁堰卻沉默了。

韓太守一愣，「子岩兄？」

良久，丁堰才道：「韓兄，若是我沒記錯，你曾同武將鄭哲沛一同因為勸誡先帝禁香一事而被關押在大牢之中過？」

韓太守點了點頭。

「我從興慶府回程時，鄭將軍府中正被抄家斬首，其大兒子鄭文才聲名遠揚，原本對陛下很是崇敬，感恩陛下除清眾人污名又禁了國香一事，還寫了多番文章來稱頌陛下恩德和遠見。但他被斬首那日，卻面目猙獰，咆哮道他有眼無珠，說……」

韓太守催促，「說什麼？」

「說在西夏販賣毒香、讓先帝及眾多臣民深陷毒香之癮的人，正是當今陛下。」丁堰一語驚人。

韓太守倏地站起，「不可能！」

「韓兄莫急，在下也覺得此乃無稽之談，」丁堰平靜道，「陛下溫和，與你我皆是有恩。只是在下卻想不通，鄭將軍一向有仇報仇有恩報恩，他手中的兵權二話不說便交予了陛下，為何此時卻朝著陛下放了冷箭？我左思右想不得，也不相信鄭家的話，只覺得莫不是小王夫人使了什麼陰私，讓鄭將軍不得不如此行事？」

「對，對對，」韓太守神思不屬地坐下，「必定是她使了什麼手段。」

丁堰默默吃著酒，待酒足飯飽，便先退一步前去休息。

夜晚，韓太守仍然在想著丁堰的話，每每想到那句陛下是販毒之人便覺得全身發寒。他翻來覆去地睡不著覺，將身旁的夫人也給生生吵醒。

夫人不耐地拍了他一下，「你不睡覺又是在想什麼？」

韓太守忍不住將白日與丁堰所言告知於她，「子岩兄親身聽到鄭哲沛的大兒子說了這麼一番話……」

夫人沉默了半晌，「相公，我說上一句話你莫要生氣。不管這毒香同陛下有沒有關係，他未稱帝時是一種模樣，稱帝後又是一種模樣。誰能想到登基的是他？這個人實在高深莫測，你啊，擔心一不小心就要踏入泥潭。」

韓太守肅顏，「胡說。」

「我胡不胡說你心裡頭明白，」夫人道，「不管陛下和國香有沒有關係，如今的西夏是亂得很了。你想要替王城的人死守惠寧城，還不如等大恒的士兵打來時主動開了城門。對待投降的城池，大恒人有禮又仁義，士兵一等一的規矩，不拿百姓一根雞毛。他們至少比土匪強盜要好，比反叛軍要好，這些事兒天下人都知道。你要是想為逝去的陛下敬忠，也總要看看城中百姓是否有陪你死守城池的念頭。」

韓太守說不出話了。

西夏本就因為國香一事受到了重擊，四處大小動亂皆起。現又有陛下身死、王城興風作浪一時，大恒人的入侵，反倒是給深受苦難的百姓一個解脫的希望。

甚至更多的百姓，都在翹首以盼仁義之師的到來。

韓太守輾轉反側了一夜。

第二日，他便同丁堰一起深入了百姓之中。

連接五日下來，韓太守憔悴極了。正在這時，王城又發生了一件喪盡天良的大事。

小王夫人派去抵禦大恒的軍隊失敗了，她竟然將主帥將軍及後方運送糧食和軍需的大臣通通殺盡，朝廷官員如今已人人自危。

韓太守歎息聲不絕，而他效忠感恩的陛下和西夏國香之間的關係，更讓他覺得沉重。這些懷疑像是開始生長的大樹，愈是回想，就愈是覺得蹊蹺。

當真不關陛下的事嗎？

§

大恒軍隊氣勢高漲，與十萬守備軍匯合之後，更是一支昂揚軍隊。

這支軍隊在三個月後才到達了惠寧城。城中百姓躲在房門之中，從窗口和門縫之間看著大恒軍隊。原本打算佔據地勢之優誓死守衛城池的太守韓揾，則沉默地打開了城門。

顧元白給了他禮遇，大恒的士兵也一如傳聞中那般紀律嚴明。

韓揾太守原本以為要受到的裡外不是人的局面沒有發生，憂心大恒搶掠強奪百姓的一幕也沒有發生。

他誠惶誠恐地招待了大恒的皇帝陛下，與顧元白多番交談後，多次想要交出惠寧城的統治權。

顧元白則是笑笑，道：「不急。」

顧元白每佔領一個城池，都要停留上一段時間。

統計戶籍，排查隱患。為了以後的學派改革，趁此機會需建起官學。大恒的政策對百姓優待良多，每一座城池都要將政策廢而重立。大恒的官員要趕到此處為官，原本的官員要麼徵調，要麼看其能力判斷其可否留於原地，但為了免去不必要的麻煩，顧元白一般都會將主動投降的官員調到另一處任職。

還有一些佔據國家資源，已成為毒瘤的勢豪。

土地重新分配給到百姓，對西夏的整頓要比對大恒的爽利舒服得多，二十萬大軍就在城外，誰敢不聽話？

而百姓，他們實際拿到了好處之後，便會對大恒死心塌地。

在大恒軍隊整頓惠寧城時，化名劉賢的丁堰暗中見過了聖上，便披上大衣，風塵僕僕地出了城。

§

顧元白在看著薛遠吃著藥。

五個月前只能躺在床上動彈不得的薛遠，現在早已好了傷。他被顧元白盯得指節僵硬，頭皮竄著麻意，無可奈何道：「聖上，能不吃了嗎？」

「不可，」顧元白抬袖，腕骨微露，眉眼溫和，「你傷還未好。」

薛遠下意識道：「那點小傷，早在三個月前便好——」

他眼睜睜地看著顧元白垂下了眼，陰影淺淺一遮，便是幾分難掩傷心之意。

「——我吃，」薛遠連一彈指的時間也未曾堅持住，他扔了勺子，埋頭兩三口喝完了一白瓷的藥水，小心翼翼，「我吃完了，你別傷心。」

良久的長途跋涉，未曾給聖上帶去分毫的風沙之色。鋒利的寶石被打磨得更加圓潤，閃著沁入人心的暖光，讓薛遠只要一看，便心底跟著抽疼。

顧元白往藥碗後看了一眼，愉悅地彎起了雙眸。

薛遠不由上前，「我當真好了。」

「傷筋動骨一百天，」顧元白起身去處理政務，「你要聽我的。」

「好，聽你的，」薛遠跟上去，「聖上讓我吃到何時我就吃到何時。」

顧元白嘴角一勾，抽出一份奏摺道，「今日之後便可以停了。」

薛遠眼睛一亮，「當真？」

「當真，」顧元白指腹摩挲著指骨，玉扳指溫潤如舊，笑話他道，「你才吃了幾個月的藥汁，日日都是這般苦著臉的模樣。」

薛遠否認，「這不是擔心滿嘴的苦味會臭著聖上嗎？」

顧元白聞言，抬頭看了他一眼。餘光撩起，如一條紅色絲線，纏纏綿綿圈在了薛遠的身上，「朕喝了許多年的藥，這些時日也從來沒斷過，難不成朕也臭了？」

「這……臣也不知道，」薛遠慢吞吞地道，「畢竟聖上好久都不讓臣碰了。」

他話語之中的含義已經明目張膽，顧元白失笑。他將政務放在一旁，手肘撐在桌上，朝著薛遠勾了勾指頭。

薛遠像是口渴的人終於看見了飽滿的梅子，轉瞬便湊了過去。

聖上舉起袖袍，寬大的衣袖遮掩住兩人的面容，他羽睫微顫，在陰影下輕輕送上一唇，「什麼味道？」

「香的，」薛遠閉著眼睛，鼻子抽動，嗅著聖上唇齒間的味道，「清香幽幽。」

聖上被逗笑了，又親了他一口，安撫道：「乖。等朕處理好政務，晚上再陪你玩。」

袖袍裹著香風落下，薛遠被聖上這一句安撫弄得耳尖泛紅，他站著發了一會兒的愣，乖乖走到一旁盯著聖上不動。

過了半晌，薛遠面色潮紅，呼吸加速地給了自己一巴掌。

薛九遙，你怎麼像個小姑娘似的？

第一百四十五章

晚膳時，聖上忙著翻閱韓太守送上來的宗卷。羞得如同個姑娘家的薛遠頂著半張俊臉的指印，拿走太監手中的碗筷，青勺劃過瓷碗，吹去霧嫋熱氣，彎身餵著聖上用飯。

他一身玄衣，腰間別著一把金玉扇子，身姿高挑，長靴緊身，不說話時便顯得壓迫。但在聖上面前，薛遠的唇角勾著，陰煞氣消散，只顯得豐神俊朗。

顧元白不知不覺被他餵了半碗的飯，一口口地把青勺吃進嘴中，唇色跟著紅潤了些。薛遠趁著聖上未注意時轉過身，也把青勺放在嘴裡嚐了好幾遍。

「喝碗湯吧，」顧元白唇齒嚼了嚼，「有些渴了。」

薛遠小心收起勺子，又忙去換了一個盛粥的白瓷碗。

田福生留在了宮中，跟著聖上身邊伺候的是田福生的小徒弟。

小太監欲言又止，瞧著薛遠把聖上用過的東西一樣樣地收到懷裡：「張大人，薛大人如此行事，您當真不說些什麼嗎？」

侍衛長劍眉一斂，「曹公公不喜薛大人？」

小太監的頭和手一起搖了起來。

侍衛長神色稍緩，語重心長道：「薛大人為護聖上安危，都已將自己的生死置之度外。薛大人如此也只是敬仰聖上，聖上都未曾說些什麼，曹公公以後還是莫要再說這樣的話，免得傷了薛大人的心。」

小太監惶然：「小的曉得了。」

飯後，顧元白被拽著同薛遠一起散著步。

薛遠走到半路，突然面色扭曲一瞬，顧元白問：「怎麼了？」

「傷口癢。」薛遠緊繃不動。

顧元白隨意道：「癢了就撓一撓。」

傷在背後，撓了姿勢不好看。薛遠被癢意折磨得難受，後退一步捂住了顧元白的雙眼，趁機撓了一下。

顧元白握上了他的手腕。

這手現下潔白如玉，無暇美玉那般美好。骨節如珠，皮肉細膩。但薛遠見過這雙手其他的模樣，在泥沙之間拂過，混著薛遠的血味抬著他的臉。

焦急，顫抖，顧元白哭了。

不敢置信。

他的眼淚明明是滴水，卻讓薛遠的心裡蒸騰起了滾燙的油火。薛遠以往想見他哭起來的模樣，但真正見過一次之後，卻連想都不敢回想。

他盯了這雙手看了一會，手上細碎的磨傷早已痊癒不見。但不見了，不代表未曾受過傷。

薛遠轉而摟住顧元白的腰，高個頭窩在聖上的肩窩，悶悶道：「顧斂。」

撒嬌了。
怎麼這麼黏人啊。
顧元白輕咳一聲，剛要說話，薛遠卻被嚇住，攥著顧元白的兩手朝他看去，「咳嗽了？」
「……無事，」顧元白嗓子又癢了，慢吞吞道，「我只是清清嗓子。」
薛遠放鬆下來，背後只覺得更癢，他抓著顧元白的雙手不放，「你給我撓撓好不好？」
嘴裡的話柔成水，手上卻強硬的不鬆手。
「白爺，」薛遠在頸窩親親舔舔，「背癢。」
顧元白不為所動，直到薛遠快舔了他一脖子的口水，他才受不住雞皮疙瘩，「鬆手，轉過身去。」
薛遠樂呵呵地正要轉身，餘光卻瞥到假山之後藏起來的一角衣衫。他英挺不凡的眉眼之間倏地戾氣橫生，「聖上，臣去處理些宵小。」快步走上前抓住了假山背後的人。
藏起來的人是個小廝，見到薛遠過來時眼神閃躲，神色慌張。薛遠掐著他的脖子，不虞沉沉，「你在看什麼。」
小廝掰著他的手腕，卻還想要狡辯，「我湊巧而過，哪裡敢看什麼！貴客不要冤枉人！」
薛遠放開了他的脖頸，小廝尚未來得及慶幸，薛遠便拽住了他的頭髮，猛地將他撞到了假山之上。
血液順著小廝額角滑落，薛遠面無表情地又問了一遍：「誰派你來的。」
小廝這時才驚恐起來，渾身顫抖地道：「是府裡的珍夫人。」

「珍夫人？」薛遠陰冷道，「你看到了什麼？」

小廝牙齒戰慄：「小人、小人……」

薛遠若有若思，喃喃自語道：「你全都看到了。」

小廝的話語卡在嗓子中。

匕首在手間轉了幾圈，插入又拔出，小廝沒有氣息地摔落在地。薛遠餘光瞥見小皇帝走近，蹲下身在小廝身上擦去匕首和五指上的血污，笑著走出去，「聖上。」

顧元白朝著假山看了兩眼，「什麼人？」

薛遠帶著他的肩往回走，低身道：「一個小廝，應當是府裡的一位珍夫人派來的。」

顧元白皺眉，側過頭看了一眼，「小廝人呢？」

「臣發現得及時，那小廝什麼都沒看見，」薛遠輕柔地轉過了聖上的臉，低頭用自己的臉蹭蹭聖上的臉蛋，「那個小廝都被臣嚇得尿褲子了，髒污，聖上不能看。」

顧元白嗤笑一聲，斜睨他一眼：「你將人嚇得尿褲子？」

薛遠認真頷首。

顧元白樂了，勾唇笑了起來。

稍後，韓太守便知曉了這件事。

珍夫人是韓太守府中的二夫人，她派遣小廝過去也只是想提前太守夫人一步，瞧瞧大恒貴客可有什麼缺需，顯出自己的體貼賢慧。這番舉動著實讓韓太守臉上蒙羞，他親自去拜訪了顧元白，行大禮致歉，言明會懲治珍夫人，還請陛下勿怪。

顧元白原諒了他。

當晚，犯了大錯的小廝便被發現投湖自殺。珍夫人去湖邊看了，湖面一角泛著血腥氣，小廝的面容隱約可見，她捂著嘴，打心裡的反胃噁心。

韓太守怒斥她良久，「死了也好，妳也不要再出現在我的面前。像這樣的大罪，妳是想要整個太守府都為妳賠命嗎？」

珍夫人抽泣不斷，骨子裡沁著涼意，愈想愈是古怪。

那小廝貪生怕死，怎麼會投湖自盡呢？

聖上的住處仍一片安寧。

薛遠早已將自己洗得乾乾淨淨，未著寸縷地躺在了聖上的床上，他不知想了什麼，耳尖已燒紅起來。這時已不止是背上的傷口癢，全身結痂的地方都跟著隱隱作祟地泛起了癢意。

剛受傷的那段時日，薛遠便是這樣不能動彈地躺在床上。聖上會親手沾濕巾帕，探入薛遠衣衫之中給薛遠擦著身。

那時再痛，都是喝了蜜一般的甜。

聖上沐浴歸來，瞧見龍床上的光景便呼吸一頓，「薛九遙，」字字遲疑，「你這副模樣是在做什麼？」

薛遠皺眉，比顧元白還要詫異：「聖上不是說要晚上同我胡鬧嗎？」

顧元白：「唔。」

他抬手點了點薛遠，蕩開笑，「朕說的玩鬧，可不是你這樣的玩鬧。」

薛遠不敢置信地看著顧元白，半晌後，他坐起身，薄被滑落到精瘦腰腹，沉沉歎了口氣，「聖上想玩什麼？」

他的神情寫滿了失落。

顧元白走到桌旁坐下，拿出了一張宣紙來。薛遠悄無聲息地跟了上去，顧元白將筆沾了墨，「西夏如今已被我攻佔了不少城池，但仍有一些負隅抵抗。攻城不易，往往要耗費眾多時間，一座城，就可能拖垮後方戰線。若非實屬無奈之舉，我當真不願攻城。」

薛遠深吸一口氣，知道這就是顧元白眼中的玩鬧了，「我去穿個衣服。」

片刻，兩個人坐在一起，仔細梳理西夏如今的情況。

等到月亮當空，才放下紙筆休憩。

§

攻城為下，攻心為上。若是城池中的人下定決心死守，那攻城的大軍當真沒有什麼好方法。

西夏的王城興慶府中，小王夫人對權力的佔有和渴望愈發瘋狂。她這樣臨死之前的瘋狂，恰好是顧元白撬動西夏城池的縫隙。

丁堰帶著監察處的人輾轉在西夏的城池之間，隨著一座座城池被打上大恒的印跡，城中的百姓也立即被安排下田。

攻下的城池一派免於戰火紛爭的安穩平靜，在大恒士兵的保護下安然忙著農事。安寧的生活對百姓來說有著強大的吸引力，許多百姓逃亡到後方的城池之中。隨著時日的推移，王城之中的人，終於在花天酒地之外覺出了驚懼。

西夏只是一個小地方，放在大恒的地盤上也不過是兩個州的大小，五個州已經被佔據了三個，還怎麼打？

在蟬鳴鳥叫之時，顧元白親手書寫了一封勸降信，派人送到了興慶府。

小王夫人拿到了這封信，當即喚來心腹捧讀，書信之中的大致含義為：「只要你主動投降認輸，朕可封當今西夏皇帝為夏國公，享食三千石，賞賜萬千。於大恒京城之中賜夏國公宅，允其母一同共住，保榮華富貴，衣食無憂。」

只要認輸，雖西夏沒了，但是卻可以被封為大恒的夏國公，在大恒皇帝的眼皮底下過上富貴無憂的生活。

小王夫人倏地站起身，大步走過去從心腹手中奪過信紙，反反覆覆看了好幾遍，確定這就是一封勸降信。

她抬頭看著心腹們，眾人神色各異，「夫人，這……」

「李昂奕都死了，」小王夫人難得心平氣和，「諸位，我兒尚且年幼，只有我代為掌政。可如今戰亂四起，我們西夏不斷派遣的四十萬大兵，全部敗於將領反叛或是敵軍鐵騎之下。大恒的軍隊不斷朝王城逼來，他們是要真正地將西夏滅國。大恒如此之大啊，這樣的龐然大物，我們母子兩個怎麼去對抗？」

有人勸道：「夫人，你要是接了這封信，就要成了被載入史冊的罪人了啊。」

小王夫人怒道：「笑話！難道非得我母子二人葬身敵軍手中，這才能讓天下人滿足嗎?!他們是何樣想法與我一個弱小的女流之輩有何關係，他們不能給我夏國公的好日子，大恒皇帝能！」

爭吵愈來愈大，心腹董志嚴突然道：「西夏的青鹽在大恒賣不動了。」

往日裡兩國交戰，西夏都會避開大恒國內青鹽販賣之地，大恒也未曾大範圍內禁止鹽商進出西夏。

除了小王夫人，其餘人大驚失色，齊齊向他側目。

董志嚴面色憔悴，「若是平日裡西夏與大恒開戰，大恒販賣青鹽的鹽商便會站在我們這邊，可如今大恒國內前來買我朝青鹽的商販愈來愈少，再這樣下去，王城便連吃喝也沒有錢財了。」

小王夫人冷笑一聲，抖了抖手中的信紙，「國庫中的錢財到現在早已被軍隊用完。李昂奕的私庫?誰知道他的私庫在哪裡!你們要是不想投降，那就拿出自己的錢財來，拿出米糧來，誰拿得多，我們就聽誰的話！」

沒人出聲，宮殿一時靜默了。

小王夫人珍惜地將勸降書折起，道：「大恒皇帝只給了興慶府半個月的思慮時間。」

到時候是遺臭萬年的投降去享生前的福，還是抵抗至死？

小王夫人心中早有定奪，她也相信這些人心中也會有所定奪。

顧元白御駕親征到了如今，冬日晃晃悠悠變為了盛夏。

每次從京城運來的政務之中，必然少不了顧然的書信。

顧然年紀尚小，手腕提筆寫字時沒有足夠的力道，便顯出幾分軟綿的跡象。但隨著時間的推移，字跡上的進步顯著，他不曾懈怠於習字一事。

最新的一封信中，顧然小心翼翼地問：「父皇何時回程？」

顧元白看著信，幾乎就能想像出來顧然的神情。他也生出了些對皇城的想念，想念京城的百姓，京城的熟人。

一隻手探出，安撫地揉著他的脊背。

「再過一個月，朕就要回去了，」顧元白輕聲道，「朕親征的時間太久，不可再拖延。」

一旁埋頭寫著檄文的孔奕林抬起了頭，眼底青黑，「聖上，您放心回去便是。如今西夏已收入囊中，後續的整頓和土地的分配臣等都會按著章程來，您一切安心。」

「一切盡快，」顧元白道，「西夏之中的有才之士不少，其中大多都嫻熟研習過大恒的學識。待到明年科舉，朕要在其中看到西夏人的影子。」

孔奕林與諸位文臣沉聲應了是。

顧元白輕輕頷首，起身從桌後走出，快要走出門檻時，後方政事堂的一位官員想起什麼，及時起身問道：「聖上，待收服了西夏之後，不知西夏新名為何？」

§

顧元白頓了一下，迎著高升的烈日，緩聲道：「西夏五州，一州併入陝西之內，兩州併合名為甘肅。餘下兩州，改西為寧，取夏地安寧之意，便喚為寧夏。」

「寧夏，」臣子們喃喃，「好名字。」

顧元白笑了笑，對著朝日呼出一口濁氣，大步邁了出去。

景平十二年夏，大恒朝滅西夏，設寧夏府路，取夏地安寧之意，寧夏由此而來。

是年八月中旬，恒高宗顧斂返京，百姓夾道歡呼，所過之處萬民手足舞蹈，與天下樂。

至此，大恒擴張地盤的腳步，暫時停緩下來。

第一百四十六章

回京的馬車上。

郊外密林交錯，樹影綽綽。馬車偶爾晃動之間，駿馬噴了個響鼻。

馬車內，白衣袖袍蓋住身上人的脊背和後腦，待到雙臂移開時，袖袍從薛遠身上滑落。薛遠骨指撐在車壁之上，他身下，聖上的容顏已染上了緋色。

顧元白眉眼中饜足，眼中含著潤色的光，眸色從下往上地看著薛遠時，同充血的唇如水墨畫一般暈開。薛遠呼吸一停，又低頭觸到了濕潤的唇。

手指從背後伸入衣領，顧元白摸到了幾道凹凸不平的結痂，他指尖一頓，來回摩挲兩遍，「還是留疤了。」

薛遠握著他的小臂，「不疼。」

「有些煩躁，」顧元白低低道，「這本來什麼都沒有的。」

「保護聖上而留下的疤，還能留一輩子，」薛遠真情實意感覺愉快，「這不是誰都能有的。」

可聖上抿著唇，還是笑不出來。

薛遠心道，怎麼這麼可愛啊。

他珍惜地低著頭，一口一口糊了聖上滿臉的口水。聖上被他親得瞇上了眼，薛遠又忍不住心道，怎麼這麼可愛。

「聖上，」忍不住拉柔了腔調，「臣和您現在到了什麼地步了？」

聖上張口欲說話，薛遠卻忍不住順著他的唇縫鑽了進來，唇瓣太薄，一不小心便會被吮得出血，薛遠便吮著聖上的舌尖。

顧元白被他吸吮得疼了，推了他好一會兒，薛遠才依依不捨地退開。

「我要說話的時候你又堵住不讓我說話，」顧元白「嘶」了一聲，掐著薛遠咬了一口他的下巴，輕罵，「你屬狗的嗎？」

薛遠盯著顧元白的衣領不說話，顧元白皺眉低頭，才發現領口處被摩挲得發皺，已經微微散開，白皙皮膚向下，隱約可見。

眉頭一挑，手指覆上衣領收緊，「你覺得我們現在到了什麼地步？」

薛遠回神，難得不自在。他握拳低咳了好幾聲，面色看著平靜，耳朵卻已在馬車縫隙間的光束下紅得通透，顧元白看著他渾身不對勁的模樣，不知不覺，已經有了些笑意。

薛遠扭捏了好一會兒，才蹲下身，他握著顧元白的雙手，擲地有聲說：「談婚論嫁的地步。」

他的眼眸有神，亮堂。

馬車中沉靜，只這一聲長遠，仿若亙古而來，綿延千百里不斷。

顧元白身體內有什麼東西跳動得愈發快了起來。

他知曉這代表著什麼。唇角愈發抿直，卻透著不同尋常的紅意。他克制著偏過了頭，熱氣逐漸升高。

緊繃的臉側，已經泛著潮色。

薛遠緊張之下，只以為他是生氣了，連忙解釋，「並不需要真的談婚論嫁。」

他伏身枕在顧元白的雙膝上，墊著顧元白的雙手，把一顆火熱的真心奉上，「我不想同你傳出些什麼桃色流言，不想讓旁人在我不知道的時候臆想於你。單是你現在這副模樣，我都不想讓旁人看見。」

薛遠突然慶幸了起來。慶幸顧元白是皇帝，而他奈何不了顧元白。否則以他這樣的晦暗想法，會直接將顧元白圈在自己的地盤也說不定。甚至更過分的，他或許會從史書上抹去顧元白的名字，讓後人都不能窺得顧元白一二。

多麼可怕，他甚至想過薛府能不能關上顧元白一輩子。

但聖上註定會在史書上耗費許多筆墨，既然如此，薛遠只想要顧元白乾乾淨淨。不想讓他被後世隨意一個生人窺伺，被旁人輕佻地搭上豔色。

「……」顧元白嘴唇上的皮都黏在了一塊兒，甜得膩人，「這就是你每次親完我，就將我的髮絲和衣衫整理得一絲不苟的緣由？」

薛遠悶悶地嗯了一聲。

顧元白下頜收緊，精緻的喉結上下滑動，他眼睛都覺到了臉上的熱氣，被薰得需要緊緊咬著牙。脖頸修長，有些僵硬。

薛遠若是在這時抬起頭，便能看到滿面紅意的聖上。

「談婚論嫁，」半晌，顧元白才啟了唇舌，欲蓋彌彰，「嗯，確實無法談婚論嫁。」

顧元白。

人都嫖了，為什麼嫖完後還會有這樣極盡羞恥的感覺。

告白就告白吧。

說得這麼真摯做什麼？

顧元白竭力壓下面上的不對勁，汗水泌出，染濕了鬢角的黑髮，狼狽無法遮掩。

薛遠還伏在膝上，一句接著一句，「不談婚論嫁。但我同你之間已到了這個地步，我問過空性大師，聖上身子骨疲弱，無法孕育子嗣。我同聖上誰也不娶，就這樣過一輩子可好？」

一輩子。

他怎麼什麼都敢說。

顧元白突然問道：「若你父母以身逼迫你成家？」

薛遠沉沉笑了起來，「他們不敢。」

顧元白想到了薛遠的瘋勁，薛遠許久未曾在他面前犯渾，他都忘了這人骨子裡的桀驁。他說不敢，薛老將軍夫妻倆便當真奈何不了他。顧元白動了動腿，「起來，你壓得我難受。」

薛遠乖乖起身，抬眼瞧見聖上紅潤的臉，他擔憂，上手一探，「熱了？」

顧元白拍落他的手，含糊道：「無事。」

薛遠還不放心，顧元白舔了舔唇，舌尖一碰，唇肉也是燙的。

他皺皺眉，覺得自己也太過上頭了，以手扇著風。薛遠瞬息明白過來，抽掉腰間的金銀玉扇，給顧元白送著涼風。

顧元白：「把窗戶打開。」

薛遠一手將窗口打開，外頭的侍衛長對他目光相觸，含笑點了點頭。

涼風從左右吹進，穿堂風爽利地帶走那些旖旎。顧元白頭腦逐漸冷靜，他看著窗外的綠意，每一棵樹繁茂蒼蒼，微風一動，所有的枝葉都開始晃動起來。

「我曾同你說過許多次，」顧元白喃喃，「提醒過了你要點到為止，既然你還要撲上來，那我就不再管你了。」

薛遠從他身後覆上來，「聖上。」

「若是沒有看見生的希望，我不會御駕親征，」聖上笑了笑，「也不願意耽誤旁人。可你一而再、再而三地不聽話，那時真是讓我困擾。」

薛遠聽不得他說這話，但還是忍著，聽他說完。

「我暗中從未停止尋找過名醫，天無絕人之路，既然我來了，總得給我留一線生機，」顧元白道，「但我也是人，人都有失望的時候。我想活著，但天下如此之大，生機如此渺茫，若是我到死了還沒找到活下去的機會，我甘心嗎？」

「時光短暫，如白駒過隙，那些寶貴的時間，我不能拿來沉迷於情愛，」馬車忽地顛了一下，顧元白後仰，投入了薛遠的懷裡，「我想活著，很想活著。用盡一切辦法尋找活下去的可能，如今終於有了活下去的希望，可征戰之後，勝利之下還是會有一些無根浮萍的空虛。」

薛遠猛地抱緊了顧元白。

顧元白看著藍天白雲。

自言自語，「所以你得想辦法，把我好好拽住。」

拽在這片土地上。

百官於皇城之外，恭迎聖上回京。

顧元白下了馬車，太監高呼一聲，便是百官叩拜，高呼三聲「吾皇萬歲」。

臣子們神情激動，眼中含著熱淚，每一道的呼聲和叩拜都用盡了力氣。田福生跟著顧然上前，顧然雙手合起俯身一拜，小小的個頭未曾長高多少，字正腔圓道：「恭賀父皇凱旋！」

顧元白摸了摸他的腦袋，遠眺皇城，突地一笑，提氣道：「眾卿平身。」

他一手牽著顧然，緩緩從百官之中走過。

百官恭敬地彎著身，老臣們顫顫巍巍，年輕的臣子激動高亢。這一條通暢的大道，直達皇帝的宮殿。

顧然仰頭看著兩旁的百官，又仰頭看著顧元白。

父皇衣冠簡單，步子緩緩，每一步都沉穩極了，江山河水，就在這一步步間踏出萬里安寧。

顧然握緊了父皇的手。

他平靜地眨了眨眼，也學著父皇的模樣，直直看著前頭，慢慢走著腳下的路。目不斜視，只看著前方。

他看起來會和父皇一樣瀟灑嗎？

§

聖上回京之後，足足忙到了月底，京城沸騰的情緒才緩緩平靜了下來。

顧元白的日子恢復到了以往的節奏，往扶桑同遊牧之地辦學傳教一事全權交由了政事堂和樞密院，他只需瞭解進度即可。

西夏各地方的整頓辦學緩緩走上正軌，不少官員陸續調往了西夏任職。兩浙的食鹽大量投入了市場後，鹽價降低，再加上國家大力打擊私鹽販賣，戶部尚書這些時日笑得見牙不見眼，金銀財寶大批大批地往國庫送去，顧元白每次去看國庫款項，心情都會變得奇好。

日子便這樣舒緩地走向了九月。

九月初的時候，顧元白帶著顧然去看了和親王妃的女兒，小郡主顧安兒。

在安姊兒滿三月時，顧元白便給她賜了封號，多次對其表示喜愛。來自皇帝的庇護，讓王妃的日子過得很是愜意，她如今面色紅潤了許多，每日逗著女兒玩，待到天氣晴朗，便同女兒爬山上香，總是有諸多樂趣。

小郡主被養得極好，白白胖胖，手上的肉輕輕一按，便是一個小小肉坑。

顧然看著小妹妹見到父皇後樂得口水都流出來的樣子，眉頭一糾，暗暗拽上了父皇的衣襟。

顧元白沒有注意到他的小動作。他雖然喜歡逗哭小孩，但也僅限於對男孩如此。對於香香軟軟的小姑娘，那才是怎麼寵怎麼來。顧元白輕柔地給小郡主擦乾淨了口水，又在懷中抱了好一會兒。

小郡主沒見過顧元白幾次，如此年紀應當也記不住人，但卻對他歡喜極了，黏糊糊地在顧元白臉上留下一個個的口水印，說是親，其實就是啃。

顧元白笑了幾聲，將小郡主遞了回去。招過顧然來，揉了揉顧然的腦袋，「然哥兒，過來見見安妹妹。」

顧然看著在乳母懷中奮力朝著顧元白張口雙手的小郡主，眉頭一板，「安妹妹好。」

半個時辰後，一行人才從和親王府出來。

今日晴空萬里，顧元白想了想，低頭問顧然，「想同父皇去爬山上香嗎？」

顧然喪氣的模樣一掃而空，他倏地抬起頭，眼中發亮，重重點了點頭。

第一百四十七章

顧元白讓人將紅雲牽來，準備騎馬前去皇家寺廟。

紅雲步調慵懶，顧元白見到牠便上前，「薛九遙，快來瞧瞧你的恩人。」

薛遠走過來，「牠回京的這些日子以來，餵馬是臣餵的，洗馬是臣洗的，夠報恩的了。」

紅雲轉過頭，朝著薛遠噴了一個響鼻。

顧元白替紅雲道：「報恩哪有這麼簡單。對了，另一頭千里馬呢？」

薛遠一本正經道：「臣擔心聖上還是騎不了馬，便打算與聖上同乘一匹。另一匹沒托田總管帶來，只紅雲一個就夠。」

紅雲早就習慣佩戴上了馬具，顧元白秋狩時騎馬也沒出現過什麼問題，他輕瞥了薛遠一眼，故意道：「紅雲不願意帶你。」

說完，便翻身上了馬。

薛遠無奈，左右看了一圈，從熟識的侍衛手中要來一匹良馬。御馬到聖上身邊時，便見到顧然仰著頭，跟顧元白道：「父皇，兒子不會騎馬，您可以帶著臣嗎？」

薛遠眼睛一瞇，俯身拽住顧然的衣領，抱起他放在自己的馬背上，笑迷迷道：「小殿下，臣來帶您。」

顧然一頓，回頭看了他一眼，慢吞吞道：「多謝將軍。」

一行人啟程到半路，薛遠突然神情一正，「聖上，你背後飛上了一個蟲子。」

顧元白側頭，皺眉：「哪裡，朕怎麼沒看到？」

顧然也睜著眼去看，乖乖道：「兒子也沒有看到。」

「爬到馬背上去了，」薛遠勒緊韁繩，放慢駕到侍衛長身側，手臂用力，轉瞬將顧然換了個地方，「張大人，招呼好小殿下，我去瞧瞧聖上馬背上的那隻蟲子。」

侍衛長連忙護住顧然，再抬頭看去時，薛遠已經朝著聖上奔了過去。

仗著身手好，胯下駿馬還未靠近紅雲，薛遠便起身一踩，翻身坐到了聖上背後。

顧元白心跳停了幾拍，驟然沉了眉眼，「薛遠，你在幹什麼。」

薛遠繼續信口開河：「聖上，臣過來給您抓蟲。」

他隨意在馬背上摸了一把，佯裝抓到了一個蟲子，往路上一扔，「抓到了。」

顧元白神色仍然陰著，他的唇角淩厲地抿直，薛遠眼皮亂跳，不妙，「聖上？」

聖上：「滾下去。」

薛遠入鬢長眉皺起，沉默，倔強不動。

顧元白倏地揚起鞭子，「紅雲，走！」

千里馬興奮揚起蹄子，離弦之箭般破空而去。

未奔幾下，薛遠沉著臉搶走了韁繩，狠狠一勒，紅雲不滿嘶吼，強行被他壓制在身下：「聖上，您別拿自己身子胡鬧。」

「你也知道不能拿自己身體胡鬧，」顧元白眼中含霜，「你的馬在動，我的馬也在動。紅雲性子烈，跑得又快，你換馬的時候一不小心就會被馬蹄踐踏而死，薛九遙，你是不是活夠了？」

薛遠張張嘴，說不出來話。

身後的人追了上來，顧元白深吸一口氣，「你或許認為是我小題大做。但……」

他的手顫抖起來。

「地龍翻身時，你護在我的身上，」他，「我叫你你不說話，血滴了我一臉。石頭壓在你背上，我幾乎覺察不到你的呼吸深淺，我以為你快要死了——你怎麼、你能不能護著點自己的命？」

薛遠怔住，驀然手足無措。

「別生氣，」他慌亂握住顧元白的手，「我錯了，我再也不這樣了。」

顧元白抽出手，疲憊，「算了。」

薛遠不是他，永遠不會知曉那時顧元白的感覺。

他健康，身上功夫好，又是個在生死之間搏命的將軍，自然不會注意這些。

就像是對顧元白來說，即便知道要勞逸結合，也總是在忙碌。

沒法說，但很是憋屈。

「不能算！」薛遠猛地激動起來，「不能和我算了！」

他卑微道，「我錯了，再也不會這樣了，這次原諒我好不好？元白，白爺。」

顧元白抿抿唇，「先去成寶寺。」

薛遠一僵，放緩了韁繩。

聖上是個冷靜的人。

從成寶寺回來之後，他便和薛遠說：「你平日裡注意些便好，我不會在這些事上拘束你。」

薛遠卻想得多了。

一行人回到京城，薛遠帶著聖上往薛府而去，託付侍衛長道：「張大人，聖上今夜宿在臣的府中，宮中就交予你和田總管照顧了。」

侍衛長往聖上看去，聖上眉心微蹙，還是點了頭。

薛遠一路默不作聲地帶著聖上回了薛府，未曾驚動其他人。顧元白脊背挺直，始終與薛遠的胸膛之間保留些縫隙。

馬匹被拴在樹上，顧元白下馬後往前走去，薛遠看了他一會兒，突然竄過去猛地將他打橫抱起。

顧元白臉色一白，下意識圈住薛遠的脖子，「你做什麼？」

薛遠大步往臥房走去，「聖上，我們好好說一說話。」

顧元白回過神，繃著臉：「放朕下來。」

薛遠當做沒有聽見，抬腳踹開房門，再重重關上。

房門猛地被震動了數下，薛大公子院落中的小廝跑過來，小心翼翼道：「大公子？」

大公子的聲音壓抑，「滾。」

小廝拔腿就跑，轉瞬跑出了院子。

昏暗的房間裡，薛遠呼吸粗重，還是勉強柔聲：「聖上，我認錯了，以後再也不敢了，你原諒我好不好？」

顧元白無名火起，「朕跟你說過了，我沒有氣你，你隨意怎樣都可以。」
薛遠低低罵了一句：「艸。」
顧元白被推在木門上，這姿勢讓他很不舒服，「薛遠，放開朕。」
最後三個字加重了語氣。
「聖上，」薛遠心中的焦躁讓他想要轉上十幾圈，撐在牆上的手指咯咯作響，滿頭冒汗，「您心裡不高興就說出來，我皮糙肉厚，你想要怎樣罰我都可以，只要別同我沉著臉。」
他捧著顧元白的臉，求著親了上去，「求求你了，聖上。」
顧元白躲著他的親吻，薛遠眼中一沉，手指握成了拳，重重砸在了牆上。
骨骼脆響聲在顧元白耳邊清清楚楚地響起，他捂住了自己的雙眼，忽地歎了口氣，微微張開了唇，露出條細小的唇縫來。
薛遠晦暗暴戾的心思一沉，不敢置信地睜大眼，「聖上——」
顧元白身上，就沒有薛遠不喜歡的地方。
這雙手，薛遠曾有幸嘗過每一寸皮膚，留下數個淺淺深深的牙印。漂亮，修長，這樣好看的一雙手，此時遮住了聖上的半張面孔，露出的下半張臉上好似升起了微微的粉意。
顧元白沒有說話，淡色的唇卻陡然含了花汁一般紅了起來。
薛遠心胸急速地跳動了起來，他怔怔地看著聖上捂著眼睛給他留下的幽香的唇縫，著迷似地上前，舌尖探出，從唇縫中緩緩深入。
顧元白睫毛微顫，手掌擋住了這敏感的顫抖。

薛遠貼了上來。

聖上半分掙扎也無，靜靜地任薛遠施為。薛遠為聖上的這一舉動而亢奮到無法言喻的地步，他親吻顧元白的力道，愈來愈重。

顧元白的耳尖燙了。

「聖上，」薛遠嗓音微沙，「太陽正要落山，正是放肆的好時間。」

聖上還未說話，薛遠便自言自語道：「臣知道了，要幹就幹，不能說太多廢話。」

話音未落，便驟然彎身，抱起顧元白便往床上跑去，滿口胡言，「臣知道，臣這次會更慢一點。」

「……」顧元白道，「你敢。」

§

薛府今日的晚膳用得晚了些。

派去叫薛遠用膳的小廝被罵了回來，灰頭土臉地道：「老爺，大公子只讓人送過去了兩份飯，不讓我們進去，他也不過來。」

薛將軍正要說隨他去，突然眉頭一豎，「兩個人？」

「是，」小廝老實道，「大公子的院子裡還栓了一匹渾身棕毛的汗血寶馬。」

薛將軍腦子一轉，想到大兒子在兩年前的萬壽節時期，確實拿了幾匹馬同異國人換來了一匹汗血寶馬。只是後來他再問薛遠時，薛遠卻說送人了。

難不成來的這個人，就是他心心念念的那個男子？

薛將軍猛地站起，氣得飯都吃不下去，快步往薛遠的院中趕去。還沒推門，就已經爆喝出聲：「薛遠，你這個小兔崽——」

「薛卿？」屋裡傳來一個嘶啞的聲音。

薛將軍的一聲怒罵戛然而止，他驚懼交加，「聖上?!」

竟然是聖上！

聖上什麼時候來的薛府，他怎麼毫不知情？

「臣竟不知聖上駕臨，臣惶恐，」薛老將軍忐忑，「臣有罪。」

聖上聲音低低，透過門扉時更是低弱，許多字眼還未傳到薛將軍的耳朵裡，就已消散在風中，「薛卿莫要驚慌，朕，」聲音更低，很疲憊似的，「朕同薛遠有些要事商議，便暫居薛府一夜。」

薛將軍連忙行禮道：「是，臣這就去整理主臥，一會兒勞煩聖上移步。不知聖上可用膳不曾？臣這就去吩咐廚子，去重新做上一輪膳食。」

「不用，」聖上道，「隨意些，薛卿，朕下榻的事……莫要讓旁人知曉，你只管當做不知。」

薛將軍神色一肅，連忙看看左右，「是，臣知曉了。」

過了一會兒，薛將軍試探道：「那臣先行告退？」

聖上好像鬆了一口氣，「退下吧。」

薛將軍就要退下，忽地想起什麼，氣沉丹田地高吼一聲，「薛遠，好好伺候聖上！」

腳步聲逐漸遠去。

床上的人悶笑不止，「聖上，我老子讓我好好伺候你。」

聖上悶哼一聲，踹他。

薛遠停不住笑，彎腰笑了許久，最後響亮地在聖上唇上親了一口，大步下床去拿小廝送過來的食盒。

顧元白就著床頭的燭燈伸出了手。

一片紅印子。

薛遠一一取出來飯食，將桌子拉到床邊，瞧見聖上在看著手，他嘿笑兩聲，上前就握住，「頭一次的時候太過激動，便咬得聖上全身都是牙印。這次克制了些，好歹放過了手和脖子。」

顧元白被他扶起身，皺眉，「疼。」

薛遠朝著手吹著氣，顧元白頗為無奈，「不是手疼。」

「那……」薛遠咽了咽口水，試探道，「哪裡疼，臣一一給您吹一吹？」

顧元白面不改色地收回手，低頭看著手臂，薛遠說得好聽，實則全身都被啃了一遍，他只是保留了一絲理智，放過了裸露在外的地方而已。

一次下來，天都已黑了。

疲憊，睏。

哪裡有什麼克制，全是在騙人。

薛遠一邊盛著飯，一邊喋喋不休，「聖上，我們倆約法三章可好？」

顧元白回過神，「約什麼三章？」

「若是下次臣又惹您不開心了，或是又有了爭端，」薛遠，「嘴上留個縫，誰都能親誰。」

顧元白張開嘴，吃下他餵的飯，似有若無地點了頭。

樂得薛遠放下了碗筷，又抱著他親了好幾下。

第一百四十八章

次日一早，顧元白低調地在薛遠的房中傳了早膳。薛老將軍聽聞後，想來想去還是覺得大不敬，一早就往薛遠的院落走去，等在前頭請求面聖。

片刻，小廝奉命把薛老將軍帶進院中。薛老將軍未走幾步，一眼便見到了府中僕人昨日所說的千里馬。

駿馬被束在樹上，通體無一絲雜毛。這是一匹好馬，但卻不是薛遠曾經買來的那匹馬，薛遠買的那匹馬四隻蹄子上具有一圈深色的毛髮，猶如黑色的圈繩一般醒目，英姿颯爽至極。薛老將軍多看了這匹馬兩眼，走到了房門前。

房門咯吱一聲，飯香味隨之而來。顧元白正坐在桌後，指了指面前的位置，「薛卿，坐。」

薛老將軍恭敬上前坐下，薛遠為老父親遞上碗筷。薛老將軍一看他就心煩手癢，但在聖上面前，只板下了臉。

薛遠輕飄飄地看了他老子一眼，便全神貫注地放在了聖上的身上，手悄悄從後頭撐住聖上的腰間，給聖上坐直的力氣。

顧元白稍微輕鬆了些。

早膳應當吃得清淡一些，但聖上所用的飯菜也太過清淡了。薛老將軍嘗了兩口，實在是吃不下去，擔憂道：「府中奴僕當真懈怠，聖上怎麼能吃這些東西？」

顧元白吃了一口沒滋沒味的清湯，笑了笑，「薛卿，偶然嘗一嘗清粥小菜也不錯。不說這個，今早正巧你過來了，那就同朕走一走，朕有些事需交予你做。」

薛老將軍立即道：「臣領旨。」

飯後，薛遠小心扶起聖上，往外頭走去。

府外已經備好薛府的馬車，薛遠上去看了看，皺眉跳下來往府中跑去，「聖上等等臣。」

不過片刻，他便抱來了三床棉花被子，忙裡忙外地鋪在馬車之中。

顧元白面不改色地站在馬車旁，身姿筆挺，實則腰間酸軟無力，小腿都有些站不直。

薛遠不在身邊，沒有人敢上前靠近威嚴無比的聖上。整齊衣袍之下，這些無力都被遮掩得牢牢實實。

薛將軍站在一旁疑惑地喃喃自語，「哪裡用得著三床被子？」

顧元白心頭漫上尷尬，還好未過一會兒，薛遠便鋪好了被子，下車握住了聖上的手：「聖上，臣扶您上車。」

他小心翼翼，步子緩慢，時不時問一句：「臣走得快不快？您先看看舒不舒適。聖上渴不渴？腳累不累？」

聲音逐漸變低，聖上道：「閉嘴。」

薛老將軍原地愣了半晌，才騎馬跟了上去。

顧元白去的地方，正是他的太子太傅李保的府上。

李府。

亭中擺放著一方古琴，眾人坐在亭中，暖茶被丫鬟送上，李保顫顫巍巍伸出手，想要親手為聖上倒一杯溫茶。

聖上溫和阻了他，「太傅年齡大了，這等小事怎麼能讓太傅做？」

聖上話音剛落，薛遠便及時起身，端起茶壺飛快倒了四杯茶水。

他倒茶的模樣也是牛嚼牡丹，半分不懂什麼茶飲之道，顧元白眼皮一跳，依然笑著接過茶碗，淺淺品了一口。

但一桌子的人，誰都沒有在意薛遠倒茶的動作。

李保有些不安，也有些急切。聖上卻緩緩悠悠地同他說了一番庭院中的景色，又念了兩句詩：「這首詩作從江南傳遍了大江南北，若是朕沒記錯，這才子曾拜師過太傅的弟子。」

李保道：「是，這孩子靈氣十足，於詩賦上確實有些天資。」

顧元白笑了，「太傅教書育人數十年，桃李滿天下，各個學識不凡。被太傅讚譽的人，朕確信其一定是個人才。」

「聖上，」李保為聖上的話而感動，「臣慚愧，臣幼子……聖上，您如此信任於臣，臣著實愧不敢當。」

§

「太傅莫要過謙，」聖上笑迷迷，「你幼子是年少無知犯錯了事，只要他知錯就改，朕便可以不予計較。」

薛遠若有所思，眼中深邃地看著聖上和太子太傅。

太子太傅的幼子曾經得罪過聖上？

李保大喜過望，當即要跪下謝恩。顧元白攔住了他，從衣袖中抽出一張信封，笑著道：「太傅，你先來瞧瞧這個。」

信紙上，便是一篇用標點符號來斷句的《曹劌論戰》。

李保看了第一句，便注意到了文字之間夾雜著的小小東西，他驚訝抬頭看著聖上，聖上點頭道：「看下去。」

這位當朝大儒便收斂心神，接著看了下去。

等李保看完後，靜默良久不語，顧元白不急不緩地喝了一口茶，才問：「太傅認為這篇文章如何？」

李保難言，複雜萬分地道：「這……」

「這叫做標點符號，」顧元白緩緩道，「太傅看完這一篇文章之後，應當知曉其作用了。」

昨晚顧元白寫完這篇文章之後，拿給薛遠看時，薛遠這個「文化人」都能看出這些標點符號的大致作用，更不用說名滿天下的帝師李保。

李保嘴巴翕張數次，「聖上，臣——」

顧元白搖搖頭，只笑著問：「太傅，你只需同朕說，這是不是一個好東西？」

李保臉上顫抖，良久，他艱難地道：「這是個好東西。」

顧元白將文章拿了過來，「朕怕太傅未曾看懂，再給太傅好好講上一遍。這彎曲的符號叫做『逗號』，用於話句之中未曾結尾的短句分割……」

一一講下來，李保握著拐杖的手都在發著顫，顧元白佯裝沒有看見，講完後笑著同李保說：「太傅同朕一樣，都認為這是一個好東西。既然是好東西，朕就得推行天下，惠及百姓，太傅說是不是？」

李保驟然睜大眼。

這個世界上，得到了權得到了錢的人，最怕的就是有人上來分錢，有人上來分權。

科舉，是一條真正通往上層改變出身的通天之道。這條道路，已經當官的人無法將其斬斷，無法阻止其上來分散自己的權力，只能找到另外一個辦法，用科舉最基礎的東西——句讀，來斬斷一部分人的通天之路。

句讀之說，是讀書的關鍵，不明句讀就不會讀書。門生、學派，便是用各樣的句讀之別來壯大自身。讀書人投入其中學習句讀做官，便在朝廷上與自己學派的人自成一派。像李保這樣的大儒和帝師，身後便是有名的「尚學」學派。

聖上所用的這些標點符號，基本碰觸了所有已經做官的、各學派上層人物的蛋糕。

誰都在遵循這個潛規則，權力怎麼分都在學派之中壯大，我願意分給你權力，是因為你是我的人。當官的不再排斥科舉，有錢的錢財終究會回到自己的手裡，但這樣的結果，長久下去只會使皇帝危險。

結黨營私，抱團，這樣的事情即使到了現代也層出不窮。小到學生班級，大到國際天下，哪裡都避免不了這樣的事。

李保答不上來，顧元白就把目光轉到了薛老將軍的身上，笑著問道：「薛卿，你說於國於民有用的東西，朕是不是應當推廣天下？」

薛老將軍不明所以，但還是鏗鏘有力地點點頭，「臣認為理當如此！」

李保蒼老的額頭上，有一滴冷汗順著皺紋深入到了鬢角。

「聖上，這東西是好東西，」他欲言又止，含蓄地道，「只是怕是有才之士……對這等新奇物接受不了。」

顧元白深深看了他一眼，放下茶杯，「太傅想得對，既然如此，那就叫來幾個有才之士，朕親自問問他們，看他們是覺得能接受還是不能接受。」

「來人，」不待李保阻攔，顧元白便道，「喚褚衛、常玉言前來。」

§

褚衛和常玉言兩人，一是靠自身的才氣實打實地打出了名聲，一是被聖上捧起，才名在西夏都倍為響亮。他們二人站在李保面前時，李保便心生不妙，不停擦著頭上冷汗。

兩個長身玉立的年輕俊才將這一封文章來回傳看，神色或是疑惑，或是恍然大悟，然後陷入沉思之中。

這兩人作為顧元白看重的人才，身後自然是乾乾淨淨。等顧元白問他們二人對標點符號的看法時，褚衛率先直言，「對天下寒士而言，便是天塹變通途。」

他說完，又忍不住道：「句讀如此辨別，此乃好事一件。」

常玉言放下文章，也難得和褚衛站在一條線上，連忙接道：「聖上，臣也認為如此。」

顧元白轉頭看向李保，雖是笑著，但眼中卻好像藏著刀劍，「太傅，咱們大恒的有才之士，都認為這是一個好東西。」

李保頹廢地歎了口氣，低聲道：「聖上，臣不怕同您直說，這東西確實是好東西，可是不能用。」

「朕說能用便能用，」顧元白道，「太傅桃李滿天下，只要太傅覺得好，這便是真的好。」

李保瞬息明白，這是聖上想推他出去做出頭鳥的意思。

他的臉色煞白，下意識想要推拒。但是手剛伸出去，他便對上了聖上的眼睛。

聖上眼眸黝黑，靜靜地看著他。

李保腦中一閃，倏地想到了聖上先前說的那些話，想到了他的幼子。

幼子私闖宮闈，這便是死罪，抄家也不為過。可聖上卻大張旗鼓地將幼子送了回來，天下人都知曉聖上對他的仁義和寬容，他真當能拒絕得了聖上嗎？

還是說聖上在那時，便已算好今日了。

李保愈想愈是頭暈眼花，覺得恐懼。聖上關切地問：「太傅這是怎麼了？」

「無事，」李保臉色蒼白地搖頭，嘴唇也跟著在抖，「臣無事。」

那些年輕人，包括薛老將軍都已被顧元白支開，他們在亭下說著話，亭子之中，也只有顧元白和李保兩人。

顧元白輕笑，「太傅怕什麼？這東西是便利萬民和後世的好東西，以你乾坤弟子，功績註定要名留青史，備受敬仰。」

「李卿，你是天下人都知曉的大儒，」顧元白聲音低了下去，「你學的是孔子之言，是聖人之言，但你做到了聖人所說的話了嗎？你號稱大儒，是我的太傅，你對得起帝師這個名頭嗎？」

李保拄著拐杖，就要下跪。

顧元白道：「好好坐著。」

李保只能停住。

顧元白冷哼一聲，「天下寒士，想要讀書卻不知句讀，他們要學到句讀之法，你可知道有多難？這標點符號之法一旦推廣，寒士便可不再窮極辦法地去學句讀，天下的俊才會更多，大恒會更好。朕知道你怕的點在哪，朕就這麼告訴你，你心中若是有天下百姓，朕就在身後護著你，你那幾個碌碌無為的兒子們，朕能容你李府三代不散。若是你只把聖人之言當做獲取名利的手段……」

威逼，利誘。

李保的腦子匆匆轉動，其實供他選擇的結果只有一個。李府在天下人心中，是他們虧欠聖上，是聖上因為李保而饒了李府，正因為如此，死都死得無話說。

朝廷眾官，各大學派……李保終究低下頭來，「聖上所言，臣明白了。臣學了大半輩子的聖人之言，自然應當……應當用之於民。」

顧元白笑了，「好，這才是朕的好太傅。」

第一百四十九章

亭子外。

薛老將軍一直在誇讚著褚衛和常玉言年輕有為，薛遠站在一旁，雙手背在身後地看著亭中的人。

常玉言突然笑著道：「九遙，你可看了聖上的那篇文章？」

薛遠懶洋洋地道：「看了。」

「此法當真妙不可言，」常玉言感歎不已，「小小一個東西，就能起到句讀之用，這要是惠及天下百姓，世上哪裡還會有不會讀書的人？」

薛遠沒有說話。常玉言上前幾步走到他身側，掩手低聲道：「九遙，這法子當真是李太傅想出來的？」

薛遠這才掀起眼皮，賞了他一個眼神，「你想說什麼？」

「這法子好是好，但卻不招人喜歡，」常玉言道，「不說其他，單說聖人之言，句讀不同便可將聖人之言轉為不同意思。說得難聽些，這便是滿足自己私欲的一個幌子，我族中先生就曾用聖人之言冠冕堂皇地來為自己牟利。自古以來，聖人之言被曲解了多少？誰也不知這是對還是錯，雙方各執一詞，若是真當要用此法，那要遵循哪派的斷句？更何況不止是聖人之言，世上聖賢書者眾，若是每本書都用了此法，那各族各派的人不都要對其恨之入骨了？」

薛遠眼中一閃，「若這真是李太傅想出來的？」

常玉言笑了一聲，幸災樂禍，「那可當真是心繫天下的當今大儒，我比不上，我寫了再多的詩句都比不上。」

「你寫詩不是為了天下，是為了激怒你父親和族人，為了名和利，」薛遠，「我看你讀了這麼多的聖人之言，也全都餵到了狗肚子裡。」

「這便是上樑不正下樑歪了，」常玉言倒是平靜，「教我讀書的先生也只把這些話掛在嘴上，未曾放在心裡。朝廷上的官員們更是一口的彎彎道道，他們只要隨意改個字，換個句讀之法，便是立於大義之上，想說什麼就能說什麼。渾水裡的人誰也不比誰好，你當這東西容易推廣出去嗎？只怕一旦傳出來，便會觸了眾怒了。」

薛遠笑了一下，道：「所以聖上才把你同褚大人叫來了。」

常玉言一怔。

對寒士有利對上層無利的東西，自然要用上層打上層，聖上要借力打力，寒士與百姓只需要在背後搖旗吶喊就可。

褚衛和常玉言出身官宦人家，又有才名在身，是堅定不移的保皇黨，他們不出頭薛遠都覺得可惜。

薛遠含笑看了他一眼，上前走到一旁，抓住李府的一個小廝，詢問其李府幼子。

常玉言愣了好一會兒，才緩步跟上來，「李府幼子，名為李煥，我倒是知道這個人。」

小廝戰戰兢兢道：「是，這位大人說得對。」

薛遠鬆開小廝，朝著涼亭看去。聖上已與李保說完了話，老人家神色憔悴地被僕人扶了下去，領口的衣衫都已被汗水打濕了一圈。

顧元白在亭中往下方看了一眼，正巧和他對上了眼。唇角微勾，轉到旁人身上，「都來朕身邊坐。」

幾個人上前來，薛遠明明在最遠，卻三步並兩步，快速擦過眾人躍上了臺階，坐在聖上的身邊，壓低聲：「累不累？」

顧元白道：「尚可。」

薛遠想了想，「聖上認得李府幼子李煥？」

顧元白冷哼一聲，「有臉沒腦子，一個蠢貨罷了。」

聖上很少會這麼苛刻地說話，即便是薛林那個沒腦子的東西，顧元白被狼嚇著之後也是風度翩翩。薛遠若無其事地換了個話題，心中卻更加在意。

顧元白則是看向兩位青年才俊，「兩位卿，標點符號一事事關重大，有關太傅安危，你們現下莫要將此事宣揚出去。」

常玉言同褚衛皆點了點頭。

聖上又吩咐了幾樣事，兩人一一記住，退下後，褚衛突然福至心靈，出了涼亭便回頭一看，卻在隱秘的柵欄之間，看到了薛遠放在聖上背後的手。

五指分開，強健有力，親密的放在聖上的腰肢間。

褚衛這一眼看了良久，俊挺的眉目之間有些茫然，待到常玉言疑惑地想一同回頭看看時，褚衛驟然回神，躲避一般往前快步走去，「常兄，我們該走了。」

常玉言什麼也未察覺道：「好。」

§

五日後的一日早朝，群臣議事完畢，聖上卻沒有散了早朝，而是感慨一般地說起了聖人之言。

「朕有感於孔聖人的仁愛，」聖上道，「孔聖人之所言，句句皆是傳世之作。眾人慕我大恒人才輩出，克己復禮，聖人之言在其中的作用不可忽視。」

朝中的儒學大家不由露出了自謙的神色。

聖上話音一轉，「朕時常感念無法讓天下人都能學習到聖人之言，朕的太傅也如朕一般有此憂慮。李保乃是天下大儒，研習孔聖人之理有數十年之久，他如今年紀大了，但為了能讓天下百姓聆聽聖人之言，能讓天下讀書人習得聖人的學識，便想出了一個好辦法。」

「來人，」聖上道，「請朕的太傅上朝。」

百官沒有想到會有這樣一幕，他們轉頭朝後看去，神情訝然。

早已白髮蒼蒼的帝師李保，一步步走到了大殿之中。

他老了，身體也跟著老了。年輕時若是還有些壯志，現在也早已被衰弱的生命熄滅。但一個文人對名留青史的追求，連李保也逃脫不過。

在史冊上長生，備受後人讚譽。

有死亡和家族繁榮逼在身後，聖上的每一句話都戳在了李保的心窩裡。

李保拄著拐杖，每一步都在哆哆嗦嗦。他的目光從腳下殷紅的宮廷地毯上劃過，富麗堂皇的宮殿還是以往那般的威嚴高大，金柱上是龍鳳蟠騰，十二紋章。

他慢慢看著周圍的官員。

他們都穿著官袍，都還能走得動路。深色的官袍加身，靜穆之中是沉壓壓的威儀。

這都是聖人讓李保對付的人。

其中有不少曾來過李保的府上請李保為其斧正文章，這些人中，很多都是愈來愈有名氣的才子、大儒，是各派的代表人。

李保從他們身上收回眼睛，終於走到了大殿前，他扔掉拐杖，顫巍地下跪。

「臣李保拜見聖上！」

「起吧，」顧元白道，「來人，扶太傅起身。」

李保被太監攙扶著站起來之後，便高舉手中一遝厚厚的紙張，「聖上，這便是臣想要獻上的東西！」

太監上前接過，顧元白隨意抽出一張看了看，嘴角一扯，看著李保的眼神愈發溫和，側頭對著太監道：「將這些交予諸位大臣手中。」

五個太監從一旁魚貫而出，頃刻間便將這些紙張叫到了諸位大臣的手裡。百官或不解或好奇，低頭看完之後，便是心臟一縮，不敢置信。

李保大喘了幾口氣，在聖上的目光之中，一一講這些標點符號的作用說了出來。

顧元白時不時點頭，一副極其贊同欣賞之意。

紙張上的不是顧元白那日寫的《曹劌論戰》，而是李保自己用標點符號嘗試著寫出來的《戰國策》的兩段話。

兩段話很少，雖然簡潔但已經說明了一切。

等到李保解釋完之後，整個大殿之中靜得好似還有餘音存在。

有人驚愕到出聲：「這怎麼能用?!」

「這怎麼不能用？」聖上輕飄飄看向他，「朕覺得李卿說得好，方法也好，有了此法，天下百姓都可不再耗費心力和時間去學習句讀，於萬民有好處的東西，豈不正是孔聖人所說的有教無類？」

問話者啞口無言。

李保嘴唇顫抖，「聖上所言極是！此法、此法……臣懇請聖上用此法來做句讀之用，以普及萬民！」

此言一出，百官譁然。

一個個官員神情激昂地站了出來，大聲同聖上說著不可，可要是問他們為何不可，他們又說不出其他的話來。朝廷之中的一些寒士官員目露糾結，但在他們還未站出來前，有些在前些日子與聖上談過話的大臣們，就毅然決然地站了出來。

整個朝堂吵得如同菜市。

顧元白看著下方絲毫形象都不要的百官，有的人甚至已經擼起袖子漲得滿臉通紅，孔聖人所言的禮儀都被拋之到了腦後，看看吧，這就是滿口仁義禮智信的官員。

他們看重的根本就不是聖人，而是聖人背後所代表的名利。

天下熙熙皆為利來，天下攘攘皆為利往。

純粹的儒家學者不是沒有，但在官場沉浮的人，很少還能保持初心。

聖上撐著龍椅緩緩起身，身邊的太監高呼一聲：「肅靜——」

百官好像才反應過來這是在大殿之上，他們倏地閉了嘴，臉色煞白。

顧元白一步步從臺階上下來，指著混亂的一群官員，平靜之中的怒火隱隱，「看看你們！枉費你們讀過了那麼多的聖賢書，你們看看你們如今這個樣子！與市井潑皮何異！」

「這袖子擼起來是要幹什麼？是要當著朕的面打得頭破血流嗎！」顧元白的面容終於不再冷靜，怒火在眉眼之中霍霍燃燒，「荒唐！荒唐至極！」

被聖上指著鼻子怒罵的官員們臉上一白，又是羞愧地紅了。

「滿嘴的仁義道德，滿嘴的為國為民，朕瞧著你們這樣都覺得可笑，」顧元白重重一聲冷哼，胸膛仍然劇烈的起伏，「你們說不好，那就說出來不好在何處，朕看你們不是覺得不好，是你們一己私欲作祟，看著太傅拿來的這些標點符號，你們眼中的不是聖人之言，不是天下萬民，是你們只願意看到的權力的『權』字和名利的『利』字！」

百官呼吸一滯，著急忙慌地跪地，參差不齊的十幾聲悶響，冷汗浸透脊背，惶恐道：「臣等不敢！」

「不敢？」顧元白陰沉地看著他們，「那就跟朕說說。黃卿，周卿，尚書何在？九卿何在？都給朕站出來，說說太傅之法到底不好在哪裡，是哪裡不能用！」

重臣默不作聲。

顧元白道：「說啊？」

戶部尚書最先上前，「臣覺得並無不妥，可用，自然可用。」

第一百五十章

戶部尚書語畢，殿中的人就有不少在心中暗罵，好你個湯罣運。

但緊隨在戶部尚書之後，樞密使和參知政事一一站出，與工部、刑部尚書一起鏗鏘有力地言明此法可行，他們會一力支持。

群臣震盪不解，李保同樣疑惑極了。

這些肱股之臣為何會這麼做？他們難道就全然沒想過此舉背後的利害嗎？

但不過瞬息，李保就明白了過來。他都為聖上做了筏子，這些大臣怕也是和他一樣，都提前被聖上收攏到了身邊。

李保突然有些惶恐。

這位皇帝陛下如今威嚴滔天，民心盡在己身，朝廷上的武官全權信任聖上，忠心耿耿地在第一時間表明了支持。

士兵就在聖上手裡，那就有了掀桌子的話語權。

如果這次皇帝陛下成功了，那他以後會不會更過分，更加試探群臣的底線？

李保渾身一抖，不敢再想。

大臣之中，最心慌意亂的便是吏部尚書。

吏部尚書便是「雙成學派」之中的代表人物，曾為利州知州求過情認過罪，聖上饒了他一回，乃至他現在進退兩難，不知該做些什麼。

句讀是學派壯大自身的根基，是官員抱團的天然優勢，要是以後真的使用了標點符號的方式來規範句讀，那學派還佔據什麼優勢？那大家還有什麼優勢？

吏部尚書嘴唇翕張良久，不少「雙成學派」的人暗中以唇語示意他，「安大人、安大人。」說啊，你快阻攔聖上啊！

吏部尚書低下了頭，終於是沒說出話來。

「怎麼，」顧元白冷笑，「現在都不敢說了？」

大殿中的吵鬧猶如一場荒唐的夢，現下闃然，安靜得仿若剛剛的喧囂全然未曾發生過。

「既然沒人反對，那就這麼決定了，」顧元白回身，往龍椅而去，「李太傅所用辦法極好，這樣的好東西，朕要讓大恒百姓都受其恩惠。」

「上到四書五經，下到童幼所讀《千字文》，俱要用上這種符號，」顧元白一句句提高聲音，「從即日起，到三月後，天下大儒盡可來京，朕會讓他們來為每一本書注上標點符號。有所爭議的文章句子，便在商議中立下最後的斷句之法。」

「朕要往後的大恒學子，在明年的科舉之中便能在文章上用出標點符號之法，」聖上已經走到了最高的臺階之上，他轉身回首，百官不敢相信聖上所說的話，即便是在跪著，也驚愕地抬起了頭，他們面容各異，驚懼和複雜之色躍然於眼前，聖上隱藏在怒火之下的野心終於浮現，「參知政事聽令，即日起與翰林院一同將宮中藏書找出，每一本注上標點符號重新謄寫拓印，不得有誤。」

「是！」

聖上明晃晃地表現出了對學派的不滿，甚至懶得隱瞞。

直到這時，百官才回過神，他們的聖上不是為了讓聖人之言走進千家萬戶，是聖上要動所有的書籍，準備收走學派手中的權力了。

聖上是打算統一所有的句讀，統一所有的解釋權，讓階級壟斷被打破，皇權統治站於高位。

他就不怕學派就此與他撕破臉嗎？

百官恍恍惚惚地抬起頭一看，看到那些將領恭敬地俯身聽從聖上命令的模樣，清醒了過來。對啊，他們的皇帝陛下和先帝不一樣，這一位陛下，從吞併西夏之後威嚴便赫赫顯著，已經足夠強大，強大到他們此時根本無法在明面上對其進行反抗。

而且那些大臣，百官看向尚書和九卿，目光恨鐵不成鋼，這些人竟然站到了他們的對立面。

他們恨不得打開他們的腦子看看，這些大臣到底在想些什麼？都這個時候了，不去捍衛自己的利益，竟然還站在了皇帝身後將劍端對準了他們？

腦子有病嗎？

皇帝陛下再強大，他們站在一塊兒，也有可能使陛下妥協啊！

被注目的重臣們面色不變，恭恭敬敬。顧元白的命令急促如雨點，在群臣還未反應過來時，早朝已經散了。

早朝是成功了。

但顧元白知道，若是想用一個早朝就解決掉標點符號的問題，這簡直是在癡心妄想。

在當日，城門處就張貼了帶有標點符號的文章告示。太學、國子學兩地也是如此，告示處圍著一圈圈的學子，激烈議論著這種從未有過的符號。

未入官的學子中，有些聰明人也能看出標點符號之後代表著的含義，更多的人則是關心這些東西的用處，埋怨為何明年的科考要加入這些東西。

但這是大恒的皇帝要求的事情，只這一個前提，學子們不想要接受也要接受，更何況其中飽嘗過句讀之難學的寒門學子，他們中的大多人沒有門路去拜師去入派系，見此更是目露喜色，欣喜若狂。

告示中有一句話：凡以後書籍，皆加入標點符號以作句讀之用。

學子們反覆念著這一句話，目中或沉思或狂喜，他們隱隱約約地感覺到，他們正在經歷一個巨大的歷史變化。

而這一變化，註定會被記錄在史冊之上。

§

與此同時，朝廷邀請天下大儒入京給眾書注加標點符號一事也廣而告之。為期只有三月，自然，因為消息流通的關係，很多的大儒甚至在聽到這個消息時，可能就已經錯過了時間。

但顧元白不在乎，他只是表現一個態度，讓眾人的注意力從「能不能使用標點符號」轉移到「標點符號的斷句應該遵循哪一派別的方法」。

聽到消息的大儒為了堅守自己句讀的準確，收拾行李就往京城奔去。而在京城之中，有一些學派開始坐不住了。

在第二次的早朝時，有不少官員藉口抱病沒來上朝。

顧元白面色平靜地上完了這次的早朝。次日，則是更多的臣子抱病，無法處理朝廷政務。

他們不敢對皇帝做些什麼，只能用這種方法，來逼迫皇帝退後。

而抱病的這些臣子，大多都是朝廷中層的砥柱。

顧元白要做的不是武力逼迫，不是失去人心。他早在上朝前的那五日，便一一會見了朝中重臣，曉之以情動之以理，最重要的，是拿出了足夠利益。

這些大恒朝的重臣看出了聖上對學派改革的堅定態度，他們明白無法阻止聖上，既然如此，不如站在聖上這邊，用其他學派的滅亡來換取自己的特權。

是的，聖上給他們留下了特權。

拉攏到自己身邊的臣子，顧元白給予他們學派留有五本孤本的權力。

他們的這五本書籍，顧元白不會讓其注上標點符號。如果有學子想要學習他們的這五本孤本，也可以如以往那般加入他們的學派。

五本，不少了。

相比於其他的學派，這就是一個巨大的誘惑。他們選擇接受了聖上伸出來的手，在學派大改革之時，堅定地站在聖上身後。

而他們不動，朝廷便穩如磐石。

但隨著愈來愈多的中層官員抱病在家，各個機構的運轉逐漸變得困難。朝廷之中隱隱不安，晚上就寢時，薛遠都有些為他擔心。

顧元白拽下他腦袋親了一口，舌尖舔著，在激烈的親吻之中含糊道：「沒事。」

薛遠熱情地回應了他。

炙熱的氣息像是青澀的果子逐漸變得成熟，不含情欲的親吻也慢慢轉為了透著水的豔紅果子，脊背後仰，顧元白氣息逐漸急促，白皙手臂往床頭探去，輕紗飛花般罩下。

繁忙的政務無法讓顧元白應付薛遠屢次的求愛，因為忙後的身體疲軟，耽誤事情。

但有時候，像是這般口水都要乾了的時候，濃香迸發，果汁混著清液，便可以偶爾放肆一回，去探尋深處的癢意。

床帳散落，遮去了薛遠燃起火的目光。

§

《大恒國報》把持在聖上的手裡，讚譽聖上和李太傅的文章輪番刊登，讓普通百姓都深信不疑標點符號是個好東西，這讓學派中的大儒文章變得猶如石頭落水，只能激起一絲半點的水花。

他們文章的傳播速度完全趕不上《大恒國報》。

輿論原本把持在握著筆桿子的人手裡，但隨著這些年來國報的普及和深入，百姓的聲音逐漸能夠影響輿論，並愈來愈重要。

看到百姓都在稱頌聖上的舉動，朝廷告病在家的官員心中很是忐忑。

他們仗著告病的人多，即便潛意識覺得聖上不會對他們怎樣，但還是會在府中緊張得寢食難安。

終於，聖上有動作了。

朝廷中的太監們一一上門，態度客氣地詢問這些抱病的官員，問他們的病什麼時候能好，什麼時候能上朝。這些人應付完宮中來的太監之後，彼此一交談，驚喜地發現，這是不是皇上退一步的徵兆？

朝廷少了他們果然不能行。

中層官員們心中的大石頭放了下來，難得安穩地睡了一個好覺。但等第二天他們一起床，就聽到有人頂上了他們的官位。

他們懵了，朝廷的各衙門處也懵了。

各衙門一大早就迎來了這些不知道從哪裡冒出來的官員，這些官員極為嫻熟地接手了告病官員的政務，有禮地同眾位同僚一一結識。

這些官員能力出眾，上手極快，又勤奮又有幹勁。各衙門處的大臣們來問了聖上好幾次，聖上只笑著道，「在抱恙的官員病情未好之前，你們隨意用他們就是。」

這些官員，就是監察處的官員了。

這次大批官員藉口罷朝，對監察處的官員來說可是一個天大的好機會，能光明正大地從暗處轉到明處，聖上暗示過他們了，「能不能一直做下去，就要看你們的本事。」

被安排頂上各崗位的監察處官員猶如打了雞血，沒過幾天，大臣們便來同顧元白稱讚，直言這些官員用著極其順手，朝廷各機構的運轉效率要比以往高出不少。

但抱病的官員和其身後的學派就目瞪口呆了。

他們簡直是搬起石頭砸自己的腳，有些官員著急，得到消息之後就準備回到衙門，可禁軍卻把他們請了回去，理由是他們的病情不應該好得這麼快。

朝廷充滿人情味地表示，既然生病了，那就好好休息吧，多休息一會。

此舉一出，京城亂成了一鍋粥。為了學派而藉口抱恙的官員們反而恨上了學派，激烈地對抗鬧得愈來愈大，等各地的大儒進入京城的時候，見到的就是學派與官員之間的爭端。

奇了怪了，爭端的兩方竟然是他們！

被這一幕弄得摸不著頭腦的大儒被請入了宮中，李保按著聖上的話，淚流滿面地讓他們莫要為了一己私利而忘卻了聖人之言，忘卻了孔聖人曾抵禦萬難而建立私學的無畏。

這樣的言論說得多了，李保都好似認為自己當真是為了國家為了百姓，而他這樣的表現，使部分大儒倍為觸動。

三個月一晃而過，京城火炕燒起來的時候，學派終於頹廢地落敗。而那些用軟手段逼迫聖上的官員，也沒有成功回到朝廷之中。

最重要的是標點符號，終於可以光明正大地進入科考的殿堂之中。

顧元白在這三個月中從未停止過忙碌，他不斷地遊說或者威懾，光是太學和國子學，就迎來了他的兩次駕到。

標點符號的初用，顧元白必須要對其表現出足夠的重視。只有他重視了，百官才會重視，天下的學子才會重視。

而隨著標點符號的普及，學子與教書先生看出了其中巨大的力量。這些符號一標，完全省了他們學習句讀的時間和心血，隨著時間的延長，已經不需要聖上派人去寫讚譽的文章，各地自發的有識之士便高舉標點符號之法，不斷進行宣揚。

在初雪落下時，顧元白終於停下了繁忙的政務，給自己放了一個蜜月假期。

薛遠無名無分，每日像頭可憐的落水狗一樣盯著顧元白在看。顧元白忙碌的時候甚至一日裡也不能同他說上幾句話，說實話，有些心疼。

他知曉剛談戀愛的年輕男女具有多大的熱情，更何況是其中的佼佼者薛遠。宮中下雪那日，他拉著薛遠在梅花林下，含著雪與紅梅悄悄吻著他。

可憐的薛遠，完全被聖上的主動嚇傻了，呆愣愣地回不過來神。

看在顧元白眼裡，就是有些……有些可愛。

第一百五十一章

寒風吹過，顧元白的鼻尖微紅，他看著這個模樣的薛遠，又沒忍住上身一俯，在唇上咬了一口。

薛遠的唇咬起來稍硬，還有燙人的熱度。

笑時唇角微勾，匪氣十足。不笑時淩厲，以顧元白挑剔的眼光去看，愈看愈是性感。

他用牙齒磨著咬，等想要退回去時，薛遠終於回過了神，掌著顧元白的後腦勺便疾風驟雨地親了回去，直把顧元白親得眼前一片發黑，使勁推拒他兩下才放開。

看著薛遠饞得眼睛通紅的樣子，顧元白深沉地歎了口氣，心底卻泛著癢，腳趾偷偷蜷縮。

假期，就應當是快樂的。

大雪如神仙撒下的白花，除了一點紅梅之外處處一片白茫。

短短片刻，黑髮和肩上已經積了一層的落雪。薛遠頭微微低著，一步一步推著顧元白後退，直到撞在一顆梅樹上。

樹上的積雪倏地落下，還好薛遠眼疾手快，扯掉背後披風一揚，將兩人罩在了披風之下。

厚雪落在了披風上，黑暗的披風之下，顧元白輕咳一聲，低聲：「前些日子疏忽你了。」

薛遠原本發亮的眼睛暗了下去。

「聖上也知道對我疏忽，」他幽幽地歎了口氣，「不過也是，和江山比起來，洛神都不算什麼，我又算得了什麼呢？」

他身上有股冷冽風霜，冷熱混雜，顧元白臉上微微窘迫，他往後靠了靠，細細一根梅花樹如遇狂風般劇烈搖動了起來。

薛遠一沉，「你還躲我。」

顧元白：「……」

薛遠低下頭，顧元白不由閉上了眼睛等待。果然，炙熱的吻從眉眼到達鼻樑，但總是也親不到點上。

顧元白催促：「親啊。」

聲音出了口，才知道低弱得不像話。

薛遠留下一道道印子，就是不親嘴，「前些日子我瞧著聖上，就是這般感覺。」自言自語，「總是爽快不到點子上。」

心緒複雜。

他自己也難受，身上的每一塊肌肉都僵硬在了一塊。全身都在叫囂著親上去撲上去，本能讓薛遠想在顧元白身上打下深深的記號，去讓前些日子忙碌得快要看不見他的人現在回想起他。

顧元白忙碌的時候，薛遠不想打擾，心疼他。除了這些，還有無比寂寞的，能把人折騰瘋的胡思亂想。

薛遠在想，顧元白會不會等爽夠了的時候，就一道口令將他再次調走。

三個月，對於顧元白來說很短，對於薛遠來說卻很長。

長到每一天回想起來，都好像度日如年。

常玉言都比他要更為頻繁地與聖上說上了話。薛遠站在一旁看著他們的時候，他得承認，常玉言這個探花是有用的。

他的文章，他手中的筆，是聖上的另一個戰場。

那個戰場上，無法用刀槍，無法去殺敵，薛遠只能看著，站得筆直地不動。

薛遠是個粗人，滿屋子的書只是個擺設。君子要學的東西，他其實就通個棋，平日裡糊弄下常玉言沒有問題，但筆桿子他是當真揮舞不動。

在顧元白處理政務的時候，薛遠歸根究底，還是覺得自己做得還不夠，覺得聖上未必能一直容忍他爬龍床。

畢竟聖上從未對他說過情愛的話。

不要緊，說不說都無所謂。

薛遠對自己說。

難道顧元白說厭煩你了，你就放他跑了？

不可能。

但薛遠怕當他毫無準備的時候，顧元白便失了興趣。就像薛遠從荊湖南回來之後，面對的卻是聖上的調令一般。

滿頭火熱，迎頭就是一盆冷水。

薛遠想得多了，身體火熱，心卻拔涼。不由自主就有些在門前猶豫，百過而不入。

他親得用心，但總是臨門一腳，知曉聖上的耳朵處很敏感，便只沉默地吮著耳珠，一手撐在顧元白頭頂的樹上，壓抑著自己，用力到整顆樹都好像要被搖晃到拔根而起。

顧元白喘息了起來，薛遠跟條狗似的埋進顧元白的頸窩處嗅著味道，手指揉捏著聖上的後頸，白皙的頸部三兩下應當就會被捏出紅印子。

琢磨著能打下什麼烙印一樣。

顧元白都他媽要軟了，他還是不親嘴。

顧元白有些難受，他悶聲道：「不親了。」

薛遠起身，披風被扯掉，日光一閃，顧元白不適應地閉了閉眼。

心頭轉了幾個圈的想法，顧元白心底一沉，冷意浮上。

薛遠是對他硬不起來了？還是上過就沒心思了？

他心思深不見底，各種可怕的想法輪流走了一圈。睜開眼一看，就知道自己多想了。

薛遠哪裡是對他沒心思了，這人袍子都要被頂破了。

他眉頭一挑，若無其事地移開了頭，嘴角卻悄悄勾起。

一會兒又拉直，那為什麼不親他？

兩人在梅花林中踩著雪。兩個成年人，如此浪漫的飛花飛雪之中竟然連個手都沒有牽，顧元白走著走著，臉上細微的笑意都要僵住了。

但薛遠還以為他是被凍住了，把身後的披風披在了顧元白的身上，抱著他捂著他的手，心疼狠了，「回去。」

顧元白低頭看著兩人一白一深交握在一起的手，面無表情地想，行吧，手牽了。

艸。

他被薛遠護著一路躲著雪花回到了宮殿，宮殿中溫暖，身上的積雪轉瞬化成了水。宮侍準備著泉池沐浴，薛遠也被帶著去泡了熱水，出來後，聖上已經就著暖炕睡了過去。

薛遠給他掖好被子，看著他的睡顏半晌，心底鼓脹，是一種比碰顧元白還要滿足的東西。他手指滑過側臉，又突地歎了口氣。

薛遠想要的愈來愈多了，不只想要聖上心悅他，還想要聖上在其他的事上也能依賴他。

得想辦法。

§

雪停後，顧元白找了個時間，出宮瞧了瞧進京趕考的學子們對標點符號的態度。

他和薛遠坐在茶館之中，一樓二樓皆是三三兩兩的考生。顧元白捧著溫茶，細細聽著他們的談話。

考生們果然不可避免地談起了標點符號，相比於好或者不好的看法，他們更擔憂的是能不能將其用對，若是忘了用或者用錯了，是否會與金榜失之交臂。

顧元白大致聽了一番，心中有了計算。正要抬眸和薛遠交談，迎頭就對上了薛遠盯著他看的目光。

火熱的，年輕而旺盛。

顧元白莫名有些口渴，他抿了抿水，「看我做什麼？」

薛遠還是面不改色地盯著他，「好看。」

「……」顧元白低頭。

忙碌時未曾覺的，閒下來之後卻總是在想著，想著被薛遠抱著親，最好是能親出聲的那種，要嘖嘖作響，能讓他的手指都泛著酸軟。

顧元白真的很喜歡和薛遠接吻的感覺。

他像個狼崽子，恨不得將顧元白吞吃入腹。那樣瘋狂的迷戀，是讓顧元白興奮的信號。

「我原本以為他們會很排斥在今年的科舉中增加標點符號，甚至會放棄今年的科考，沒想到如此一看，倒是還好。文舉還有三月功夫，稍微用點心的就能將標點符號牢記心中……」顧元白又抬起頭，明晃晃地對上薛遠的目光，揚唇一笑，低聲，「我真的那麼好看嗎？」

薛遠點了點頭，指了指自己的眼，「見著你就動彈不得了。」

顧元白哼笑了一聲，在桌底輕輕踢了踢他的小腿，「嘴上抹了蜜了。」

薛遠沒忍住悶笑，樂了，「白爺，來試試，能甜著你。」

顧元白默不作聲，過了一會兒，突然來了一句，「我甜著你了嗎？」

薛遠呼吸一滯，登時隱忍道：「甜死了。」

顧元白撩起眼皮看他一會兒，側頭，撐住了自己的下巴。

漂亮宛若白瓷的側臉便露在薛遠的面前。

笑意若隱若現。

在學子們細碎的對話之中，薛遠看著他，突地想要笑了。

心中道，得了，你心悅他就夠了，你還想那麼多做什麼？

忙就忙了。

忙完給親給抱這還不夠嗎？

「白爺，」薛遠壓低聲音，氣音微弱，「玩個東西？」

第一百五十二章

「白爺，」薛遠壓低聲音，氣音微弱，「玩個東西？」

府裡的母狼要產崽了。

想把聖上帶回薛府。

茶杯上的霧氣凝成了水，滴滴砸在了茶碗之間。在水珠滴落了三次之後，顧元白的側臉上多了一層清娺薄紅。

他斜睨了薛遠一眼，「你剛剛說了什麼？」

聖上佯裝未曾聽見，只是唇角露出了笑意。

這笑容好似春日裡綠葉後的成熟果實，藏得嚴實又露出了一角，情意和春色隱隱約約，這個笑淺淡，卻比粲然一笑更要讓薛遠忡愣。

這副神情，好像就像顧元白也喜歡薛遠一樣。

薛遠猛地起身，探過桌面攥住了顧元白的手。

他的動作大極了，周圍茶桌上的人驚訝地往此處看來。顧元白也是抬首瞧著他，唇瓣微張，訝然。

「我，」薛遠口乾舌燥，他搓揉手心之中柔軟的手，千言萬語堵在喉間，急得冬日還冒出了肉眼可見的熱氣，「我……」

顧元白以為他當真要在大庭廣眾之下做些什麼荒唐事，鼻尖上也泌出了細細的汗珠。

薛遠卻放開了他的手，轉身如風一般跑下了茶樓，背影狼狽。沉重的腳步聲逐漸消失不見，顧元白在原地愣了半晌，低頭一看，薛遠已經跑到了樓下，面紅耳赤的在人流中鶴立雞群。

顧元白握拳抵著唇，撲哧一聲笑了出來。

茶館裡的書生竊竊私語，「那人是有毛病嗎？」

「茶館中還鬧出這麼大的動靜。」

顧元白笑得更深，他肩背微抖，這才發現窗外的藍天白雲怎麼這麼靚麗，今日真是晴空萬里。這麼好的天氣，他帶著薛遠來喝茶來打聽學子們對標點符號的態度，太不應該了。

桌旁有人腳步輕輕地走了過來，關切道：「這位公子，你這是怎麼了？」

重重的腳步聲又飛速而至，顧元白抬起頭，就見薛遠沉著臉推開湊過來的書生，拽著顧元白跑出了茶樓。

街市上人來人往，守在茶樓四周的侍衛暗中跟上。顧元白語調悠悠，「薛將軍，你剛剛跑什麼？」

薛遠不說話，顧元白無聲扯唇，「你是想和我玩什麼？」

薛遠腳底下一個踉蹌，差點兒摔倒。

他收緊手，佯裝地沉著臉，「別亂說話。」

顧元白：「你攥疼我了。」

薛遠全身一僵，連忙轉過身一看，握著的手腕上什麼都沒有，他沒傷到顧元白。

抬頭一看，顧元白還在笑著。

薛遠咽了咽口水，猛地抱上了他。

顧元白嚇了一跳，用力拍著他的手臂。薛遠依依不捨地放開了手，周圍不時有路人走過，他不能抱，只能強忍著圍著顧元白轉來轉去，緊緊跟著。

嘴裡喃喃：「元白，你真好看。」

顧元白動動嘴，先前的怒火還未升起就被熄滅，他忍住笑意，「滾蛋。」

兩個人往橋邊走去，河水潺潺，枯樹下早已沒了青草，人也稀稀少少，積雪化水，在草縫之中打濕了鞋面。

薛遠慢騰騰地道：「我想親你。」

顧元白下意識說了句不可。

薛遠眉頭皺起，汗水染濕了潔白的衣領，顧元白又有些心疼，抬起手臂，將衣袖往上收了收，纖細腕骨露出，「給你聞聞怎樣？」

薛遠攥著他的手腕珍惜地嗅來嗅去。

顧元白好似漫不經心地道：「你前日為什麼不親我？」

「不可能，」薛遠想都沒想，鏗鏘有力，「每一天都親你了。」

顧元白似笑非笑，「我忙起來的時候，你也親我了？」

薛遠頓了一下，竟然點了點頭，含糊道：「……睡著後親。」

顧元白一愣，隨即追問：「還做什麼了？」

薛遠不敢說話。

顧元白聲音愈來愈低，像是在逼迫人，「說啊。」

他這副模樣，和朝堂上大發怒火的模樣全然不一。怒火沒有，輕佻意味倒是濃郁。

薛遠被追問得受不住了，梗著脖子道：「我就摸了摸。」

顧元白涼涼道：「摸哪兒了？」

薛遠硬是拿起了自己領兵打仗的氣勢，豪氣萬千地在顧元白身上點了又點。

「虧得朕還心疼你，」顧元白抱臂冷笑，心底發癢，「原來在朕政務繁忙的時候，朕的薛將軍卻過得如此滋潤。」

薛遠眼睛一亮，「聖上心疼我?!」

顧元白輕呵，「白心疼了。」

薛遠卻沒聽到他的這句話，他喜不自禁，一直喃喃「你心疼我」，嘴角咧到耳邊，傻得讓人不忍直視。

顧元白偽裝出來的怒意，徹底被這個傻笑給擊碎了，自言自語，「真是個傻傢伙。」

晚上，薛遠還是用母狼產子的事將聖上拐到了薛府。待到沐浴之後，顧元白讓人布上了小菜和清酒，揮退隨行宮侍，單獨坐在院落中與薛遠月下對酌。

火爐暖意融融，今個是十五前後，月亮很是圓滿亮堂。幾杯小酒下肚，薛遠總算是說出了前些日子自己胡思亂想的事。

「你忙著標點符號一事，許久未曾同我說過什麼話，」薛遠自嘲，「我以往曾見過我母親以淚洗面，原以為只有她會這麼患得患失，現下才知道是我錯了。原本只要看著你就好，一月過去，我尚且可忍耐。兩月之後，開始胡思亂想，三月時，我竟悲秋傷懷了。紛紛擾擾，自找其亂。」

顧元抿唇，突然覺得自己在戀愛中不是一個很好的另一半，「你同我在一起是不是很累？」

薛遠奇怪，「何出此言？」

顧元白悶悶喝了一口清酒，「三個月未曾顧及到你。」

「我心甘情願，」薛遠坦然，頓了頓後，「只是偶爾，我會覺得自己也不過如此。不懂治國，無法助你。」

顧元白沉默了半晌，清酒也不好喝，小菜也不好吃，「你在我身邊終究還是可惜，你應當去走你的大道。將帥，文武，讓天下人都知曉你的厲害，讓史冊上也能喚你一聲英雄。薛遠，你沒必要將自己困於皇宮。」

薛遠一僵，「什麼意思？」

顧元白又說了一遍。

薛遠總算是聽懂了，他不敢置信，猶如受傷了的野獸低吼，「你又要將我調走？」

顧元白重重握著酒杯，「我只是不想拘著你奔向大好前途。」

薛遠差點兒瘋了。

他正要止不住突起的青筋想要起身暴怒，但燭光微晃，顯露出了顧元白臉上的神情。

薛遠滿心的火氣忽地化成了水，他繞過石桌走到顧元白身前蹲下，小心翼翼抬起他的臉，「難受了？」

顧元白不承認自己難受，他只是有些挫敗，他看著薛遠擔憂的面容，抬起手順著他的面頰，「對不起。」

再忙，顧元白也不應當這麼長久地忽視了他，在他心中薛遠不會為此在意。但真當不會為此在意嗎？

既然決定在一起，那就要負好自己的責任。顧元白這三個月的行事就是仗著薛遠對他的深情，他知曉薛遠不會離開他，他覺得薛遠應當體諒他，明白事有緩急。

這樣理所當然的想法，著實有些傷害人。

他音沉重，「我是不是傷害了你？」

薛遠從他唇齒間聞到了酒香味，他拿過杯子一看，頭疼，「田總管給你拿來的怎麼也是酒？」

顧元白好久未曾飲酒了，為了身體著想，他穿過來已經七個年頭，沾著酒水的次數卻一隻手能數得過來。此時已經有了醉意，但自己卻恍然未覺。

薛遠小心將他抱在自己腿上坐著，「哪兒不舒服？」

只覺得壓抑，胸悶。

顧元白蹙眉，摸了摸自己的胸口。

薛遠跟著摸上去，輕輕揉了揉，「聖上可別再說這樣的話了，天下人都有錯，聖上也沒錯。」

「有錯，」顧元白看著皎月，好似冷靜得從未飲過酒水一般，「你父親曾與我說過，即便你只是做個小小的殿前都虞侯，他也不覺得折辱了你。我那時還在心中斥他對你太過無情，你天資卓越，早該在征戰西夏時便揚名於天下，可你看看，你在西夏都幹了些什麼。」

他抓緊了手，手指深深掐著掌心的肉，「你在保護著我，一刻不離地保護著我！其他的將領搶著上戰場強奪軍功，可你呢，你浪費了一次又一次的時機，你明明——」

明明比那些人強出許多。

都是因為顧元白。

他的情緒激動，脊背都在顫抖。薛遠順著他的背，突然低頭抵著了顧元白的黑髮上。

「聖上，」他的聲音低啞又柔和，「保護你難道就不重要了嗎？」

顧元白心道，果然是因為我。

他顫抖的眉眼緊閉。

薛遠繼續低聲說著話：「臣的職責便是在戰場上護著您的安危。這比上戰殺敵要重要得多，交給旁人臣不放心，只有交給臣自己，臣這一顆心才能安下來。」

「旁的所有領兵作戰的將領，他們做的事都沒有臣的重要，」他，「臣願意，不必去搶軍功。只要您安康，臣就覺得夠了。」

「男兒不過追求建功立業四個字，」薛遠說著說著，突然自己也有些領悟，他的神色逐漸沉穩而成熟，輕聲，「可是我有了比建功立業更看重的東西。」

若是能幫你變得輕鬆些，不再傻愣愣地只能看著你同其他青年才俊商談政務，那就更好了。

魚與熊掌。

薛遠下意識地抱緊了顧元白，眼中一閃。

朝堂啊，若是能讓顧元白處理政務時也能看著他……那就最最好了。
是否翻手為雲覆手為雨之後，聖上便是厭倦，也無法拋棄他了？

第一百五十三章

第二日看完母狼產子，薛遠便忙了起來。

在宮中，他便細緻地聽著聖上與他人商議。聖上教導顧然時，他也跟著沉思。回府之後便關在書房之內，捧書而讀。

薛遠幾乎是廢寢忘食，瘋狂地充盈自己。他的門客也開始活躍，要到各種宗卷，一一從四面八方給大公子講述其中的彎彎道道。

薛遠是天之驕子，當他認真地想要做什麼事，幾乎沒人可以阻止他。

而他明晃晃地擺出了要入朝堂的姿態。

顧元白很快便知道了這件事。

原文裡的攝政王權勢滔天，喜怒不定。時常似笑非笑地看著鬧劇在眼底開場，顧元白不知道薛遠為何會變成那副高深莫測的模樣，但他來到這個世界後，因為天下穩定，北疆遊牧退避，薛遠逐漸安於平穩。

顧元白挑眉。

他情不自禁地想，若是薛遠真當入了朝堂，他又會展現出怎樣的表現？

這個傻傢伙，會愛上權勢帶來的感覺嗎？

顧元白既有希望他能做出一番功績的期待，又有幾分迎來挑戰的久違征服欲望。

他也是個瘋狂的傢伙。他想要看著薛遠綻放自己的光芒，欣賞他的強大。這樣的強大不應該因為顧元白而被磨平，他甚至想了一番若是他遇上了的是原文裡拋下戰場陷於官場浮沉的攝政王，他們會有怎樣的交鋒。

一想，便是戰慄不止，顧元白那根喜歡挑戰的神經，甚至想要將薛遠捧上高位，再將他狠狠輾壓。

但這也只是想想罷了。

如今的大恒應當穩定的發展，不應當再去經歷無用的波折。

顧元白壓抑住了這樣的想法，開始有意無意地教導他，而薛遠不負所望，他吸收知識和敏銳的政治直覺，幾乎讓他像匹狼一樣竄入了朝堂圈。

看他如此，顧元白笑了笑，用西夏時的護駕之功，將薛遠增一階調入樞密院。

§

一個月後。

薛遠深色的官袍在腳步間揚起翻滾，身後的大衣獵獵，進了宮殿之後便掃下了身上的積雪，走到暖爐便去掉寒氣：「聖上可起了？」

宮侍小心接過他的大氅，「薛大人來得早了些，聖上還未起。」

薛遠笑了笑，手掌熱了之後便入了內殿。小半個時辰過去，聖上衣衫整齊地同薛大人一同走了出來，膳食擺上，顧元白接過薛遠遞過來的玉筷，懶洋洋道：「讓旁人上前伺候就可。」

薛遠道：「我喜歡伺候聖上。」

熱粥散著濃郁的米香，兩人緩緩用著早膳，低聲說著話。

田福生候在殿門前，薛大人忙起來後也不忘記照顧聖上的穿戴和一日三餐，這讓他一個內廷大總管都沒了作用。時間久了，田福生也適應了這閒適的日子，只要薛大人在這，他就別上前去左右不討好，大大方方偷懶就是。

用完膳，宮侍收走東西。顧元白道，「淮南的鹽商出了些事，我準備讓你帶人前去探查一番。」他頓了頓，「你想去嗎？」

薛遠點了點頭，「去。」

早在薛遠想要成為能讓聖上依賴的能臣時，他便知道這樣的事情少不了。短暫的分別只是為了能讓兩人以後不分離，薛遠想了許久，終於說服了自己。

最重要的是，聖上好像不想要薛遠困在他的身邊。聖上希望他去，那他便去。

薛遠甘之如飴。

薛遠在心中暗暗地歎了口氣，他現在需要立功，急迫地需要功勞。

顧元白果然笑了，「這大雪日，也不知你們什麼時候能回來。」

「最快也要一個月，」薛遠握住了他的手，歎了口氣，「上元節那日，還望聖上看在我即將離開的分上，將一日的時間都留給我。」

顧元白勾著他厚繭深深的手指，「嗯」了一聲。

下值後，薛遠回了府。他風塵僕僕，薛老將軍將他叫了過去，面色凝重地道：「薛遠，聖上看重你，你要好好報效聖上。我薛家三代忠良，忠君便擺在家法上頭的第一條，你若是做了什麼違背人倫的事，那就是禽獸不如，我第一個饒不了你！」

薛遠隨意地點了點頭，他這副好似沒把薛老將軍的話聽到耳朵裡的模樣，讓薛老將軍暴怒，「你做事也莫要害了薛府！我寧願你平平庸庸，也不願你功高蓋主！」

薛遠歎息一聲，「我未曾想要功高。」

薛老將軍不信，「若是你不想要，那為何這些日子動作不斷？」

「薛將軍，你應當知道，」薛遠扯起唇，「若我想要軍功，動動手便可，以往的那些軍功不高？唾手可得罷了。」

他壓低了聲音，「我要的不是唾手可得的東西。」

是想要在顧元白身邊一輩子。

糾糾纏纏，即便拋卻了感情，也註定分離不了的一輩子。

又半個月，孔奕林與薛遠從樞密院走出。孔奕林生得極為高大，薛遠同他不分高低，兩人漫步而行，孔奕林笑著道：「薛大人近日便要出行了？」

薛遠點了點頭，笑了，「待我走後，聖上若是有什麼不適，還請孔大人多多與我書信交談。」

「一封信過去，你人都要回來了，」孔奕林啞然失笑，含蓄勸道，「聖上乃九五之尊，即便是田總管，也不能成日裡看著聖上。」

薛遠的舌尖頂頂上顎，瞇著眼笑了，「孔大人不曉得。」
孔奕林好奇：「哦，我不曉得什麼？」
「聖上不喜田總管日夜跟著他，」薛遠露出了幾分回味的神色，「卻喜歡極了我跟在他身旁。」
孔奕林一噎。
薛遠笑了笑，慢條斯理整理了番袖袍，「即便驛站行得慢，但我心中著急，還是得託付孔大人了。至於其他人，也得麻煩孔大人多費些心神。」
孔奕林明知故問，「褚大人？」
「不只是他，其他年輕的，俊美的，強健的，」薛遠一一數著，「聖上喜歡這樣的。」
孔奕林沒忍住道：「薛大人當真不是在誇讚自己？」
薛大人俊眉一挑，悠悠笑開了。
聖上喜歡強大的人。
狼麼，就要挑最凶猛的那匹交配。

上元節。
顧元白換上常服，薛遠早已等在外殿。回頭一看到他，愣了好一會兒，眼睛不眨地稱讚道：「聖上天人之姿，潘安衛玠遠不及。」
顧元白哼笑一聲，緩步走過去，薛遠伸出手，將他的腰間玉佩正了正，美玉發出琳琅碰撞之聲，薛遠指尖輕彈，「好聽。」

這是顧元白第二次和薛遠一同過上元節，夜晚微黑，燈火透亮，手與手不知不覺握到了一起。肩部親密地擠在了一塊兒，偶爾的轉頭，唇就會從額頭擦過。

「臣帶了俸祿，」薛遠將顧元白多看了一眼的花燈買了下來，「聖上想要什麼，臣的銀兩足夠。」

顧元白很捧場，給他鼓了兩下掌。

「聖上還記得嗎？」走過一道巷口時，薛遠故意壓低聲音道，「臣曾在這條巷子裡壓著您在親。」

顧元白嘖了一聲，「記得。」

薛遠與他在斑斕花燈中對視了一眼，呼吸濃重炙熱了起來，手被拉著，又到了那條黑暗的巷子之中。

還是那樣的寒氣，那樣的水滴，那樣喘急混亂的吻。

顧元白張著唇應和著他，更加凶猛地親了回去。薛遠喘息著安撫他，「不急不急，慢慢來，更慢一點。」

顧元白呼吸不上來，氣悶的感覺又爽又難受，他瞪了薛遠一眼，終於罵出了早就想罵的話：「滾你他媽的慢！」

薛遠笑得胸膛顫動。

一夜過去，第二日天色還沒亮，薛遠從床上醒來。他的胸膛和脖頸都是鮮紅的抓痕和吻痕，薛遠欣賞了半晌，又輕柔地把聖上喚醒，哄著他在脖頸間再吸出一道深痕。

聖上困倦極了，他被煩得生了火氣，吸了半晌就牙齒一咬，血味轉瞬迸在了唇裡。

薛遠「嘶」了一聲，顧元白努力睜開眼睛，無意識舔了舔唇上的血跡。薛遠低頭看了他半晌，把另一邊的脖子也湊了上去。

今日是出行的日子，薛遠收拾好了自己就頂著一脖子的痕跡，去辭別了父母。

薛老將軍和薛夫人在臥房之中悉嗦響動了幾下，過了一會，薛老將軍披了外衣走了出來，「去吧。」

薛遠俯身行禮，隱隱天色之間，薛老將軍好像在他脖子間看到了一些床笫之間留下的痕跡。

薛老將軍一怔，薛遠已經披上了厚厚的披風，轉身往外而去。

老將軍怔愣半晌，再也睡不下去，不知不覺走到了薛遠的門前。薛遠院子之外是宮中來的侍衛，薛老將軍走了過去，侍衛長抬劍攔下了他，溫聲道：「薛將軍，聖上還在歇息。」

薛老將軍一僵，雙膝一軟，重重跪倒在地。

§

淮南鹽商一事水深得很，薛遠帶著人一查，便查到了私鹽的事。

自從西夏被大恒吞併改名為寧夏之後，西夏的青鹽自然不再是私鹽。許多依附西夏青鹽販賣私鹽的鹽販子遭到重擊，又因為兩浙的鹽礦投入市場，官鹽下跌之下，私鹽幾乎沒有了生存空間。

鹽商龐大的利益，和官府強而有力的打壓，就在淮南和江南兩地有了混亂。

江南之前曾被反叛軍禍害過一遍，大的勢豪沒有，小蝦小蟹倒是多得很。加上淮南處來來往往的商戶，形勢複雜，薛遠每日忍著脾氣參加筵席，時間一久，已然可以不動聲色。

與形形色色的人交際，暗中套著消息，身處其中時才是最鍛煉人的本事。薛遠的眉眼之間愈來愈能沉得住氣，嘴角的笑意也愈來愈深，偶爾打眼一看，好像真是一個好相處的君子。

時間一拖，又往後拖了一個月。

薛遠笑著辭別淮南的呂氏，進了地方官府為他備的府邸之後，就覺察到了不對。

他挑了挑眉，進門一看，原來不知是誰給他送來了兩個女人，正在臥房之中身穿薄紗地立在床邊。

「滾回去，」薛遠厭惡地皺起眉，轉身退出了院落，出門就踹了一腳看門的奴僕，「你他娘的什麼人都讓進?!」

守門的小廝被他嚇得屁滾尿流，連忙跪地，「小的知錯，小的再也不敢了。」

薛遠的臉色陰沉著，向來帶笑的臉上烏雲翻滾。

小廝害怕地上前抱著他的小腿痛哭，一口一個「冤枉」、「被迷了眼」。薛遠又用力踹了他一腳，戾聲道，「老子立過規矩。」

想到這個小廝做的事，不夠出氣，又使出十分力道，一腳便讓小廝厥了過去。

「帶下去，」薛遠面無表情，「臥房裡的那些個東西全都給燒了。」

手下人道：「是。」

薛遠往兩旁一看，盯著其中一個人道：「看清楚了嗎?老子沒碰那兩個女人。」

佯裝成薛遠手下的監察處官員：「……看清楚了，薛大人。」

薛遠這才覺得怒意稍降下來了些。

此事傳出去之後，外頭試圖給薛遠送人搭上關係的商戶才停了這個動作。

鹽商一事，本以為最快一月便可。但薛遠忽視了其中的利益交雜情況，直到查出了苗頭並整治，已經拖了兩個半月。

薛遠緊趕慢趕地回到京城時，已然是春暖花開時節。

第一百五十四章

薛遠在離開京城的時候，給顧元白留下了一個大麻煩。

他走那日，顧元白一個半時辰後才睜開眼。床鋪整潔，周身乾淨，帶著浴後的清香，舒適得他再度睡上了眼。

薛遠無論是床上還是接吻，其實都簡單粗暴得很，不懂得什麼技巧，只知道橫衝直撞。然而再直來直去的動作在特意放緩之下也好似變得厲害磨人了，顧元白不曉得他是怎麼忍住的，只知道每次完了之後，床褥都好似被水浸濕了一遍，大多數都是薛遠身上留下的汗。

長得俊，又忠心，照顧顧元白時更是一絲不苟，折騰了一夜之後睜開眼乾乾淨淨的感覺，當真是太美妙了。

顧元白品味了一會，悠悠下了床。起身後才發現床旁擺放了一左一右兩個木箱，木箱下壓著一封信紙，他打開一看，正是薛遠的字跡。

信中說，這兩個箱子一個是薛遠自上值以來的俸祿，交予顧元白留用，待什麼時候用完了，他便什麼時候回來了。另一個箱子裡則是他提前寫好讓顧元白看的信，每日一封，還請聖上莫要忘了看。

顧元白讀完信後，不由心軟得發甜。

他心情愉悅地讓人抬起兩個木箱，打算低調地出了薛府。然而甫一出門，就見到了跪在院門前的薛老將軍。

薛老將軍面色僵硬，抬頭朝著聖上看去，倏地眼中含了熱淚，顫顫巍巍地道：「聖上——」

薛老將軍在這裡跪了許久，也想了很多。以往未曾注意到的東西一一在眼前閃過，最終，他想起了曾在北疆的時問過薛遠的一句話。

「你是不是對人家姑娘用強了？」

薛遠那時嗤笑一聲，似笑非笑。

薛老將軍現下想起來，只覺得渾身發冷，猶墜寒冬。

自己的兒子是什麼樣的人，薛老將軍最清楚。薛遠小時候留在京城時，什麼混事他都敢摻和。小小年紀能面色不改地拿刀子嚇人，一群文武官員的孩子裡，就數他真敢親手讓人見血。薛老將軍正是因為如此，才對他的冷血和煞氣感到心驚，下定決定將他帶到身邊教導，在戰場上，薛遠的這種冷血逐漸偏執成了對殺敵的癡迷。

他就好像沒有什麼害怕的東西，入了戰場就猶如龍入雲海之間。

不知道害怕，就會闖下大禍。薛老將軍這才一次次嚴厲地對待他，希望能給他圈上一層層人味兒，讓他知道什麼叫做倫理綱常和世道，而不是紅血罩頭的獸欲。

這不容易，薛老將軍用了許久，才讓薛遠體會到邊疆百姓的痛苦，讓他因為士卒的死亡而憤怒。薛遠像個人之後，薛老將軍又頭疼以他的脾性怎麼才能忠君。

三代忠良的府中，怎麼就生出這麼一個東西啊？

不知倫理，沒有善惡，好像打骨子裡就是個壞種，長大了之後才勉強知道要裝好自己的冷血無情，裝出一副不那麼可怕的模樣。

因為這，薛老將軍在知曉薛遠生出忠君之心的時候才大喜過望，覺得薛府有救了，不用抄家了。之後一看，薛遠對聖上又太過殷勤，可薛遠這壞種又怎麼可能會對旁人這樣？薛老將軍愈想愈愁，覺得薛遠是裝的，他在裝著對聖上忠心。

聖上待薛遠愈好，薛老將軍愈忐忑不安。結果現在他知道了什麼？他兒子竟然、竟然在肖想聖上！

薛老將軍哭得一把鼻涕一把淚，氣得七竅生煙，「臣罪該萬死，臣罪該萬死啊。」

早知如此，薛遠出生那日他就應該狠狠心把他掐死。

薛府的列祖列宗要是知道，怕是祖墳都得冒血水。

這必然不關聖上的事。若是薛遠不願意，天王老子都逼迫不了他幹自己不願意幹的事，一定是他對聖上升起了覬覦之心，還竟然真的讓這孽子得手了。

薛老將軍心中冰涼一片，幾乎不敢深想薛遠對聖上做了什麼，只要一想，他都要嚇得暈厥了過去。

「是臣沒有教導好兒子，是臣的罪過，」薛老將軍哽咽，灰敗和慚愧並生，「臣願以死謝罪，臣死後也不得超生。」

都是因為他的一時放任，才讓聖上遭了這等罪過，被這等小人迷惑。

顧元白頃刻之間，就明白薛老將軍為何會這番模樣了。

他有些驚訝地挑了挑眉，來回看了薛老將軍數次，難不成他上次前來薛府時的那番語辭嚴厲的暗示，薛老將軍都未曾聽懂嗎？

「薛卿，」他的神情堪稱平靜溫和，「起來。」

此時尚且還早，薛老將軍的身上卻是晨露厚重，一看便已經跪了良久。顧元白轉頭去看張緒，侍衛長低聲道：「臣讓將軍起身，將軍卻不聽，執意要跪在此處。您還未起，我等也不敢通報。」

顧元白歎了口氣。

若是正經算起來，薛老將軍還是大恒的「國丈」，他親自俯身想要扶起這位忠臣，手上那枚翠綠的玉扳指就映入了薛老將軍的眼底。

薛老將軍渾身一抖，想起在北疆時，薛遠的手上也曾帶過這樣的玉扳指。

他原本要站起來的膝彎一軟，又重重跪倒在地。

顧元白帶著人退回了薛遠的院中，石桌濕潤，隱隱有樹葉露珠滴落。

聖上不急不緩，態度溫和，說了許多話，見薛老將軍聽進了耳中便讓他回去了。薛老將軍不知是怎麼回到自己臥房的，回來時，薛夫人正在讓丫鬟梳著髮，瞧見薛老將軍渾渾噩噩的模樣，奇道：「這是怎麼了？」

薛老將軍牙齒磕碰著，說不出一個字。

薛夫人讓人退了下去，走到丈夫身旁坐下，開始擦起眼淚來，「你是不是又在怨我兒了？」

薛老將軍這次卻沒吭聲。

「我兒喜歡男子那便喜歡好了，你還能將他打死不成？」薛夫人哭得更厲害，「薛平，你給我好好說說，我兒到底怎樣你才能滿意！他只要不禍害人家，不強迫人家，這不就行了？」

「禍害，禍害，」薛老將軍手指顫抖，忍不住兩行熱淚流下，「夫人，他……」

幹的那是禍害人的事嗎？

幹的是滅族的事啊。

擦了擦眼淚，薛老將軍話頭一轉，「他最好一心一意，別讓我知道他有什麼小心思。他要是敢三心二意的話，老子第一個砍了他！」

薛夫人一愣，「你這是允了？」

薛老將軍沉默，薛夫人卻知道他這是不再計較的意思。她大喜，站起身更是忍不住走來走去地抒發喜意，喃喃：「你我倒是好說話了，可褚夫人那裡可不好說話啊。」

薛老將軍皺眉，「什麼褚夫人？」

薛夫人忍不住笑了開來，又坐在他身邊，好笑道：「你啊，連遠哥兒心悅的是哪個男子都不知道。遠哥兒眼光挑，即便是喜歡男子也不會喜歡尋常人，褚府的褚狀元你可知曉？」

薛老將軍心中生出不妙，果然，薛夫人笑道：「人家褚衛三元及第，也是聖上眼前的紅人，可不就是我兒喜歡的人？」

「轟隆」一聲，眼前發黑。

薛老將軍一口老血幾乎要噴出來，孽子、孽子，他竟然迷惑了聖上之後還敢三心二意！

其罪簡直當誅！

§

薛遠還不知曉自己在老父親那裡已經成了三心二意的浪蕩子。

他一路風塵僕僕地趕到京城，路上買了不少各地的小玩意兒，都打算送給聖上去討歡心。行色匆匆回到京城時，正好是殿試前的幾日。

如今春暖花開，薛遠身子雖疲憊，但精神卻格外亢奮。他將馬匹交予宮侍，率先便是進宮去見聖上。

他很心急。

原本以為最快一月便可回來，最慢也可兩個月，薛遠準備的信封也只有兩個月的份，到現在為止，怕是聖上已經一個月沒有看到他寫的那些心裡話了。

只希望這一個月，聖上不看信也能時不時想起他。

薛遠歎口氣，步伐愈快。翻滾的衣袍如海浪起伏，田福生老早就聽說薛大人進宮了，連忙迎上去，「薛大人，您可算回來了。」

薛遠開頭就問：「聖上呢？」

田福生熟稔道：「聖上在寢宮內安歇呢，薛大人可要現下去看一看？」

薛遠當然點頭，「我先洗漱一番，再去看一看。」

薛遠身後的那些官員聽得一句比一句驚訝，彼此面面相覷。

稍後，薛遠一身濕氣地進了聖上的寢宮。

床褥上躺著一個人，薛遠悄聲上去看了，不停地摸過聖上的髮絲和手臉，不知道過了多久，他才坐在床邊，與睡熟的顧元白十指相扣。

餘光一掃，在枕邊掃到一張信紙，那熟悉的字跡讓薛遠心中一動，他拿過來一看，果然是自己的字。

薛遠無聲笑了，低頭狠狠親了一口信紙。

心中滿滿，鼓脹得無處可以宣洩這股情緒。

只能看著顧元白，一下下地順著他的黑髮。

顧元白在這種盯視中皺起了眉頭，緩緩地睜開眼，視線還未明晰，便看到了床旁倚著一個熟悉的身影。

一身黑衣，還在笑著。

顧元白懶懶伸出手，這身影便俯下了身，熟練地將他抱在了身上。雙臂睡得乏力，顧元白也只以為做了夢，聞著薛遠脖頸的味道，又安心睡了過去。

薛遠順著他的脊背，還想同他說幾句體己話，此時不免哂然一笑，「怎麼這麼能睡。」

一會兒得去問問田福生，聖上昨夜是什麼時候睡的。這會都已是晚膳後的一個時辰，竟然還是這麼困倦的模樣。

小半個時辰後，顧元白才真正地醒來。

他睜開眼便覺得不對，起身想要起來，但薛遠的手掌卻放在身後壓住了他。顧元白小心側頭，薛遠閉著眼，也睡著了。

竟然回來了。

顧元白眨眨眼，「薛遠？」

薛遠睡得很熟，抱著顧元白還發出微微的鼾聲。

顧元白聲音加大了點，「薛九遙。」

薛遠還不醒，顧元白往周圍看了一圈，到處都是靜悄悄的。他都有些懷疑是不是睡昏了做夢，薛遠其實還沒回來，這人現在也是假的。

他想掐自己一把試試，但又怕不是夢的話很疼。瞧了瞧薛遠，嘴角微勾，壞心眼地將手順著他的褲子摸了進去，心道還挺有精神，繞到一旁，猛地拔下了根毛。

薛遠唰地睜開了眼，疼得「嗷」了一聲，聲音餘音繞梁，徹底把顧元白給震清醒了，「……朕的耳朵。」

薛遠表情扭曲，絲絲抽著冷氣，他來見顧元白之前特意將自己整理了一遍，但現在可謂是白白整理了。他疼得都想要蹦起來，但聖上坐在他的身上，手還放在他的褲子裡，只能哄著：「白爺，嘶，快鬆手，高抬貴手啊白爺。」

顧元白眨眨眼，「很疼？」

薛遠抽了抽鼻子，「疼死老子了。」

「噓，」顧元白有點兒心虛，「別叫了，爺給你揉揉。」

薛遠委屈地點了點頭。

揉了一刻鐘，又說了好幾句話，兩個人才從裡頭走了出來。

同薛遠一起前去淮南的官員主要是戶部和政事堂的官員，他們的面色更為難看，瞧著就是累得很的模樣，稟報時雙眼無神，說著話都有氣無力。顧元白直接讓他們先行回府休息，但看了看薛遠精神十足的面容，還是察覺出了文官的體弱。

經常外出辦事的官員們，除了監察處的官員，其他都會有各樣的病症發生。多是水土不服或是體乏風寒，這樣的身體著實不好辦事。

顧元白若有所思，琢磨著定時定量的運動要求和國民運動會是否要開始制定了。

就顧元白這身體素質，他也知道不能每日坐在書桌之前。各個衙門處的官員更是應該如此，好不容易選拔出來的人才，可不能輸在了身體上。

第一百五十五章

顧元白把運動會的想法一說，薛遠沉思了一會兒，慢吞吞道：「您也需要多動動。」

顧元白哼笑一聲，心道去你身上運動嗎？「沐浴了嗎？」

薛遠道，「臣身上乾淨的。」

顧元白坐在椅子上，朝他勾勾手指，「過來，給我親一口。」

薛遠下意識往周圍看一眼，殿中的人低著頭，各個像個木頭人一樣好似什麼都沒聽見。除了宮侍之外，留在這兒的還有扮作是薛遠手下的監察處官員。

監察處官員瞧見薛遠的視線，矜持地笑了笑。

薛遠放心地走到跟前，顧元白朝他伸出了手，他自覺地將下巴遞了上去，被聖上親了個響亮的一口。

顧元白咬了咬唇，又舔了舔，「有股汗味兒。」

「剛剛疼出來的，」薛遠欲言又止，「聖上，下次別拔那兒了。」

顧元白就喜歡欺負他，「有沒有下一次，還得看你的表現。」

他朝著一旁看戲的監察處官員打了個響指。

監察官員從懷中抽出個帳本，一樣一樣詳細至極地道：「二月十五日薛大人經過應天府，曾與一橋邊女子說了兩句話。」

薛遠一怔，皺眉想了想，好像確實有這一回事：「一句是『我不買餅』，一句是『去邊兒讓路』。」

監察官員笑迷迷地繼續道：「那女子在大人過去後可是目不轉睛地盯了大人許久。」

顧元白微眯了眼，似笑非笑地摩挲著薛遠的嘴唇，也不親了，「咱們的薛大人原來也如此討女子歡喜。」

薛遠面無表情道：「若是臣沒記錯，那橋邊女子不過髫年，還是個孩子。」

顧元白轉頭看向監察官員。

監察官員面不改色，將帳本翻過了一頁，道：「二月十六日一早，有驛站女子來給薛大人送上早膳，與薛大人多番談話，薛大人待其神色溫和，耐心十足地與其探討京城吃食。」

薛遠額上青筋暴起，忍無可忍，「那是個京城嫁出去的老嫗。」

監察官員稀奇，薛大人在淮南待了如此久，早就變得高深莫測、不動聲色，怎麼一到聖上面前就成了另外一副模樣？

但稀奇歸稀奇，監察官員又翻過了一頁紙。

這本帳本很厚，一看就知曉是詳細到了一舉一動的程度。顧元白無奈，估摸著是因為監察處的官員知曉了他與薛遠在一起之後，看薛遠愈發不順眼，因此能給薛遠找麻煩便插手找麻煩了。

隨著監察官員手中的帳本愈來愈薄，薛遠臉色愈來愈凝重。他自然沒有做過什麼背叛顧元白的事，但監察處對他的態度，一定會將淮南那群商戶給他送女人的事情大書特書。

果然，監察官員說到了這件事，還用了整整兩頁紙來記下。但顧元白知曉了事情緣由之後也未曾生氣，只是讓監察官員退下，玩著薛遠下巴上的胡茬，笑吟吟道：「薛大人，我派人在你身邊，你是不是不太高興？」

薛遠冷汗出來了，「怎麼會。」

顧元白佯裝客氣道：「你若是不喜歡便說出來，朕也不是不好說話的人。」話裡暗暗的威脅薛遠要是再聽不出來，那就白費他這些時日的心血了，他頭搖成了浪鼓，「喜歡，臣喜歡極了。」

顧元白滿意笑了，又柔柔地用臉頰蹭了蹭薛遠的下巴，細嫩的臉龐被胡茬渣得紅了一片，他聲音低低，「朕的掌控欲可分毫不比你少。」

若是沒在一起便算了，若是在一起，就要接受他大到生命小到髮絲的控制欲望。正是這種不同尋常人的掌控欲和強烈的佔有欲，才讓顧元白在現代也沒有談過一場戀愛。

因為沒人能受得住他，顧元白也不想去為難別人。

在成為皇帝之後，這樣的掌控欲望更是加倍地生長起來，監察處簡直就像瘙著顧元白癢處而建立的存在。

他抬起雙手搭在薛遠的肩上，臂彎細白，說話輕得讓人心都軟了，「真的喜歡嗎？」

「真的，」薛遠在顧元白耳邊道，「聖上，咱們真是天生的夫妻倆，註定是一對兒戲水鴛鴦。」

「您讓人瞧著臣，臣也托人瞧了您，」薛遠道，「咱們夫妻倆半斤八兩，誰也不輸誰。若是真的有人趁臣離開時趁機碰了您，臣死也得把他大碎八塊。」

他眸色認真，說話時甚至帶上了陰冷的氣息。就是薛遠對顧元白的這份著迷，才使得顧元白極為滿足，連掌控欲都叫囂著饜足。

「夫妻倆？」顧元白哼笑，「薛卿野心不小，是想做朕的皇后嗎？」

薛遠被嗆得說不出來話來。

兩個人許久不見，顧元白放下了政務，陪著薛遠好好黏了一下午。他們在御花園中逛了一圈，路過湖旁時，薛遠道：「等哪天日子好，臣帶聖上去臣的莊子裡鳧水。」

顧元白欣然應允。

薛遠從皇宮走回府，心裡頭想著將聖上帶到莊子裡能做的事，不免心猿意馬。

但一走進薛府，就有一道破風之音襲來，薛遠神色一凝，側身躲過利箭，抬頭一看，薛將軍正鐵青著臉看著他，一副恨不得將他殺之欲快的模樣。

薛遠見著他就笑了，「父親安好。」

薛老將軍一愣，隨即就冷著臉將弓箭一扔，拿起棍子吼道：「——老子打斷你的腿！」

薛府頓時一片混亂，薛二公子聽聞後趕緊讓小廝抬著自己去看熱鬧，幸災樂禍道：「我得趕緊去看看爹是怎麼打斷薛九遙的腿的。」

這場鬧劇一直到了月上高頭才停下，薛遠還是活蹦亂跳，薛二公子滿臉遺憾地被小廝帶回了房。待人散了，薛老將軍指著薛遠怒罵：「你和那褚衛到底是怎麼回事！」

薛遠心不在焉，「褚衛與我何干？」

薛老將軍：「你還不說實話？你母親同我說褚衛便是你心悅之人，這事是真還是假？」

薛老將軍面色沉著，心中膽顫。

要是薛遠當真三心二意，那他即便是被聖上責罰，是被聖上處死，也要冒死將薛遠打死。

這樣最起碼還能保薛府其他人一條性命。

「薛夫人哪裡聽來的胡話？」薛遠歎了口氣，風度翩翩猶如君子，「要是拜神拜佛有用，那我希望褚衛能早點死。」

笑帶惡意，「死得俐落點。」

薛老將軍徹底卸了一口氣，沒力地一屁股坐倒在了地上，他大口大口地吸著氣，如獲新生般慶幸喃喃：「還好不是，還好不是……」

薛遠走到他身旁蹲下，「薛將軍可否告知予我，為何我一回府就追著要打死我？」

他的老父親被氣笑了，「好你個薛九遙，你曾跟老子說你是忠君之心，老子讓你伺候聖上，你就是這麼伺候的？」

薛遠「唔」了一聲。

老將軍氣不打一處來，悲痛欲絕，「你這麼做，讓我怎麼去面對列祖列宗，怎麼去見先帝？早知如此，你出生那時我就應該把你給掐死，免得你如今還來禍害聖上！」

薛遠聽了這話面色不變，待老將軍罵罵咧咧完了，他才突然笑出聲來，「薛將軍，你應當慶幸你沒有掐死我，你也不想讓聖上被一隻厲鬼纏上吧？」

薛老將軍一顫，大驚失色地看著他。

薛遠拍拍他的肩膀，笑了笑，「天色已晚，薛將軍您也老了，受不住夜中霜寒，是該回去歇息了。」

說完，他起身同薛老將軍規規矩矩地行了一禮，轉身走進了黑暗之中。

薛老將軍呆在原地，感到了一陣徹骨寒意。

像這樣走前給他行禮的舉動，薛遠以往從來沒有做過。這一次的外出讓薛遠的心思更加深沉，看起來像是好了許多，甚至溫和了下來。

老將軍一時竟然分不清，是原本不屑於人倫事理的薛遠更可怕，還是現在這個泰然自若守著世間規矩的薛遠更可怕。

晚露降下，薛老將軍回過神，沉沉歎了口氣。

薛遠回房之後就讓府中門客前來見他。

門客低調前來，「公子，您讓我等探查的事情大致已得出了緣由。大儒李保的膝下幼子李煥曾於三年前私闖入宮被捕，聖上憐於太傅李保的師徒之情，便派人將李煥送予府中，還送上了許多珍奇藥材。」

薛遠轉著手上與聖上一個模子刻出來的玉扳指，眼睛微眯。

「他為何會私闖入宮？」

門客低聲：「小人查了數月之久，才從李府查出了些隱秘。據說是此人在宮外一瞥聖上容顏，便自言是採花賊地闖進了宮。」

他話音剛落，便覺得周身一冷。

薛遠半晌沒說話，再說話時，語氣如蛇吐絲般陰森可怖，「聖上怎麼會饒過他？」

門客剛要說話，薛遠便已經自言自語地道：「他應該死的。」

「聖上那時剛剛掌權，而李保又是天下大儒，聖上的太子太傅，」門客婉言道，「此次忤逆，聖上已讓他整整在床上躺了兩年的功夫，饒了他一命才好在之後把控李保。」

薛遠笑了，「現在不是以往了。」

門客默不作聲。

薛遠另問道：「京郊的莊子給我備好，最多十日，水池四周的無煙炭火就要燒起，要擔保即便是傍午起風也不能讓水冷起來，知曉了嗎？」

門客應聲而退。

薛遠這才收斂了笑，心中慢慢念著：李煥。

第一百五十六章

殿試後的幾日，李保的幼子李煥便傳出了染上花柳病的消息。

聽聞此事的眾人譁然，怎麼也想不明白李保如此大儒，家中幼子為何會染上這樣的病症。李保同樣羞恥萬分，早早就閉了府門不再接客。

前些日子李保備受讚譽，不止是文人，連大恒各地隱居的大儒都曾寫文章稱頌李保獻上標點符號一事，書信更是如雪花般往李府飛去。這樣的盛況讓李保有些飄飄然，他好像一下子年輕了十幾歲，面色紅潤，走路也是步步生風。

天底下的文人都這麼崇敬自己，又有聖上許諾的三代榮華在後，李保早已忘卻當初答應聖上做出頭鳥時的驚懼，只覺得如獲新生。

但李煥的消息一被傳出去，李保就猶如被打了一個響亮的巴掌。

他為人謹慎一世，兩次污點都是因為李煥。李保面色漲紅，怒瞪著床上的幼子，不住說道：「丟人現眼，丟人現眼！」

他的大兒子在一旁著急：「爹，若是弟弟這個病被人拿來攻訐，這、我還怎麼做官啊？面上無光，只讓旁人笑話，我聽了都羞得慌。」

「天下人怎麼看我們？聖上都已說了要保李府三代不散，但若是聖上想要提攜我卻出了此事，聖上又會怎麼看我？我的前途不能被毀了啊。」

李保怒喝：「閉嘴！」

李煥面色發青，唇瓣顫抖，俊俏的一張臉如今也變得非人非鬼，狼狽至極。李保平日裡因為幼子的機敏聰慧便格外偏愛他，幼子長得好，會討人歡心，但自從上一次他敢獨自闖入皇宮後，李保就對他冷了下來。

一個沒功名在身的兒子，怎麼能比一整個家族還要重要？

他因著幼子一事被聖上鉗制，誰知禍福相依，前些時日那般風光，哪能知道這會又是李煥闖了禍。

李保一想到那些文人大儒會在背後談論他時便覺得暗火頓生，他沉著臉，獨自出了屋門。

床榻上，李煥冷汗津津，他的意識模糊，但也聽到了「花柳病」三個字。

自從三年前見過聖上那驚鴻一瞥之後，李煥風流的對象便從嬌軟的女子轉為了貌美的男子。李煥花天酒地，但這些男子即便再如此美，也只是望梅止渴。他心裡念的是聖上，時時記起聖上那副生了怒火的模樣，側臉和紅透了的耳珠，他可真想再看一眼。

可在見到聖上之前，他竟然染上了這等髒病。

李煥心中總覺得不對勁，但卻說不出是哪裡不對勁。得花柳病的人沒幾個能好好地活下來，李煥想到這，不免心中不甘，無力的手指往腰間伸出，碰到了一個精美的香囊。

有人突然問道：「這是什麼？」

李煥下意識道：「這是寶貝。」

「寶貝，」那人喃喃，「那一定是個好東西。」

李煥忽覺這人聲音極其陌生，他心中一驚，然而下一秒便是後頸一痛，墜入沉沉黑暗之中。

薛遠的手下將那香囊送到了薛遠面前。

薛遠拿著手帕捂著口鼻，漫不經心道：「乾淨了嗎？」

「大人放心，我等已將香囊處理乾淨了，」手下道，「絕不會殘留半分病氣。」

薛遠點點頭，緩緩隔著手帕打開了香囊。香囊中的一根髮絲從中滑落，在淺淡的香囊之上清晰分明。

薛遠看著這根髮絲，眉頭微微皺起。

指尖撚起青絲，緩步走到門外對著烈日，青絲猶如鍍了層金子，在光輝之中漂亮得通透燦爛。

薛遠神色突變，他轉身從木箱之中拿出了藏在深處的玉盒，白玉盒中是根根被理得整齊分明的髮絲，薛遠從中拿起一根在日頭下一看，如李煥香囊中的那根一模一樣。

彷彿金子雕刻一般，從頭到尾都是一股富貴味。

他的面色陰沉了下來。

李煥真是膽大包天，罪該萬死。

§

顧元白忙著殿試，忙著統計西夏人參與此次科舉的人數，未曾注意李保府中幼子染病的事。

殿試後，荊湖南和江南兩地的戶籍統計一事已經完畢，結果終於呈上了顧元白的桌上。先前隱瞞漏戶的情況果然很是嚴重，官吏親自上門統計人口之後，光是荊湖南一地便多出了六十多萬農戶。

這活生生的勞動力就被隱瞞到了現在。

顧元白早就知道統計戶籍與賦稅之後會有一個驚人的結果，這項工程持續了整整兩到三年，確保小到村落的人也會被官府統計在案，六十多萬農戶，這能種多少畝的糧食？

江南新統計出來的人口要比荊湖南還要多上二十萬。

顧元白雖然早有預料，但還是覺得心中惱火。在小皇帝的記憶當中，先帝當得可謂是又累又苦，其中一大部分的原因便是因為隱田漏戶。

於是在早朝上，他便三分真七分假地發了次火。

百官同樣為這個結果感到震驚，顧元白發火之後，京城下達的命令便往四方而去，要求各省府跟著統計戶籍人數，如今有荊湖南和江南的漏戶人數在前，那些省分要是查不出了個幾十萬都是在弄虛作假。

荊湖南在挖礦之前如此貧瘠都有六十萬的人手，以這兩省推測全國，千萬人都不被記錄在官府冊子之中。

聖上這一通脾氣一發，地方官府繃緊了皮，開始從下到上的統計戶籍。

除了統計戶籍一事，顧元白特意讓他們在各地增設學府，怕是要等到數年之後，潛移默化之下就能讓學籍一事落成了。

而這些事，都需要時間。

在朝廷地方忙起來的時候，顧元白則收拾好了東西，帶著人在休沐日之時踏入了薛遠的莊子。

薛遠的莊子沒什麼奇特東西，只有一個挖出來的池子和漫山遍野的甜葉草。他要帶顧元白鳧水，顧元白瞧了瞧天色，在正午時分時才換了身薄衫。

池子佔了莊子裡最好的一片春景，院牆一鎖，奴僕退去，院中便只有顧元白和薛遠兩個人。

薛遠的手鬆鬆搭在顧元白的腰間，他連薄衫都未著，只穿了一個顧元白派人給他縫製的四角內褲，熱氣熏到顧元白身上，「聖上，臣教您。」

顧元白道，「朕會。」

薛遠面露訝色，隨即笑了，「那聖上來教臣，臣不大會。」

顧元白由衷道：「薛遠，你的臉皮當真是愈來愈厚了。」

下水的時候，顧元白本以為即便是烈日當空，水也應當有些涼意，但手指一觸，他驚訝地發覺池子中的水竟然是熱的。

不由回頭看了薛遠一眼，這一眼下，恍然覺得，「監察官員同我說你在淮南日日夜夜宴飲不斷，大魚大肉都成了普通東西。原本以為你會長些肉，怎麼脫了衣裳一看，一點兒虛肉都沒長？」

薛遠面不改色地說著瞎話：「臣吃什麼都吃不胖。」

實則是怕長了肉顧元白不喜歡，每日都要耗費許久時間去讓自己的身形保持以往那般俊朗的模樣。

顧元白信以為真，從池邊下了水。薛遠一驚，陡然跟上，水中的聖上雙腿一動就已竄出老遠，薛遠喃喃：「還真的會鳧水……」

他咳咳嗓子，手臂撐在池邊，高聲道：「聖上來救救臣，臣許久未下水，都忘了怎麼鳧水了！」

顧元白回身去看，青絲飄落周圍，被水面浮起在霧氣之中。薛遠看得癡了，他忘了自己剛剛說過的話，埋入水中就往著顧元白方向追去。

顧元白挑眉，臉上的水珠蹦落到清澈的池中，「薛大人這是要同朕比一比嗎？」

薛遠伸手就要抓住他的腳踝，顧元白一躲，水流劃出浪痕，薛遠啞聲問：「比什麼？」

「朕一進你的莊子就瞧見了漫山遍野的甜葉草，」顧元白哼笑，「好好的一個莊子，不種些名花名草去種滿莊子的便宜野草，薛弟弟，你可真是質樸。」

薛遠繼續湊近他，「聖上喜歡甜葉草。」

顧元白，「嗯？」

「聖上在避暑行宮的時候嘗過，可是忘了？」薛遠耐心地道，「地上的小草葉，百姓沒錢又饞嘴時便會採些甜葉草吃，您那會還說甜。」

顧元白緩緩道：「我記得。」

薛遠一笑，「這麼多的甜葉草，聖上要是一會兒想去瞧瞧，也可和臣一起採幾葉嘗一嘗。」

「好，」顧元白突然道，「薛卿，叫我的字。」

薛遠立即改口，「元白。」

「乖，」顧元白滿意，「我要是跟你比贏了，你的這些甜葉草就都是我的了。」

「那要是我贏了……」薛遠慢吞吞道，「我比你要大上兩歲，你應該叫薛哥哥。」

顧元白轉身就往前遊走，「誰先到對岸便是誰贏。」

他很有自信，有技巧又腿長。現下搶跑了薛遠這麼多，就不信能輸給他。但他沒料到薛遠對「薛哥哥」一詞是多麼執著，薛遠下了狠手，完全沒給顧元白手下留情，遠遠先到了對岸，再顛顛地游回了顧元白的面前。

「聖上，」催促，「你輸了。」

顧元白面色不定地看著他，被打擊得不敢置信。他還沒過去，薛遠都已經他媽的跑回來了？

薛遠繞著顧元白打轉，水圈一波蕩著一波，「君子一言，駟馬難追。」

本來這個詞沒什麼，哥哥就哥哥，放現代根本就不算什麼，顧元白還被不少人叫過爹。但他現在被薛遠一雙灼灼目光盯視著，被急聲哄著催著，又不想這麼簡單說了。

他津津有味地看著薛遠的急態，等薛遠最後急得站起來的時候，他才慢條斯理道：「薛哥哥，走，去吃甜草去。」

薛遠卻猛地一頭紮進水裡，帶起一道湍急水流，間或響起幾聲興奮吼聲。

顧元白笑迷迷地看著他在水池中亂竄，晃晃手腳，感受著池子裡剛剛好的暖意，再抬頭看看萬里晴空，每一片雲朵都是好看的。

真是好日子。

悠閒著的時候，顧元白突然覺得自己好像忘了什麼東西。他思緒都被水泡得慢了，閉眼曬了一會兒陽光，才想起來他原本打算趁著休沐，給顧然找上幾個品行優良的孩子作為伴讀。

顧元白腦中轉了轉，浮現出一張小大人的面孔——褚衛的小四叔，褚議。

第一百五十七章

顧元白和薛遠度過了一個甜蜜的休沐，不只嘗了甜葉草的味道，還在甜葉草上滾了一滾，薛遠心猿意馬時想的事，顧元白都興致勃勃地陪玩了一遍。

休沐日後，顧元白便下旨讓褚議和另外四個孩子入宮，陪在顧然身邊入弘文房學習。伴讀要麼是文武官員的孩子，要麼是大儒膝下的孩子，他們以後就是顧然的班底，但能不能讓這些孩子為他獻上忠誠，就要看他的本事了。

皇家繼承人不能大意，即便顧然看著挺好，但若是他以後擔不起大任，顧元白也不會猶豫，立即再挑選合適的人。

顧然對陪同他一起讀書的同伴們態度溫和，既不過於熱絡又不盛氣淩人，他嘗試著用父皇的方法去同這些伴讀相處，時日不久，這些孩子便打心眼裡地佩服小殿下，和小殿下親如一家了。

褚衛下值之後，便會詢問褚議，問他在宮中可有什麼不適。

褚議一本正經地回答，「侄兒，叔叔並無不適。殿下待我們很好，宮中的糕點也好好吃。今日還見到了聖上，聖上還考校了我呢。」

褚衛垂眼看他，他身上的官服未曾脫下，清雋如竹，陰影在眼簾上落下一片，「聖上問你什麼了。」

褚議一一答了，褚衛摸了摸他的頭頂，點頭輕贊了他幾句。

褚議卻睜著眼天真無邪地看著他，奇怪道：「侄兒，你在難過嗎？」

褚衛頓了頓，緩緩收了手，「怎麼這麼說？」

「我看出來啦，」褚議道，「自從說到聖上，你先是高興又是難過，侄兒，先生說過，笑一笑十年少。」

褚衛笑了笑，「你看錯了，時候不早了，該用晚膳了。」

宮中也正在用著晚膳。

晚膳之後，顧元白和薛遠一人一張桌子，各自處理著政務。等顧元白從奏摺中抬起頭，薛遠還在埋頭工作。顧元白感歎，他們這麼看可還真像是一對兒堅強的工作狂。

顧元白晚膳時吃得少，現在有些餓了，他喚來田福生送上一些吃食，片刻，東西就送了上來。一小碗冒著熱氣的軟糯湯圓，一碟個頭小巧的蒸餃，還有一個一手可拿的白麵捲餅。香味濃郁，一下子就讓顧元白更饞了。

薛遠聞到了香味，把桌上的東西收拾收拾，宮侍正要把另外一份夜宵放在他的身前，薛遠站起身，「我同聖上一起。」

座椅放下，顧元白往他面前看了一眼，「你的東西樣樣都比我要多。」

「一碟蒸餃才五個，」薛遠，「我一口一個，下肚子還不一定能嘗出味。聖上面前的這些東西還不夠給我塞牙縫的，要是不多一點兒，那吃也是白吃。」

顧元白臉一板，「那你就吃慢些。」

薛遠苦笑，「我盡量。」

皇帝吃的東西味道自然不用說，顧元白舒服地用了夜宵，喜歡極了今日這一小碗的湯圓，一入口，裡面的甜餡料就流了出來，入口即化，甜得不膩還能讓人嘴饞。雖然沒有芝麻和花生，但這料子也不知道是什麼做的，香味兒一點不少。

薛遠吃完這些東西後還沒有飽，反而開了胃口，讓御膳房給他上了一碗牛肉麵，大汗淋漓地吃了起來。

他吃飯時嚇人，狼吞虎嚥一般。這樣的吃法對身體不好，但薛遠已經習慣，只有被顧元白盯著才能慢上半分。

顧元白吃飽了，隨手抽出一個奏摺，看到一半，突然笑出了聲。

薛遠對他的情緒可謂是敏感，頓時從麵碗裡抬起了頭，「生氣了？」

「有禦史上書來彈劾你了，」顧元白彈了彈奏折，合起放到一旁，「說你夜宿宮中，於理不合。」

薛遠笑了，「管得真多。」

宮中無妃嬪，聖上留他在宮中這些人也看不慣他，監察處的人也看不慣他，歸根究底，還是薛遠做得不夠多。

顧元白也說道：「等你立的功勞多到讓他們沒話說的時候，他們就不會盯著你這樣的小事了。」

薛遠捲起一筷子麵條，勾出笑，「我知道了。」

這之後，顧元白便多次派遣薛遠給他辦事。薛遠往往匆匆去匆匆趕回，近的地方當日就可來回，京城像是有他命根子在一般，吸引著他不論多難也得連夜回來。

這很累，但薛遠沒抱怨一句。樞密院的事務繁忙，危險而又容易立功的事情他未曾退過一步。剿匪、石山坍塌、商戶之中的整治和各地不安穩請求出兵的政務，隨著時間的流逝，薛遠愈來愈遊刃有餘，像玩刀那般也將這些東西玩得應付自如。

§

在早朝的時候，他站得更靠前了。

薛遠之前的武官官職也可上早朝，只是他為了不離開顧元白的身邊未曾領旨。之後封將軍時又外出征戰遊牧和西夏，不在京，自然也無法上早朝。

對早朝從來只覺得麻煩的薛遠，現在有了一個誰也不知道的野心。

薛遠看著樞密使站的位置，規矩地垂了下了頭。

他想站在離聖上最近的地方，近到他可以一眼見到聖上，聖上也可以第一眼見到他。

春夏秋來，冬日又走，在第二年的開春，林知城突然上了摺子，用了厚厚的紙面更為細緻地上書了海上貿易一事。

顧元白看了良久，終於提起毛筆，用朱砂寫了一個大大的「允」字。

海上絲綢之路與陸上絲綢之路，顧元白早已覬覦良久，他庫存中那些等著販賣各國的東西愈來愈多，就是在等重建的這一日。

景平十四年，朝廷重開陸上與海上絲綢之路的消息昭告天下，眾商震驚，朝廷也開始召集前去重建絲綢之路的官員。

朝中年輕官員們也很是激動，下值之後，褚衛的同窗楊集便從翰林院追了出來，「子護！」

褚衛停住腳步，朝著已成為庶吉士的同窗點點頭，「何事？」

同窗笑容很大，興奮地拍了拍他的肩膀，「我向來對唐朝絲綢之路很是好奇，曾也走過一趟殘址，如今聖上準備重建絲綢之路，子護，你有沒有興趣？」

褚衛反問道：「你想去？」

同窗肯定地點點頭，「聖上要選拔官員，過兩日便有一場官試要考，我還要多多做些準備。未曾想到科舉之後也有要考官試的時候，你那裡不是有些絲綢之路的書籍嗎？借我看一看。」

褚衛點了點頭，同窗餘勁未消，愈想愈是雀躍：「聖上當真乃是仁厚禮賢，絲綢之路竟也能在我朝重建！若是兩路一開，不見得會輸給大唐那般繁盛。」

褚衛想了想書中描繪長安城的那番繁華，又看了看眼前京城中熱熱鬧鬧的場景，不由一笑。大恒當真也不輸那般了。

同窗說個不停，突然話音一頓，「薛大人？」

褚衛抬頭一瞧，就見薛遠穿過他們這群下值官員正往宮中而去，獨他一人在此刻逆流而行。他默默看了一會兒，呼出一口濁氣，「走吧。」

兩日後，顧元白親自出了三個題考較前來選拔想要重建絲綢之路的的官員。這些官員大都是年輕人，其餘最多也只到中年，正好是不畏勞累身強體壯的時候。

考完文試，顧元白沒有放他們走，而是又考了他們的馬術和體力。有些對大海好奇想要去海上絲綢之路看一看的官員們，更是要檢測他們是否暈船，是否有恐海症。

這一番流程走下來，官員各個大汗淋漓，有的更是頭暈眼花喉嚨咳血，站也站不住，只能軟倒地被太監扶著。

為了測試他們體格，顧元白直接把八百公尺和引體向上給搬了上來。

事實證明，即便這些官員平日裡也會玩玩蹴鞠騎騎馬，但真正動用大量的體力時還是不行，這一個體測又刷去了不少的官員，剩下的那些人被記在名單上，就代表著他們通過了。

餘下的官員歡呼一聲，竊竊私語不斷，「總算可以看一看異國風光了！」

有人慶幸，「我岳父時常要我同他打打拳，平日裡我還想著此舉沒什麼用，這會兒知道是我想差了，還好平日裡沒什麼懈怠，否則這會兒就無法待在這兒了。」

顧元白含笑看著他們，等他們激動的勁兒過去，才讓人送上溫水，叮囑道：「諸位也知曉朕選拔官員的目的，兩路絲綢之路哪個也不簡單，此番路途遙遠，一旦前去那便歸途遙遙，甚至會耗費數年之久，危險更是重重。即便如此艱難困苦，你們也願為我大恒而去嗎？」

官員們敞亮喊道：「臣等願往！」

顧元白抬起手，「諸位皆是我大恒的好兒郎，也是朕的好臣子。但事有輕重緩急，絲綢之路也並非只走這麼一次。你們家中有年邁父母者上前一步，父母親抱恙者同樣上前一步，為家中獨子者也上前一步。」

官員驚訝不已，彼此對視一眼，其中八九個人面帶猶豫，往前走了一步。

「朕望你們多加思慮，與你們家中親眷好好商談一番是否遠行，」顧元白語氣溫和，並不強行將他們剔除隊伍，「子欲養而親不待，此乃人生一大憾。」

這八九人沉思了起來。

站在一旁的田福生不由想，先帝和宛太妃一一仙逝時，聖上便是如此想的嗎？

「朕給你們兩日思慮的時間，兩日後，不想去的官員們前去政事堂上報，無需覺得為難。」

瞧見他們聽進去了，顧元白才讓他們退下。

薛遠走上前，「聖上。」

顧元白率先道：「你也想去嗎？」

薛遠沒有說話。

顧元白眼中乾澀，他閉了閉眼，緩去疲勞，「朕也給你兩日思慮的時間。」

第一百五十八章

重建絲綢之路，兩路皆是艱難險阻。

相比之下，海路要比陸路更為危險。生活在陸地上的人們自古對海洋和天空便有嚮往與好奇的情緒，大恒人想要開拓新的道路，想要見識各國風光，想要大恒繁榮昌盛，將大恒的榮光揮灑到眼睛可看到的所有地方。

這是一些有抱負的年輕官員的目標，也是圍聚在顧元白身邊所有人的目標。

他們不止渴望太平盛世了，他們想去渴望更多的東西。山河表裡，景平盛世，讓大丈夫的心胸都掀起波瀾壯闊的激情。

顧元白眼中所看的，也早已穿過千萬里之外。沿海、草原、黃沙，廣闊的大地讓他的心胸也無比的寬廣，呈放著不足為外人道的野望。

他不是耽於情愛的人，平日裡也不覺得陪伴有多麼的重要。但現在一想到薛遠要離開京城重走絲綢之路，卻品出了幾分嘴中苦澀。

顧元白早已經習慣身邊有薛遠的日子，冷了有人心疼，熱了有人著急，半夜驚醒有人遞杯溫水，被哄著再次入睡。日子久了，倏地回頭看，才發覺如今已景平十四年。

景平十年薛遠送給他的木頭雕刻，到如今已過四年。

而這一次他若是要走，那便要離去三五年的時間。顧元白身體還未好的話，哪裡有三五年等他？

但現在身體好了有時間了，顧元白又不願意放薛遠走了。

他想要薛遠待在他的眼皮底下，隨時都可見。但顧元白欣賞的正是薛遠身上那股蓬勃的自由氣息，像是野草野畜，生機旺盛，野性難馴。他該放肆奔跑，不應該被養成顧元白羽翼庇護下的家花。男兒志在四方，顧元白懂得。可那不是短暫的時光，是年上加年，是夜中的青草黃了又枯，霜雪來了數遍的時光。

夜裡，顧元白面對著牆，無神思索著自己到底想要薛遠怎麼做。

但思索不出來，薛遠去了他不想，薛遠不去他也不想，果決和俐落在這會兒也變得遲疑了起來。

身後有人橫過來一隻手，在被褥中摸索著他。顧元白不動，薛遠緊貼了上來。

他的鼻息打在脖頸處，薛遠沒有說話，只是用力地握緊著顧元白的手。厚繭摩挲，這一雙手上每一處地方顧元白都熟悉於心底，他的大拇指在手背上安撫，好像是在說讓顧元白安心。

過了片刻，薛遠聲音低弱地問：「睡不著嗎？」

顧元白下意識讓呼吸綿長，佯裝睡著了。薛遠低笑了幾聲，「睡不著我們就出去走一走。」

「怎麼看出來我沒睡的？」顧元白終於出聲。

「心有靈犀，」薛遠掀開被褥，下床找來顧元白的衣衫，將他抱在床邊，「穿這身靛青色的可好？」

顧元白無聲點了點頭，薛遠單膝跪下，抬起他的腳踩在自己的膝上，神情專心地整理著白襪。

他好認真，甚至有些嚴肅。顧元白從上往下地看他，只看到了他濃如墨點的俊眉。從薛遠來到顧元白身邊後，他便事無鉅細，親力親為，伺候顧元白伺候得心甘情願，從生疏到熟練，一個天之驕子就這麼包辦了顧元白的吃喝起睡。

「我應當多給你一份俸祿，」顧元白打起精神，「讓田福生給你讓出一半。」

薛遠笑了，「田總管想必要恨死我了。」

他扶起顧元白，又一一為他穿上衣衫，長袍撫平皺褶，銀絲滾邊翻騰，青色雲龍紋帶慢慢在腰間繫好，待到顧元白穿戴整齊之後，薛遠三兩下給自己穿好衣衫，兩人靜悄悄地從昏暗的宮殿之中走了出去。

御花園裡此時已沒有景色可看，顧元白抬頭，瞧見了頭頂漫天的璀璨星光。

薛遠拉著他漫步，「你想要我走嗎？」

「看你，」顧元白繼續仰著頭，「想走還是不想走，別人豈能說動你？」

薛遠緊了緊握著他的手，「你不試試又怎麼知道說不動我？」

顧元白不說話了，薛遠眼中閃過失望，「我有時候真想鑽進你的肚子裡，去瞧瞧你到底在想些什麼。」

顧元白道：「那你應該鑽到腦子裡。」

現在應該有半夜兩三點鐘，大半夜的兩個人來看黑黝黝的御花園，顧元白猛地醒悟，暗罵自己一聲：「傻。」

薛遠不幹了，他不悅地道：「罵自己幹什麼？」

「……」顧元白，「我連自己都不能罵了嗎？」

薛遠竟然聽出了幾分委屈味道，他被嚇了一跳，哄道：「別罵自己，你來罵我。」

顧元白垂著眼，嘴巴抿直。明明一副倔強固執的模樣，卻把薛遠看得心軟，他擁了上去，滿腔的情意換成了看不見摸不著的絲線，由衷感歎：「我要是能把你裝在身上那該有多好。」

顧元白，「裝在身上不可能，但你要是——」

薛遠不動聲色，低頭看著他，「要是什麼？」

顧元白不由道：「要是留在我身邊，就像裝在身上一樣了。」

他真的把這句話給說出來了，但說完就皺起了眉，清醒了過來。

不行。

要去就去，要回來就回來。黏黏糊糊地做什麼？用感情來捆綁對方放棄建功立業的想法，要是旁人敢這樣對顧元白，顧元白能對這人退避三舍。

反正無論薛遠去哪兒，他都跑不了顧元白的掌心。現如今天下太平，經濟正是急速發展的時候，薛遠耐折騰武力又高強，前兩年的歷練已讓他練就一手彎彎道道表裡不一的功夫，無論於公於私，即便是歸結於主角摸不著看不見的氣運，薛遠也是實打實適合前去絲綢之路的人才。

顧元白覺得自己理智到了冷酷的地步了。

摘除掉自己對薛遠的不捨得，只單純地去看這一件事。

薛遠確實應該去，他適合，如果顧元白是薛遠，這選擇幾乎不用猶豫。

現在這麼大的功勞放在眼前，若是只因為顧元白的不捨得而不讓他去，萬千百姓擔負在身上，一個國家的繁華作為推力，顧元白怎麼能用兒女私情去禁錮一個與國有用的人才？

「我說差了，」顧元白眼神逐漸堅定，「你應當去。」

薛遠一愣，「聖上捨得我？」

「捨得自然是不捨得的，」顧元白笑了，「但這可是一個大好的立功機會，你會錯過嗎？」

薛遠這兩年來的所作所為已備受矚目，他好像天生便擁有對於危險的敏銳嗅覺，這樣的嗅覺用在政治上也非同尋可。以他這個年紀能有這個官職已是難得，但若是還想要往上晉升，要麼外調立功，要麼熬資歷。

輾轉到樞密使的位置時，最少也需要十數年。

重走陸上絲綢之路，這是個立大功的好機會，薛遠確實心動極了，這機會很好，但唯一的缺點便是路途遙遠耗時太久，只要想一想，還未遠離就已開始排斥。

薛遠想立功，但此次卻隱隱升起了拒絕的念頭。

「大恒如此之大，功勞如此之多，不必急這一次，」薛遠笑了笑，握著顧元白的手覆上了自己的臉側，輕鬆地道，「您說什麼就是什麼，只要您說，我就聽，錯過也沒什麼大不了的。」

「那就去吧，」顧元白歎口氣，「你想去的。」

「……」薛遠沉默了，握著顧元白的手指僵硬。

他還要再說話，顧元白突然笑彎了眼，從薛遠的眼角撫摸到高挺的鼻樑，手指豎起，堵住了他想要說的話，「去一次也好，你是我的眼睛，你去瞧一瞧那些國家，就是代我瞧一瞧。」

薛遠低頭看著他，半晌沒有說話。他的眸色與黑夜溶於一起，好似有即將分別的痛苦，又有想要退縮的煩躁。

顧元白最後道：「去吧。」

繁星成銀河，春日的微風在夜中也溫柔地放輕了腳步，薛遠喉結滾動，良久，他道：「好。」

§

絲綢之路前行之前要做很多準備，最少也要折騰六七個月的時間。從這一夜開始，薛遠便成日成夜地黏在顧元白身邊，顧元白對他多有放縱，宮中處處都留下了他們相伴走過的痕跡。

像是生死離別之前的抵死纏綿，隨著準備得愈來愈充分，薛遠便愈是咬著牙發著狠，有時候在夜間，他壓著顧元白的脊背，猶如脖頸相貼的一對瀕死鴛鴦，「聖上，我走了之後，別人會爬上這個床嗎？」

等顧元白說了不會的時候，他又會問：「要是你喜歡旁人了呢？」

他幾乎要一日十幾遍地問顧元白喜不喜歡他。

分別的時間愈來愈近，他顯而易見地恐慌了起來。兩年之中養成的不露聲色破碎一地，害怕和恐懼幾乎要吞噬掉他，他會經常看著顧元白看到手指發抖，暴躁、壓抑，讓薛遠開始在離別前嚇人地消瘦。

顧元白知道他捨不得離開，但他不知道會嚴重到這樣的程度。

薛遠也不知道會到這種程度。

他原本打算瀟灑地、堅毅地離開，步伐應當俐落，在離開之前給顧元白一個纏綿悱惻的熱吻，讓顧元白腿軟之餘又臉紅心跳，自此忘不掉他。

然後英姿颯爽地離開，再拚命地重走完絲綢之路，佯裝遊刃有餘地重新回到小皇帝的面前。

但事實卻是薛遠連白日也會偶爾陷入到分別的痛苦之中，他被這樣的情緒魘住，只有顧元白的輕聲呼喚才能叫醒他。日復一日，他眼中的紅血絲愈來愈深，顧元白一次夜中驚醒，才知曉他竟然連覺也不睡，只盯著他不放。

夜中的那一雙眼睛，像是在看救命的最後一根稻草。

睡覺對薛遠來說，成了浪費時間的一種東西，他不捨得去睡，他寧願拿這些時間多看顧元白一眼。

顧元白放下了所有的政務，在白日裡將薛遠壓在床上，道：「你需要休息。」

薛遠睜著通紅的眼睛看著他，這雙眼睛已經疲憊到了沉重的地步，顧元白不知道薛遠怎麼還能再睜開眼，不知道他是用了多大的意志力來對抗精疲力竭的身體，但想一想，就能體會到其中的艱難。

床褥柔軟，薰香中透著陽光曬後的味道。薛遠躺在這樣的床上，卻毫無動靜地直盯著顧元白看。

顧元白捂住他的眼睛，「九遙，閉眼睡覺好不好？」

薛遠不想要讓顧元白失望，但他眼前一被黑暗遮住，看不見顧元白的恐慌襲來，讓他毫無抵擋的能力。他忍著拉開顧元白手的想法，想著睡覺，不能讓他擔心。

但牙齒緊咬，咬肌顫抖，極盡掙扎。

顧元白看著他這個樣子，眼中突然之間就沖上來了一股熱意，像是裝滿水的瓶子陡然倒地一樣，他徹底崩潰，死死閉著嘴不出聲，眼中的淚水卻如珠子一樣一滴接著一滴滾了下來。

炙熱難過的淚水落在了薛遠的臉上。

薛遠一驚，他咬著的牙不由鬆開，心裡的驚慌轉眼成了無措，抬手，卻被捂著眼不知該做什麼，

「別哭別哭，我睡，這就睡，馬上就能睡著。」

眼前黝黑一片，小皇帝冰冷的手指將他的視野遮擋得牢牢實實，薛遠看不到顧元白現在是什麼樣子，卻能感受到他指尖的顫抖，和極盡壓制的哽咽。

淚珠砸落得愈來愈多，恍惚之間像是從薛遠的眼角流下一般。

顧元白痛苦地無聲流著淚，被這股凶猛劇烈的感情衝擊得無法挺直身。

太折磨人了，突如其來的難過無法遮掩，再強大的意志力也阻止不了現下的崩潰。

難過，談戀愛怎麼這麼難過。

薛遠這個樣子讓顧元白太難受了，沉溺深海之中，呼吸斷斷續續，只有眼中放肆宣洩心中情緒。

他心疼薛遠。

原來他也沒有自己想得那麼理智。

第一百五十九章

顧元白從來不知道自己會因為別人而有崩潰的這一日。

他這麼一個冷靜的人，現在卻只能大把大把地宣洩難過，狼狽地像堆積的洪水超過河岸，猛地從高處沖落。

薛遠感受著臉上一下下砸下滾燙的淚，黑暗之中，他的心也好像被這一滴滴無聲的熱淚給安撫了下來。

顧元白總是很理智，這是第一次失去了那些讓薛遠又愛又恨的理智。

薛遠喃喃，「元白，別哭了。」

顧元白隱忍地壓制自己：「睡覺。」

顧元白就在這兒，薛遠好久沒這麼安心，他聽話地閉上了眼，逐漸睡了過去。

他一睡著，鼾聲就響了起來。顧元白情緒大開的閘門在這一聲聲鼾聲中擰緊，他收回了手，眼皮發腫，低頭一看，薛遠的臉好像都被他的眼淚洗過了一遍。

「田福生，」聲音喑啞，「端水來。」

門外早已聽到響動的大太監提心吊膽地端著水親自走了進來，服侍著聖上擦過臉，眼睛低垂著，避開聖上哭過的龍顏。

顧元白再出聲時，已經平靜了下來，「你說，朕該不該讓他走？」

田福生小心道：「政事堂已將薛大人姓名記錄在冊了。」

顧元白沉默良久，將浸泡過溫水的巾帕敷在眼上，疲憊地歎息：「我也沒準備讓他留下。」

顧元白是個野心勃勃的人，薛遠也是，他們也都是個驕傲的人。

薛遠不在乎自己的名聲，但不想要連累顧元白也背上污名。

顧元白的功績已經多到可以數著指頭說出來，從他立冠除奸臣盧風到現在，文治武功一樣比一樣來得功勞大。如今是太平盛世，兩年來薛遠能立功的事情能做的全都做了，但都是小頭功，遠遠還不夠。

除了外調或者熬資歷，絲綢之路就是如今最大的立功之路。若是能重建絲綢之路，那便是能名留青史的功勞，能讓薛遠的名字牢牢記在顧元白的身邊。正因為如此，才會有如此多的官員不畏險阻也要登上征途。

錯過了這次機會，哪怕是第二次重走絲綢之路，也沒有這次來得功勞大了。

若說是留在京城熬資歷，可薛遠睡在宮中都會被彈劾，十幾年二十幾年的去熬……熬到不怕禦史彈劾的時候，他們都已多大了？

怕是都要老了。

最年輕愛意最火熱的時候，吃飯睡覺都要小心翼翼生怕外人知道，這不是顧元白的行事風格，也不是薛遠的行事風格。說來說去，還是需要功勞，有了功勞，薛遠就有了底氣，禦史即便說再多的「於理不合」也不算什麼，旁人也只會認為聖上是寵愛能臣，與薛遠是君臣相宜。

他要是能成為協助顧元白的能臣，那才是最好的事。

顧元白讓自己代入薛遠去想事情，將他的想法摸得八九不離十。薛遠曾經同他說過的一句句話浮現在眼前，他嘴角勾起笑，拿下巾帕看著薛遠舒服地睡得沉沉的模樣，恨不得將薛遠拽起來賠他哭的那麼多眼淚。

他在哭之前應該先狠狠揍薛遠一頓，逼著他吃飯逼著他睡覺，人再怎麼樣都不應該去折磨自己的身體。

等薛遠醒了，他得和薛遠好好談一談。

「再端盆水來。」

田福生恭敬應下，重新端了盆溫水上前，顧元白洗淨帕子，親自擰乾為薛遠擦著臉。

薛遠已經累到眼底青黑一片，臉龐瘦了許多，這樣由心病帶來的暴瘦也不知身體是否能受得住。

顧元白專心致志，田福生在後方看著，躊躇良久，還是低聲道：「聖上若是不想要薛大人遠行，去寧夏甘肅走一趟也可。」

「西北大將張虎成已守在西北兩年，」顧元白，「寧夏甘肅一地還有不少暗中想要複國的黨派，他們小動作一直不斷，張虎成在西北，他們攝於大軍不敢大動，這是張虎成的功勞，旁人搶不走，哪怕是朕也不能這麼不講究地派人半路插手。如今天下安寧，先前的軍功該封賞的都已封賞了，想要立功，哪裡有這麼好立呢？」

「除了張虎成，前去這兩地的官員都忙著平息本地混亂來同朕邀功，他們初踏西夏土地，各個都幹勁十足，爭搶著來做功績。又說陝西，併入的一州也被治理得安穩非常。大恒裡頭的貪官腐敗，現在沒人敢冒著出頭，禦史台也做得好好的，哪裡能輕易調動。」

田福生嘴唇翕張幾下，後悔道：「是小的愚笨，說錯話了。」

顧元白搖搖頭，讓他上前將巾帕再去換了個水，「他急，朕也急。一個知心人在眼前多不容易，他一旦開始往朝堂上用力，這在宮中宿一夜就有人盯上來的事也不足為奇。但若是朕讓他沉寂在身邊，做個小小的御前侍衛，一個大好人才，我哪裡能這麼做？」

就得放手。

喜歡是尊重，就得讓他離開，不論是為公為私。薛遠的才能，若是不用那實在是可惜，顧元白這一顆喜愛賢士的心無法做到這樣的暴殄天物。

田福生鼻酸，開始抹著眼淚，「您和薛大人可太難了。」

顧元白不由笑了，接過巾帕繼續擦著薛遠的手，指尖從他指縫中穿過，擦過他掌心中的傷痕，「……不難。有衣穿，有飯吃，江山太平海晏河清，哪裡有什麼難？天下萬萬民都背在朕的身上，朕期待著，等著他真能為我擔起擔子的那日。」

手中的大掌忽地抽動了一下。

日頭西下，夜色漸深。

顧元白不知何時在薛遠身邊睡著了，等醒來的時候，他正被薛遠抱著坐在窗前的美人榻上。身前蓋著薄毯，窗外的月亮彎彎，好似一隻遠航的船。

薛遠的髮絲從身側滑到顧元白的胸膛前，慘白的月光如晃動的水波。顧元白靠著薛遠的胸膛，聽著外頭的蛙叫，閒適地享受當下的寧靜。

頭頂抵上薛遠的下巴，薛遠鬆鬆環著聖上，「我知曉聖上的心意了。」

顧元白悠悠道：「竟才知曉嗎？」

薛遠忍不住低頭吻了吻他的髮絲，突然道：「我願心甘情願地去，也想早早地回。折磨自己也讓聖上難受，實在不應該。我不會再如此，聖上，只是我在走之前，還有件事想求求您。」

顧元白問：「什麼？」

薛遠拉開腰間的腰帶，鬆垮的衣衫散落，露出一片結實胸膛，他將美人榻旁的匕首撿起，去掉刀鞘，捏著刀刃遞給顧元白，目光通透，「臣想讓您在臣身上留個印子。」

顧元白握著匕首驚訝，薛遠勾起唇，堅定道：「還請聖上賞臣這個恩賜。」

良久，刀尖碰到他的胸膛之上，顧元白道：「忍著。」

薛遠笑了，「刻吧。」

顧元白狠下心，隨著心意在眼前這一片皮膚上飛舞出一個「白」字。還好這個字筆劃簡單，血剛流出來，顧元白已經收回了匕首。

薛遠靜靜看著他，顧元白拿著手帕擦去血跡，還有一些順著他的腹部流入褲腰之間，顧元白讓人拿來了藥膏，仔細抹上，道：「朝中的年輕官員都想要借此次立功，我真不想讓你白白錯過。我知你想要立功的原因，也知道你為何不想走，無非是捨不得……樞密使數次與我舉薦你，他推舉你外調，外調三年回京，那時候再升階便容易了。可三年外調和三年絲路，絲路功勞更大對不對？」

薛遠鼻音嗯了一聲。

血逐漸止住，顧元白喜歡極了他胸膛上的這個字，就好像薛遠整個人都已經打上他的烙印一般，他緩緩笑道：「兩情若是長久，也無需吝嗇朝暮之間。」

薛遠的手抖了一抖。

「我問你，你別想著我，只想著單單重走絲綢之路這一件事，你會去嗎？」

薛遠呼出一口氣，毫不猶豫：「我會去。」

境外的那些國家，薛遠早就想去見識一番了。

顧元白欣慰點頭，「那就安心走，朕就在京城等你回來。」

「聖上知曉我出行的目的嗎？」薛遠慢慢開口，「我先前總在想值不值。離開了你三到五年，和我本意已有所分歧。」

薛遠還有話沒同顧元白說，他這麼急著立功的最大原因，便是怕顧元白以後膩了他了，薛遠得想辦法讓顧元白沒法離開他，即使不喜歡他也無法趕走他，別再有突如其來的外調。

顧元白笑了笑，「男子漢志在四方，薛遠，朕也不是尋常男子，朕是皇帝。天下會在朕心中佔據很大的位置，離別是難過，朕說實話，我不捨得你離開。可是你做的是為國為民的好事，你只有這樣做，才能光明正大地站在我身邊，讓我更加無法拋棄你，你也更加有了底氣。」

「你不想讓我留下污名，」顧元白實打實道，「但要真的這樣做，你在明面上便和我毫無私情。哪怕我以後不喜歡你了，厭惡你了，你那時候才是真的啞口無言，說都沒處說，只能把委屈吞回肚子裡。」

他們幾乎是想到了同一個點。

薛遠一愣。

說著說著，顧元白的面上升起真切的擔憂：「我要是以後真的不喜歡你了，你也要給自己留一個退路。讓我沒法動彈你，你若是想走就能走，若是不想走也能留在朝堂中做自己的好臣子。」

一個人的野心有可能會使自己變成另外一個自己，顧元白的意志力壓著權力給他帶來的誘惑，但他不敢保證自己以後會變成什麼樣。若是他真的喜新厭舊，薛遠又該怎麼辦？

只這麼想了想，就倍感不適。

薛遠鼻音倏地濃重了起來，「元白，別不喜歡我。」

「我只是說一個可能性。」顧元白認真地回道。

薛遠的表情緩緩變了，眉尾微皺，嘴角下壓，又是那副讓顧元白覺得心口揪疼的神情。

顧元白定定看了他片刻，上前在薛遠眉心落下一吻，低聲：「薛九遙，我曾同你父說過一句話。天下是朕的天下，你是朕的人，你做的事不是為自己而做，而是為朕而做。其他人朕不放心，其他人看過的國家，也不是你眼中看過的國家。」

他的聲音也好似被月光波濤蕩過，「安心去，無病無災地回來。京城每日快馬送信，我等你與我說說境外風光，送我各國小東西。」

「去吧，回來時，再也沒有人會因著你夜宿宮中而彈劾你了，」顧元白輕聲，「我也不用這麼擔心你的以後了，因為你總有辦法留在我身邊，對不對？」

薛遠：「對。」

我總有辦法留在你身邊。

顧元白愛憐地親了親他，「普天之下，莫非王土。率土之濱，莫非王臣。大恒在，朕便在。放心去走吧，把成功帶回來，朕永遠在這。」

薛遠抱住了他，親了回去。

來年二月，春草飛生，海上絲綢之路與陸上絲綢之路一切準備就緒。這一日，人山人海齊聚在街市兩旁，盛況空前。

軍隊五千人，馬萬匹，放置著各種等待販往各國的物資車輛綿延不絕，自發跟隨商戶三千者眾。鑼鼓喧天，送行重走陸上絲綢之路隊伍的人們熱火朝天，情緒高昂。

顧元白就在這裡送行了薛遠。

第一百六十章

顧元白策馬，一直將隊伍送到京城之外。

眾位官員下馬，行禮後勸道：「聖上，您快回吧。」

「諸位一別也不知道何時才能回來，」顧元白笑了，目光輕輕地從他們身上掠過，「朕再多看你們一眼。」

大恒官員們聞言一怔，面露觸動：「聖上……」

年輕的官員們受不起這樣的一句話，他們眼眶已紅，竭力讓自己不要表現出失態。

監察處官員江津笑道：「聖上，您放心，我等都會安安穩穩回來的。」

顧元白眼中在幾個人身上打過轉，移到江津身上，「你身為領頭人，要好好照看好他們。」

江津俯身沉聲：「是。」

陸路的領頭人正是江津、薛遠同一位中年官員，他們中薛遠的官職最高，掌著五千士兵之權，另兩位也各有自己所有監管之處，但無一例外，他們對大恒君主都有外力無法阻擋的忠心。

顧元白挑選人時思慮眾多，未啟行之前他們三人便有意熟識彼此，幾頓飯下來對彼此的性情心中了然，此行也輕鬆了一些。

三人都不是拖累別人的人，既然大家都很理智，都想要效率高點早點回來，目標一致，那此行就已經成功了一半。

江津和孔奕林一走陸路，一走海路，皆參與了此次重建絲綢之路的盛事。他們二人心思縝密，鴻臚寺的官員們與各國交涉時有他們在，顧元白也不必過多擔心。

田福生上前低聲提醒：「聖上，時候差不多了。」

顧元白頷首，道：「走吧。」

眾人行禮，情緒激昂，薛遠在人群前方抬起頭，多看了顧元白一眼又一眼。

其餘的官員已經被江津帶著退下，留給他們一君一臣最後說話的時間。

顧元白垂眼看他，臉側的細白狐裘輕柔如風，襯得他一個眼睫波動，就能在薛遠的心中蕩起一片漣漪。

還未離開，薛遠就已經留戀起來，他看了顧元白許久，這會兒才明白為什麼有些人分別了還要酸溜溜地寫首分別詩，不是為了讓對方知道自己多麼捨不得，是為了找個東西宣洩自己心中的情感。

他不說話，顧元白也不說話，時間緩緩流逝，背後的江津大聲提醒，「薛大人，走了！」

薛遠猛地被驚醒，他俯身，「聖上，一別經年，您要平安。」

顧元白應了一聲，「別磨蹭了，快去吧。」

薛遠還是行了大禮之後才起身，他看了最後一眼顧元白，轉身朝著萬人長隊而去。身著盔甲的身影還是從前那般高大，腳步卻匆匆，像是後方綴著匹野獸。

立大功，有顯赫的大功勞在，顧元白以後厭倦他，他也可以待在顧元白身邊了。

然後趕快回來。

二月的柳枝剛剛發出新芽，寒風中的迎春還沒開花，塵土飛揚起沖天的氣勢，萬馬奔騰，逐漸變成一片小黑點。

顧元白呼出一口濁氣，又慢慢笑了。

分別不是什麼大事，薛遠終究會有回來的一天，趁著彼此年輕，現在走了也挺好。顧元白可以全副身心撲到國事上去，短暫的單身世界也許也很美好？顧元白或許可以將南巡一事定下，他想要瞧一瞧大恒的路修得怎麼樣，滋生貪官最多的地方現在又是如何。他建起來的驛站有沒有四通八達，下達的政令落實得如何。

顧元白策馬回頭，狐裘揚起又隨風落下。

大恒除了京城和西北的風光，其他的地方顧元白也沒有去看過。如今正是個好時候，身體好了些，天下也樂融融了起來，皇帝的鑾駕，也是時候駕臨四方了。

沿海，鹽礦，荊湖南的金礦和鐵礦，千山與萬水，顧元白都想要去看一看。

§

三年後，江南。

聖上南巡前，朝廷用了整整一年的時間來督辦此事，雖說現如今天下平穩，百姓常在家中供奉長生牌以求聖上長生，但並不能保證南巡時便沒有危險，除了東翎衛日益加重的操練以外，各地的守備軍也隨時預防不對。

勘察路線和名勝古跡也很是重要，聖上登基後的第一次出巡，上到京城下到地方都全陣以待。顧元白第一年勤政處理了大大小小的事，第二年才騰出時間提出南巡，但直到第三年才落下路線，渡黃河而沿運河南下，過江南、兩浙至福建沿海總兵處。

沿路官員聽聞聖上駕臨便害怕忐忑，尤其是這幾年隱隱想要大著膽子做事的貪官，幾乎到了聞聖上而喪膽的程度。一路走來，港口處百姓群聚歡呼，敲鑼打鼓只為看聖上船隻一眼，此時，經過漫漫長途，聖上的鑾駕終於停在了江南隆興府。

隆興府的百姓們激動非常，一大早便齊聚在運河口恭迎聖上駕臨。隆興府的府尹與知州各官員早已恭候在此，衙門中的小吏衣衫整潔，俐落地備好鑼鼓和大恒旗幟和紅綢，臉色已在長久的等待之中漲得通紅。

百姓伸著脖子，扒著前面人的肩膀往運河方向去看，可到處是熙熙攘攘的人頭，啥都看不見。知州和府尹心不在焉地說著話，直到看到聖上的遊船才精神一震，抖擻地讓人揮起旗幟。

船上，顧元白正站在甲板之上，他瞧著岸邊人擠人的場景，不由好笑道：「之前聽著湯罩運報上來的江南人數還未有過這麼清醒的認知，現在一瞧，不愧是魚米之鄉，人口泱泱。」

他身旁的褚衛露出淺淡的笑，上前一步展開摺扇為聖上緩緩搧著風，「還是有些熱。」

海風從前而來，褚衛這涼風一搧，更是四面八方愜意的涼意，顧元白舒適地瞇起了眼，鬢角髮絲胡亂打散，飛舞起碎金光芒，幾可入畫。

褚衛的頰側升起熱氣，顧元白察覺到他的異常，無奈道：「褚卿，你的臉又紅了。」

褚衛僵硬在原地，頗有些手足無措，「應當是驕陽曬的。」

顧元白將他手中的摺扇推向他，「入夏以來，江南是比京西的夏日涼快了一些，但太陽也是毒辣，褚卿，擔心著自己。」

田福生帶著一堆人拿來了諸多東西，顧元白用過涼帕和冰茶，再過片刻就要準備下船了。

褚衛以往遊學時來過江南，曾經畫給聖上的那幅《千里河山圖》的下半卷真跡，便是褚衛在江南的一位大儒那裡見到過的。他不由一笑，「臣遊學那些日子便曾順著運河經過江南，這會也能給聖上做個引路的了。」

顧元白笑了，鬢角有汗珠流下，他拿著涼帕又擦過額角，「行，褚卿這話朕可記住了。要是路帶得不好，朕可是要罰你的。」

一旁的常玉言湊上前笑道：「聖上，怎麼罰？」

遊船快要靠岸，顧元白看著岸邊萬民，心中一動，「就罰褚卿將眼前這一幕給朕畫下來，名字朕都想好了，就叫《六月二十七下江南圖》。」

常玉言聽這名字就笑了，「臣還以為聖上會起一些如《春柳初夏圖》、《景平江南圖》這般的畫名。」

田福生在心底默默想，聖上起名一直都這樣，可從來沒變過。

褚衛抿唇笑了，「聖上名字都想好了，那臣就自當受罰好了。」

他話音輕柔，只覺愉悅。

顧元白輕咳幾聲，一旁前武舉狀元蘇甯突然道：「臣記得常大人也曾這麼命過詩名，讓臣想想那首詩叫什麼……《贈友人・七月二十一日與薛九遙夜談》是不是？」

他驟然提起薛遠這個名字，常玉言和褚衛皆是一怔，顧元白最先回過神，他慢悠悠將帕子塞到懷中，哼笑道：「可不是？」

船已靠岸，東翎衛率先下船，地方官員上前來拜。等到聖上踏到岸邊時，巨鼓之聲已揚遍天際。這一場熱火朝天的迎駕一直忙到傍午，等顧元白用了膳沐浴了一番後，東翎衛的人已經將府邸包圍得蚊蠅飛不進去。

田福生敲敲門，「聖上，到把脈時候了。」

得了聲後，御醫悄聲進來，給聖上把著脈。宮女為顧元白擦去髮上露水，顧元白隨手翻開一頁遊記，「去將徐寧喚來。」

徐寧乃是工程部的奇才，數年前在戰場上連連戰勝敵軍的弩弓和投石機便是由他製作和改良，顧元白此次南巡也將他帶了回來，不只是為了給人才福利，更重要的是看一看徐寧去年改良出來的水龍車。

水龍車在江南用的最多，可一些地方上效果卻平平，徐寧憂慮極了，日日擔心得吃不下飯。

徐寧來了之後，就和聖上說起了他剛剛托府尹帶他去看的水龍車，「……比京城中的要有些不同，臣現在還看不大出來，明日還得托府尹將水龍車從水中搬上來。」

「儘管去做，」顧元白道，「朕相信你。」

徐寧頓時幹勁十足，不願耽擱時間地退下了。

外頭有東翎衛進來，「聖上，有飛鴿前來。」

顧元白語氣還是懶洋洋：「寫了什麼？」

「是江大人來的信，」東翎衛道，「他們走到康國時，康國正在與縛賜亂戰，江大人與諸位大人商議之後便決定回程，此次的路上絲綢之路還剩最後一段路程。」

顧元白一愣，連忙伸手接過紙條，沉思半晌後道：「做得對。」

他將紙條反覆看了數遍，抬頭時便見周圍人神色不掩遺憾，顧元白笑了，「這都是什麼表情？絲綢之路已經許久未走了，他們這一行人還未走到康國，帶去的東西都已賣得沒有剩多少。等回程時候，怕是連最後一點殘餘也要沒了。康國和縛賜雖小，但戰亂時候的人們不講道理。他們才不會管這一行人是不是大恒天國的使者，帶著數車的金銀和糧食，這不是上趕著被搶嗎？」

說完卻一愣，低頭看了看日期，這封由監察處轉送過來的信，已經與江津寄出去的時間過去兩個月了。

第一百六十一章

兩個月。

顧元白怔愣了許久，久到田福生要上前一步，他才倏地抬起手，「站在那別動。」

田福生停住腳步。

六月末的天氣已然入了夏，江南的天氣雖濕潤了些，但暑氣還是在。

顧元白頭頂的熱意突如其來地升了起來。

三年以來，顧元白過得充實極了。

薛遠在前方的信件一封封地往後方飛來，來往途中太費時間，信封每次送到顧元白手上時，幾乎都是二十封以上的數量。

各地的小玩物一樣接著一樣，他在信中報喜不報憂，但江津在信中曾道：「薛大人成日無笑。」

「我與曾大人閒暇時出去吃酒時，薛大人把自己關在房中。次日木屑掃出，薛大人原是雕刻了許多木件。」

「全無在聖上跟前的模樣。」

江津說得含蓄，涵義卻明瞭。顧元白剛看到他寫的信時，頗有種和男友互送情書結果被外人發現的窘迫，隨後，他就縱容江津這樣的來信了。

監察處的一個小小官員都對薛遠時刻盯視，更不用說監察處的頭領江津，薛遠既然不打算說實話，那顧元白便毫不客氣地從江津這兒瞭解，一件件事看得津津有味。

薛遠獨酌醉酒後會抱著長刀仰天嚎叫顧元白的名字，會團著被子將其當做顧元白親來親去。白日裡不苟言笑，夜裡卻默不作聲地看著月亮站到半晌。

小事也多如牛毛，小到他吃到美味的吃食時會突然道：「聖上會喜歡吃這個。」說完後又怔住，連狼吞虎嚥也變成了食不下嚥。

薛遠在北疆餓過許久，自那以後對飯食便極為看重，一頓就要吃到飽。他先前為了離別而暴瘦，後又吃不下飯，若不是親眼所見，顧元白也不相信自己在他心中這麼重要，重要到了已然讓他對飯食不再看重的地步。

他看這些事時，只覺得想笑，想笑之餘又覺得酸甜交加，江津實在寫得太過生動，好像薛遠就在他面前一樣。江津時不時還會附上薛遠的畫像，他還詢問了顧元白，是否能寄些畫像過去？

顧元白自然無不可，等畫像寄過去時，他才知曉江津原來是用他的畫像來讓薛遠做事。只要薛遠做得夠多夠好，江津便會給他一張畫像暫解相思之意。為了這些畫像，薛遠眼睛都紅了，拚得像頭野牛。有一次江津去同曾大人去吃酒，忘了給薛遠畫像，大半夜地被薛遠提刀砍在了床上，被嚇得當場醒了酒。

江津可從未見過薛遠那番嚇人神態，平日裡的虛偽退下，駭人到如惡鬼可怖。

零零碎碎，倒是讓顧元白見識到了薛遠不曾在他面前表現出來的模樣。

古代交通不便，這些書信便變得格外珍貴，思念隨著這些小事沉澱，由思念帶來的痛苦減少，悶笑多了許多。

而現在，他們已經從康國回程兩個月了。

顧元白不由想：薛遠會日夜兼程地趕回來嗎？

念頭一出，他不由輕咳出聲，屋內的香氣好似轉瞬濃郁了起來。

政務忙碌時未曾多想，現下陡然一下，癢意如蟻，從心底順著骨髓到了四肢。

熱氣騰騰，自己都已覺察。

夏日當真不好，容易讓人心浮氣躁。

他絕對會快馬加鞭地趕回來。

但他掌著五千士兵，帶著全隊，再怎麼趕路也不是他獨自趕路的那種法子，說不定等他到達京城時，顧元白都要從福建回京了。

顧元白想著想著，又勾起了唇角。

雖是曲折，但顧元白只要一想到薛遠回京時卻沒見到他後會露出什麼樣震驚無措的神情，又抑制不住地想要笑了。

田福生瞧著聖上的神色變化便知曉是和薛大人有關了，他安心下來，又不免唏噓：薛大人這是走了什麼好運，生生走了三年還能讓聖上念著他。

聖上是九五之尊，偏偏情深如此，真是讓他都對著薛遠處處挑剔起來，一時覺得薛大人膽子太大太沒規矩，一時覺得薛大人不夠俊，長得太高大，顯得壓迫人，愈看缺點愈是多，田福生都怕他一個用力，能把聖上的手給折了。

但不得不說，要是只論一個真心，田福生這雙利眼能看得真切，薛大人對聖上的真心都蒙了層金光，做不了假。

「田福生。」

田福生回神，趕忙上前，「小的在。」

顧元白將紙條收起，「研墨。」

「是。」田福生忙準備好筆墨紙硯，給聖上磨著墨。

顧元白寫了封信寄往了京城，將江津一行人返程的消息遞了過去，安排好他們回京後的事宜。剛剛寫完了信，晚膳時分，隆興府也準備好了賀迎聖上的筵席。

聖駕一連在隆興府停了四五日，顧元白處理著京城快馬送來的政務，同樣派人深入百姓之中探查消息，明面一波暗中一波，待大致知曉了隆興府的情況後，顧元白便帶著人去看了農家田地。

綠意濃郁，與遠處的白棉花遙遙相對，顧元白看了看棉花與糧食的種植比例，笑了，「隆興府種棉花的量沒越過朝廷下的章程，很好。」

隆興府的官員就在一旁隨著駕，府尹恭敬回道：「聖上放心，臣等全按著章程半事，半分不敢逾越。」

「這就很好，」顧元白點了點頭，「朕沿著黃河而渡的時候，便見有幾個地方棉花種得幾乎和糧食一般多，風調雨順還可，若是出了什麼大事，糧庫不滿，當地的百姓就要遭殃了。如今棉花種的人多了，也就不值錢了，農戶雖重新種起了五穀，但也不可對此懈怠。」

眾人應道：「臣等謹記。」

從農田往回走時，有孩童齊聚在農地上，待皇帝大臣們經過時，便清脆地唱起了傳唱天南地北的小詩：「北壓遊牧誓守關，西滅夏國凱旋歸，錦繡江山平地起，宮花鋪路與民樂⋯⋯」

稚嫩的童聲響亮，傳遍了田野之間。

皇帝大臣們停住腳步，含笑看著他們。

顧元白雖不是開國之君，但其文治武功早已不輸開國之君。大恒早已被他一手掌控，正是經濟文化飛速發展的時候。自從他掌權以來，詩詞歌賦、雜曲雜文產出的量便多了數倍，這背後體現出來的，便是無人可否認的盛世。

顧元白注重農事、軍事和經濟，對待百姓們的各種土地政策優渥至極，百姓們逐漸吃飽了飯，開始注重了更多的東西。天下四面八方對顧元白和對當今盛世的讚譽每日不絕，顧元白原本看這些詩作還覺得有些誇大，但親自出巡一次之後他便知曉，這並不是誇張。

熱愛著自己國家的詩人們看著如今的太平日子，他們的一腔驕傲自豪無法言說，只能寄託於詩詞歌賦之上，竭盡全力地要想同後人表現出他們如今過得日子是多麼的幸福，大恒又是怎樣的美好。

上到九五之尊，下到採蓮女郎與砍柴男兒郎，都被他們寫進了詩作之中。

而盛世之中所做出來的詩作，也大多都是輕鬆高昂的，好似意氣風發的年輕人，只待船隻乘風破浪的那一天。

詩作一多，不說其他，只單單一個炕床便留下了許多傳世名作。以顧元白這個後世眼光去看，其中不少都是可以被錄入語文課本的水準。他有時候都略帶調侃地在想，以後的後世除了唐詩三百首外，會不會還有恒詩三百首？

這個想法在此時聽著這些孩童背詩時，變得更加預感強烈了起來。

孩子們背完詩後，顧元白笑了笑，低聲吩咐了田福生幾句，田福生便帶著小太監上前分發了些樣貌精緻，香甜可口的糕點。

孩子們：「哇——」

他們驚喜地睜大眼睛，拘謹地伸出手笑出一口牙，彼此偷偷對視的眼神之中是掩藏不住的歡喜與奮。田福生笑迷迷地道：「去吧。」

孩子們紅著臉蛋跑走了。

顧元白一直在隆興府留到了七月初，便轉了陸路沿江南東走，在前去兩浙之地前，他先去了荊湖南一地瞧瞧金鐵之礦，安撫曾經歷過反叛軍暴動的荊湖南百姓。

顧元白做事一樣樣地來，不急不緩，地方上的官員一個個地見，功績一樣樣地查看，有罪的處置，有功的加官。

一路上，因著他曾在南下之前便放言無需奢侈以待，各個地方官員也知曉他說一不二的行事風格，並未出現表裡不一的迎駕行為。

在荊湖南輾轉半月，聖駕才朝著兩浙而去，途中經過江南邊界時，褚衛特來拜見，「聖上，此處不遠便是臣熟識的先生隱居山林之地，先生備愛賞畫，也愛作畫，不只得才兼備，藏畫也是極多。聖上可要將這位先生召來見一面？」

顧元白其實對書畫並無興趣，書畫所代表的價值對他這個俗人來說才是感興趣的東西。他瞧著褚衛眉眼間藏著期待的模樣，想了想，「路途可遙遠？」

褚衛嘴角已然笑起，「並不遠，先生就在十里之內。」

「這麼點路，還將人家隱於山林的居士叫來做什麼？」顧元白好笑，「去瞧人家的畫，難不成還讓人家帶來嗎？擺駕，朕自個兒過去。」

恰好還可以瞧瞧山水，歇歇眼。

第一百六十二章

山路無法行馬，顧元白便興致益然地徒步往山上爬去。

這山坡度挺緩，但顧元白還是高估了自己的底子，山還沒爬到一半他就已經臉色蒼白，硬生生地在大熱天冒出了一頭冷汗。

褚衛第一時間發現他的不對，著急將他扶到樹下休息，顧元白手指有些微地顫抖，他將指尖收到袖中，冷靜地平復急促的呼吸。

吸氣，吐氣。一旁人送上涼茶，顧元白瞥了一眼，低聲，「用白水加點鹽。」

他應該是中暑了，頭暈，眼底一片黑，胸口發悶還有點噁心，最起碼也是輕度的中暑程度。

顧元白將手放在腰帶上，在褚衛驚愕的目光之中將腰帶抽掉脫掉外袍，褚衛倏地背過身去，衣角在地上劃出一個半圓，白玉耳朵紅得幾欲滴血。

顧元白乾淨俐落地將衣服脫得只剩裡衣，他鬆了衣帶，讓領口不再這麼緊繃。田福生和太監們連忙圈起他手臂和腿上的衣物，周圍人滿頭大汗地揮著扇子，涼風習習，風從四肢和胸口灌進，顧元白這才舒服了幾分。

裡衣本就潔白，露出的手腕和半截小腿竟然比裡衣還要白上幾分，透著白玉一般瑩潤的光澤，周身綠意濃濃，給他成了襯托。

褚衛過了半晌才忍下羞意轉過身，御醫正在給聖上把著脈，宮侍、官員圍在聖上身邊，褚衛看得清清楚楚，有些年輕官員的眼中閃躲，已面色通紅地不敢多看聖上一眼。

聖上威震四海，聲名赫赫，恐怕不少人現在才想起來，除去那威儀和尊貴外，聖上的容顏也是一等一的絕妙。

褚衛不由有些不悅，看到常玉言湊笑著到聖上身邊關心時，這樣的不悅更為深重。衝動一時起，他上前不由分說地從常玉言的手中拿走摺扇，似有若無地遮住聖上的一角，「聖上，不遠處就有一處溪流，您可要去那處尋些清涼？」

顧元白苦笑道：「歇會兒再去。」

尋到空性大師開始，到如今已有七年，顧元白本以為自己的身子骨再不濟也不怕爬個山，未曾想到太陽大一點，就已經有了中暑之症了。

他也想去溪流旁涼快涼快，可他懶得動，要是薛遠在這，恐怕早就背著他這個懶人過去了。

顧元白出神了片刻，褚衛瞧著他的神色，莫名有些心慌，頭一次失了規矩地道：「聖上？」

顧元白被陡然喚醒，他的眼眸重新映入眼前的這一片蔥翠幽幽，回首，對著褚衛笑了，「何事？」

褚衛垂眸，遮掩住那些並不光明磊落的小心思，「臣同常大人去給聖上取些溪水來。」

常玉言一直站在旁邊似笑非笑地看著褚衛，此時才出聲：「褚大人說得是，聖上還是用些涼水擦去熱意才好。」

他們二人一說，周邊的官員們也跟著出聲要去，也想讓聖上看看他們的忠心。顧元白頷首應允，圍在這兒的人頓時少了一半。

在這些人搬水來的時候，東翎衛又找了一處陰涼的好地方，顧元白歇了幾口氣，站起身去往陰涼地。途中經過了一顆大樹，樹根虯結，枝葉繁茂到透不到光。顧元白正要從樹下穿過時，一陣風來，伴著驟然響起的悅耳聲音。

顧元白腳步頓住，他順著聲抬起頭，從錯雜的枝條之間見到了垂落的長長木件。微風一動，雕刻的木件下碎石碰撞，羽毛隨風輕飄，聲響清脆。

這是一個石頭羽毛做成的占風鐸。

占風鐸類似風鈴，是古人拿來探風和祈福的東西。

在上山的路上，怎麼會有這樣的東西？

顧元白心生好奇，「張緒。」

侍衛長一躍搆到了占風鐸，顧元白拿到手後便看來看去，還沒看出什麼，他又聽到前方有風鈴聲響起，往前走了幾步，在另一棵樹上也看到了輕輕晃蕩的占風鐸。

「怎麼這麼多占風鐸，」顧元白稀奇，「難不成是隱居在這兒的居士掛在樹上的？」

他話音剛落，一陣大風猛地吹來。面前這顆樹的占風鐸劇烈響了起來，前方更多的占風鐸一個接一個，在落葉紛飛的大風之中奏響在了一起。

叮零噹啷，清脆的聲響在樹木之中穿梭，竟有足足上百個。

顧元白被髮絲迷了眼，他索性直接閉上了眼睛。鬆垮的衣帶隨風飄出婀娜弧度，大風起兮，占風鐸的響聲像是裹著風兒在飛舞高歌。

往上飄，飄過樹冠，飄過雲層。

熱氣被一掃而空，顧元白不知何時帶起了笑，在這樣的聲音中好似渾身都輕鬆了起來，如被風吹得飛起來了一般。身旁的田福生突地驚訝道：「聖上，您手中的占風鐸上刻著字。」

顧元白睜開眼，隨著田福生指的地方看去，原來是一個小巧的碎石上刻著模糊的字眼，他湊近一看，才辨別出了「望他吃藥不苦」這一行字。

顧元白心中忽地跳快了起來。

他連自己在想些什麼都不曉得，只知道讓張緒又將面前樹上的占風鐸拿下，他在占風鐸上找著字眼，沒費多少功夫就發現了一行字眼：「望他不再流淚。」

顧元白定定看了這一行字許久，這些字的一筆一劃，皆用了很大的力道。在石頭上寫字和在紙上寫字並不一樣，石頭上雕刻的字跡隱隱熟悉，卻又陌生。

飄飛的花草婆娑，一件件的占風鐸取下，上方的字眼一個接一個映入眼底。

「望他長生無病。」

「望他多吃些飯。」

「望他陰雨天腿腳不疼。」

顧元白隨著占風鐸的鈴聲往前走，身邊的人跟在後方，看著他時而抿起時而帶笑的唇角。

「望他一覺到天亮。」

「望他背負之物不成負擔。」

「望他能用些小酒，但也只能喝一點。」林間的風又一陣吹起，顧元白似有所覺，他抬頭，往山路前頭望去。

山路頂頭出現了一個身著儒袍的高大人影，他瞧著顧元白便想要笑，但笑意還未展開，就瞧到了顧元白一身裡衣的不對。

他神色一變，驟然從山頂奔來，風流恣意的儒袍轉瞬被他帶出了萬馬千軍的氣勢。顧元白眼睛睜大，嘴巴微微張開，看著這個人愈來愈近，容顏愈來愈清晰，最後被一把抱起，腳尖離地被抱著轉了好幾個圈。

周圍的人還以為是刺客來襲，刀劍未拔出來便聽見侍衛長錯愕道：「薛大人——」

顧元白手裡的占風鐸跟著晃蕩了起來，絲線纏繞在了一起。他眼前的景色轉來轉去，下一刻，薛遠就抱著他往山頂上奔去。

鼓噪的心跳聲在耳邊響起，顧元白抓著占風鐸，從他懷中抬起了頭。

堅毅的下巴，胡茬好似剛剛刮過，他的身上還有沐浴後殘留的濕氣，喉結鎖緊，黑了好多。

三年啊。

他已歷經風霜與時光，長成成熟的男人模樣了。

眉眼之間的鋒利沉了下來，像是一直緊鎖著沒有舒展。臉側上有一道細小傷痕，已然開始結疤。

薛遠已經而立了。

年輕似乎可以拿來形容他，又似乎不可以拿來形容他。他仍然力氣大得很，抱著顧元白跑了這麼長的路呼吸也絲毫沒變，好似沒有變化，但又好像變了許多，顧元白卻不知道變在了哪裡。

遙遠信封上的話陡然穿過時空和距離到了面前，眼前的這個人影逐漸變得凝視，身體是熱的，手掌是熱的，這是一個活生生的人。

是三年未曾見過的人。

顧元白的記憶裡都是三年前的他，可現在的薛遠一出來，就強勢地將自己留在顧元白記憶中三年之前的印象打碎，只剩下面前的這一個人，陌生又熟悉。

顧元白不喜歡消極以待生命，即便分別三年很苦，時日很慢，但他也一直樂觀積極地面對生活，去尋找分別兩地也會存在的快樂。但這時，他從來沒有這麼清晰地理解到：薛遠不一樣了。

彼此錯過了三年，應當都有些對方無法參與的變化。哪怕是顧元白，這個時候也不由有些悵然若失。

懷抱一顛一顛，薛遠低頭看他，將顧元白的腦袋壓入懷中，沉聲：「沒事，很快就不難受了。」

眼前暗了下來，呼吸之間的氣息逐漸喚醒了記憶，還是熟悉的溫度，熟悉的懷抱和氣味。

顧元白晃了晃手中的占風鐸，所有的思緒都沉澱了下來。

他被帶著穿過一個廊道，最後被放在竹床之上，竹席沁著涼意。顧元白髮絲疊在身下，身上鬆垮的衣帶被一雙大手解開，最後的衣衫也散落。

腳步聲遠去又靠近，房門被關上，盆中的淅瀝水聲響起，手帕被擰乾，輕柔擦過顧元白的額頭、眉毛。

薛遠輕笑，「閉眼。」

顧元白閉上了眼。

溫熱的手從脖頸擦到腹部，薛遠扒開褲子看了一眼，喃喃低聲：「想死我了。」

顧元白拍落他的手。

悶笑聲起，腿上也被細心地擦過，本就恢復過來的身體徹底散了最後的暑氣，涼意絲絲，頭髮裡頭的汗意也跟著沒了。

顧元白的表情緩緩舒展，身上的衣服再次被穿起。圈起的袖腳褲腳被放下，薛遠三年沒有伺候人穿衣，再伺候的時候卻幾乎沒有生疏。

薛遠問：「還難受嗎？」

顧元白搖了搖頭。

薛遠笑了一笑，俯身就抱住了顧元白，又抱著他無法控制地轉了好幾個圈，「想死老子了！」滿嘴的情話一句接著一句，說著說著就熱吻在了顧元白的臉上，口水糊了一臉，話語模模糊糊，「元白，我好想你，我真的好想你。」

濃烈到成形的思念滴著稠液，一滴一滴快要將顧元白淹沒。薛遠把他抱在身上，在他左耳不停地說著想念，又在右耳熱烈地訴說著愛意。

那些剛剛升起的陌生感覺就在他的思念和愛意之中被化解消散。

門外有人劇烈敲著門，聲音焦急：「聖上！」

田福生的聲音響起，「哎呀褚大人，您和小的到一旁來，您要是想問什麼同小的說，小的一一聽您說。」

過了一會兒，房門又被敲響，常玉言帶笑，試探道：「聖上，臣等帶來水了。」

顧元白推開薛遠的腦袋，「滾邊兒去。」

薛遠的神情立馬變得舒爽，「好久沒被聖上罵了，聖上，不夠，再斥責我幾句。」

顧元白：「……放我下來。」

薛遠依言小心翼翼將他放下，手指細緻地撫平顧元白身上每一處皺起來的褶子，理順顧元白每一根四散的髮絲。

他的手掌都帶有不捨的意味，沉沉的依戀壓在其上，最後離開顧元白的頭頂時，好似拉出一道穠麗情絲。

顧元白不由伸手撫到他的眉眼之間，這裡早已展開，但還有長久皺眉留下來的痕跡，「什麼樣的難處，能讓你三年之內就留下了這樣的深痕？」

薛遠低著頭讓他撫摸，舒服得閉上了眼，聞言眼皮動了動，握住了聖上的手，「聖上是真的不知道嗎？」

顧元白挑眉道：「嗯？」

薛遠睜開了眼，黝黑的眼神像是成年了的野獸，波濤洶湧盡被埋在表面之下，他喟歎一聲，終於在此刻表現出了與以往全然不一的模樣。

深邃，熾熱。

「因為一個人，一個你我心知肚明的，」他道，「我的心上人。」

第一百六十三章

心上人。

顧元白雖然沒有說話，但他的眼角眉梢已透露出了愉悅的心情。大恒的君主喜歡薛遠說的這句情話，薛遠備受鼓舞，更多的低語在顧元白耳旁不斷。

帶著火熱的、綺麗的情意，訴說著愛意的同時，他不斷俯身。

門外的常玉言見聖上許久未曾出聲，不由再次疑惑道：「聖上？」

「在外等著，」顧元白皺眉，「沒朕的命令，誰都不准過來。」

常玉言下意識行禮道：「是。」

隨即起身遠離，不知道是不是他的錯覺，總覺得聖上的語氣裡面有幾分不耐，直聽得他心驚膽戰，不敢再多說一句話。

房外的人走了，薛遠又情不自禁地在顧元白的眼皮上親了好幾口，怎麼親怎麼歡喜，喃喃，「聖上好生霸道。」

顧元白壓住揚起的嘴角，「討好我可沒用，你臉上的傷口是怎麼來的？」

「這個？」薛遠摸了摸臉上的傷口，輕描淡寫地道，「樹枝刮傷的。」

薛遠日夜奔波而來，卻在見聖上之前停住了腳步。他上了山，借了人家的房子好好睡了一夜，面容恢復神采後又天不亮的起來刮了鬍子，沐了浴，上上下下都洗了數遍，穿上儒雅的衣袍，想要跟顧元白說：你看，我從容地回來了。

所有信封上的報喜不報憂，只是想讓顧元白看到他好的一面，讓顧元白知道他已然成熟可靠。所有的狼狽和邋遢，都不想要心上人知道。

顧元白自然沒信，他直接扯開了薛遠的衣襟。胸膛上的那個白字疤痕深深，顯然不是三年前的舊疤，反而像是成年累月反覆破裂的新傷。

薛遠坦著胸，沒注意自己，一雙手在顧元白身上猴急往下，「聖上，讓我再看一眼我的寶貝。」他手太快，看到了之後就移不開了眼，「還是臣喜歡的模樣。」

薛遠喜愛地摸了摸他的寶貝，又控制不住地抱著顧元白親了上去。顧元白的衣衫和髮絲剛剛被他理好，現在又亂了起來。細密的汗珠從頭皮到鼻尖，唇齒相貼間是想念，舌尖交纏時也是想念，顧元白捧著他的臉熱烈地回應著，去咬薛遠的唇，去與他角逐。

浮躁變成了動情，三年的思念在這一刻全都被對方所知曉，顧元白的手指摸著傷疤組成的「白」字，主動得讓薛遠無法抵擋。

「聖上，」田福生的聲音在外頭顫著響起，「鑾駕還等在山腳下。」

顧元白陡然從薛遠唇上離開，薛遠的手已經鑽到他的衣衫內。他的汗珠滑落，薛遠更是滿頭大汗，呼吸沉重。顧元白摸過他頭頂的汗，啞聲道：「今晚再收拾你。」

說完，他便大步退開，拿起床邊的涼壺，湊到壺口處喝著涼茶。

薛遠一嗅，唇上都是顧元白的氣味，他裹著這種氣味笑了，走上前從聖上的唇角搶著涼水喝。等收拾整齊出來時，田福生低聲道：「聖上，諸位大人們正在外頭候著。」

顧元白隨意點了點頭，往前走了兩步，倏地頓住回頭，盯著薛遠道：「跟好朕。」

「會的，」薛遠喃喃自語，「我再也不離開你一步了。」

薛遠借住的這個竹屋正是一行人的目的所在。外頭，褚衛已與大儒說完了話，見到聖上前來，他笑道：「聖上，您先前想要的那幅《千里江山圖》……」

話語在看到薛遠時戛然而止，片刻後，才繼續道：「餘下的殘卷，真跡應當在先生這兒。」

大儒姓辛，穿著一身粗布衣裳，腳底草鞋還有一圈的泥。他笑呵呵地看著眾人，看起來不卑不亢，但見到顧元白之後卻很是激動，一開口便是一大段讚譽之詞。

等知曉顧元白對《千里江山圖》感興趣後更是眉飛色舞，主動要將此半卷畫獻於聖上，也好使上下兩卷合二為一。

隱士大多自傲，標點符號一出之後，這些大儒對顧元白的感官更是複雜，有讚美的話自然也有詆毀的話，他們不好罵顧元白，只能痛斥李保不敬祖訓來暗中指責背後的皇帝。

這些老古板寧願子孫後代再也不入朝為官也不願碰標點符號一下，他們用這樣的態度堅定地表明自己對標點符號的敵視。但無所謂，顧元白不在乎他們，他可不會把這些大儒隱士捧在手心，你不願意入朝為官是你們自己的損失，關我屁事？

顧元白就根本沒管這些不中聽的聲音，他這樣的置之不理的態度讓那些心氣高極的老古板們更是差點兒吐血，不知道有多少人曾躺在床上顫顫巍巍悲痛罵道：「嗚呼！天要滅我大恒！天要滅我聖人之道啊！」

顧元白對此一笑而過，並讓《大恒國報》自此以後不再收錄沒有使用標點符號的文章。

標點符號剛出時，顧元白與部分大儒之間的關係很是緊張。但五年以來，隨著標點符號的普及和兩朝文舉的使用，已經讓學子們習慣了這樣的符號。寒士們甚至可以在官府中抄錄已經標注好標點符號的文章，這省了他們很大的大功夫，從而有更多的時間去鑽研學問。人類使用的萬物永遠是複雜向簡單的一面進化，真正落實下去之後，體會到其中的作用和未來的影響，大部分的大儒都已朝著顧元白倒戈。

顧元白這些年來從未缺少過來自名士的追捧，他淡定地笑了笑，就跟著辛大儒去看了畫。看完了那幅《千里江山圖》的下半卷後，他突然想起褚衛被騙了買下贗品一事，調侃道：「褚卿，見到這畫後你可心中難受？」

褚衛歎了一口氣，「我原就曾在遊學時拜訪過先生，先生也曾帶著我看過藏畫。要是那時我細心一些，知曉真跡原來是在先生這處，怕就不用受此欺騙了。」

辛大儒知曉事情緣由後不由驚訝出聲，「你竟然也有被別人的字畫騙去的一天？」

褚衛不置可否，「只是讓聖上見笑了。」

「這有什麼？」顧元白笑了，「不論是真跡還是贗品，都是絕佳的妙作。」

褚衛瞧著聖上安慰他的樣子，垂眸，一邊唾棄自己用心險惡，一邊隱隱歡喜道：「聖上說得是。」

離開竹屋後，下山時，薛遠坦蕩地蹲在了顧元白的身前，顧元白笑了起來，他往前一趴，薛遠小聲道：「白爺，坐穩了！」

他牢牢握住顧元白的雙腿，站起身穩當當地從平緩的山路上下山。

身後官員跟著緩步在後，彼此交談著剛剛看過的幾幅佳作，未曾覺得有什麼不對。

「還有占風鐸沒拿下來。」顧元白提醒。

「好，去拿占風鐸，」薛遠把他往上顛了顛，風飄雲靜，隱隱有鈴聲藏在風中，等著他們去摘去，「聖上未來時我還未曾注意道，現在一看，這裡真是個山清水秀的好地方。」

顧元白道：「兩浙的山山水水也不會少。」

薛遠笑了，幾句在下一刻便說了他想聽的話，「臣沒見過，所以還得請聖上把臣帶在身邊看一看。」

顧元白嘴角勾起，「允了。」

顧元白有很多想問的話，問他其他人現在如何，問他怎麼會轉到來江南，又怎麼會知曉他要去哪。但這會兒的氣氛太過寧和，一條下山的路好似走不到盡頭，他突然不想在此刻問這些話了。

薛遠背著他，從一顆顆樹下走過，偶爾有占風鐸的地方便將聖上托高，顧元白伸直手，一個個解了下來。

他們好像和身後的人隔開了兩個世界，無論是背人的人還是被背的人都帶著笑，手裡拎著的數個占風鐸彼此碰撞，像玉石輕輕奏響。

後方的人看著看著，默默垂下了眼。

薛遠偶爾在聖上的耳邊說幾句話，聖上便被逗得一樂。天邊的烈日柔和了光暈，風起一陣又一陣，聖上在薛遠的背上，好像篤定自己一定不會受傷那般的姿態輕鬆，他的雙手時而鬆開，時而隨意搭在薛遠的肩頭，他……瞧起來很信任薛遠。

旁人都比不上。

顧元白往哪裡指，薛遠便往哪裡衝。他們玩得樂在其中，而顧元白不靠譜地瞎指，成功帶著人拐到了另一條山路上，一條深到腰處的溪流擋住了去路，溪流上架著一根細細的獨木橋，看著不是很安穩。田福生氣喘吁吁地在旁邊勸道：「聖、聖上，咱們繞回去吧！」

「田總管，繞路就不值當了，」薛遠道，「過了溪流，應當就離山腳不遠了。」

田福生為難道：「薛大人，不是小的瑣事多，而是這獨木橋瞧著實在危險。」

「聖上想繞路還是想過河？」薛遠半側著臉問。

顧元白語氣懶懶，「過河。」

薛遠露出果然如此的笑意，他將衣袍掀起塞到懷裡。拍了拍顧元白的腿，「夾緊，別落水裡了。」

顧元白下意識收緊了腿，薛遠下一刻就在宮侍的驚呼聲中躍進了水裡。他高，溪水還不到腰處，水花剛濺起他就飛快地淌水而過，兩個人轉瞬就到了對岸。

田福生苦著臉道：「聖上，小的們怎麼辦啊？」

「要麼繞路要麼過河，」聖上奇怪地道，「還能怎麼辦？」

侍衛們腳步如飛地度過獨木橋，跟在聖上身後。田福生連聲歎氣，轉頭帶著諸位走不動獨木橋的大人們繞回了原路。

他走之前最後瞧了一眼，聖上笑得暢快，瞧著高興極了。田福生回過頭壓住笑，客氣道：「走吧，還請諸位大人隨小的來。」

§

前往兩浙的路上，薛遠總算是將緣由解釋了清楚。

在回程到西州國時，他們殘留的貨物便已被哄搶一空。薛遠快馬加鞭回京，恰好在河南處遇樞密院派來接手的官員。江津見他的急樣，詢問了領頭官員，這才知曉聖上已南下的事。

薛遠沉默不語，當夜卻獨自帶著三日糧食就騎著駿馬往江南而來，一路在驛站途中才被監察處官員告知了聖上蹤跡。

他在大儒家中借住，原本只是想就近找個地方整理一番自己再去面聖。誰曾想聖上的鑾駕從十里之外而來，薛遠便心中一動，拿出了他所雕刻的占風鐸，用此來做迎接聖上上山的路。

顧元白罵了他一頓狗血淋頭，薛遠聽著，等罵完了之後，顧元白又執起了他的手，「三年未見，我猜到你會著急了。」

薛遠搖搖頭，靠著馬車牆壁勾唇，「聖上，不是三年，是三年六個月零三天。」

顧元白忽地沉默。

薛遠勾勾他的手指，上前親親他的耳朵，將馬車窗口關上，「我的聖上啊。」

衣衫相疊，長髮纏繞，薛遠握著顧元白的手放在自己的胸腔之上，心臟砰砰地跳。一聲便是一天，顧元白靜靜地，專心地感受著他的心臟在自己手上跳動，跳出了三年六個月零三天的時間。

從離別那日到今日，倏地被填滿了。

第一百六十四章

被填滿的不只是三年六個月零三天的空隙，還有顧元白自己。

他隨著馬車的晃動而飄蕩，石子的顛簸讓柔軟的車廂之中也成了浮動的海浪。薛遠俯身又起，「聖上。」

顧元白嗯了一聲，薛遠又低低叫了起來，「顧斂，元白，白白……」

白白是什麼稱呼？

顧元白艱難道：「叫夫君。」

薛遠挑挑眉，不動了，輕柔地抬起顧元白的後腦，讓他看著兩人相交的姿勢，「夫君？」

顧元白羽睫顫得厲害，閉上了眼。

「元白，睜開眼看一看，」薛遠壓低身子，細碎的吻落在他的耳朵尖，「你比三年前更加白了，我卻更加黑了，你瞧一瞧，我和你貼在一起的時候，這感覺多明顯。」

顧元白臉上升起熱意，他的手指發麻，不敢相信自己會輸給一個古人。勉強睜開眼看一下，又猛地在羞恥下偏過頭，「……青筋畢現，哪裡值得我看？」

薛遠眼中蕩起笑意，顧元白又佯裝不耐：「你還是不是男人？你若不想動，那就躺著讓我來。」

薛遠眼中一深，開始動了起來，讓聖上知道他到底是不是男人。

鑾駕前往兩浙的路上，薛遠把聖上養成了一個廢人，伸手穿衣張口吃飯，沒胃口了有人哄著，吃撐了有人揉著胃。只是薛遠擔心聖上整日待在馬車中會憋壞身體，每日必定帶著聖上策馬或是緩步行走片刻。

顧元白愈來愈懶，每日處理政務外唯一外出鍛煉身體的時間也總是敷衍以對。他倒是反思了自己，反思的卻是在親密中說的葷話、玩的花樣比不過薛遠的這一回事，顧元白雖然在現代沒談過戀愛，但他懂得可不少，這麼一比，他合理應該是逗得薛遠臉紅心跳的那一個才是。

一天，他苦思良久，正準備風輕雲淡地用葷話逗弄薛遠時，薛遠卻突然掐了把他肚子上的軟肉。顧元白一愣，跟著捏了捏自己的肚子，臉色瞬息變化。

薛遠欣慰道：「臣總算是將聖上養胖了。」雖說是沒有胖了多少，但至少有了些肉，薛遠心底自豪無比，比做什麼事都來得成就感強烈。

顧元白卻接受不了，他當日沒有說什麼，第二日一早卻換了身颯爽騎裝，主動騎馬前行。薛遠在他旁邊，牽著他身下馬匹的韁繩，稍微錯開聖上半步，一同並肩隨馬往前。

他們對話低聲，肩膀愈靠愈近，瞧起來親密無間。一路之中，褚衛愈來愈沉默，偶爾視線從他們身上劃過，定定看了片刻之後又垂下了眼。

若是薛遠仗著聖上不懂風月而對聖上心懷不軌，他自然可以自詡正義之士上前阻攔。先前薛遠在外，他還可以自欺欺人，可這一路走來，他卻已經心知肚明。

薛大人已而立了，未成婚未有妻妾，孑然一身，他相伴在了聖上身邊。

褚衛心中的那些自傲和自尊，讓他無法佯裝不知地再插入聖上與他中間。

不甘和蒼白掩藏在心底，不想要旁人看出分毫，脊背挺直，不想露出軟弱和可憐。

只是偶爾看到聖上的笑靨……還是會想起他曾溫和笑對著他的模樣，想起那夜被綁入宮中，龍涎香濃重，明黃床單被聖上細長手指攥起皺褶的綺麗場景，聖上侃侃而談時雙眼有神得仿若發光，褚衛曾見過那樣的光景，便再也無法忘記。多少次的如夢中有那樣的一雙含笑雙眼，伴著花葉從虛無處而來。

只要想起這些，還是會有些想要落淚的難過。

前方的顧元白忽而覺到了什麼，他若有所思地轉頭一看，就見到褚衛偏過了頭，長髮在他臉側被風吹起，下頷緊繃，隱忍而克制。

但他未曾看上多久，薛遠就不經意間轉過了他的頭，用肩側擋住了他眼角的餘光。

過了不久，顧元白就忘了剛剛那一幕了。

路上一直行的是官道，大恒朝將以往就有的官道進行了修繕，又將道路修建得更為四通八達。這樣的道路方便了此次的出行，顧元白曾多次親自審查道路的情況，發現官道即便是在酷暑或是陰雨下也無塌陷，工部督查有力，應當記一功。

大恒朝內的道路經過數年來已修建的八九不離十，工部近些年便不辭辛勞地前往了新吞併的西夏土地之上修路，已是大恒人的西夏百姓們對此激動雀躍，甘肅、寧夏和陝西部分新生的孩童，早已認為自己是自古以來的大恒人，他們在官學之中學的是大恒話，吃的是大恒土地種出的糧食，入的是大恒官府的戶籍冊子，天下之大，他們只曉得大恒。

隨著科舉後一個個西夏學子的入朝為官，西夏的百姓早就安分守己，再也不提舊國一句。

國家的君主將他們一視同仁，仁愛百姓，品嘗過盛世的滋味後沒人再願意陷入混亂之中。西夏的小小混亂隨著時間的延長，猶如石落水池，漣漪平靜後再也激不起水花。

說到修路，就不得不提水泥。顧元白只知道水泥是由石灰石等材料在高溫中煅燒，石灰石現如今叫做青石，黏土也可容易找到，但更多的他卻不知道了。只能暗中交予專門的人研究，索性也不急，古代也有古代修路建房的方式，水泥有它最好，沒有也不強求。

但工程部近年來顯著的功績，已然讓朝中眾人隱隱約約察覺到了科技人才的重要性。顧元白打算再緩緩過上十幾年，在潛移默化之中改變世人想法。如果可以，顧元白還想要在官學之中建立一個「格物致知」的課，單獨招收對此有興趣的科技研究型人才，還有女子學院……

他與薛遠說時，薛遠很有興趣，「照如此說，那些手段神奇的術士也不過是知曉一些旁人不知道的格物法子？」

顧元白頷首，「正是如此。」

「臣曾經倒是聽說過，」薛遠道，「赤腳走火路，肉舌舔鐵烙，要不是聖上說，臣還不知道這有跡可循，聖上知曉得真多。」

「聖上真厲害……」他又壓過來親了。

§

一行人經過福建北部，在路過武夷山時顧元白特意停下了腳步，命在此休息半日，特意讓田福生給了此地種茶的農戶一些銀兩，吩咐三千大軍和臣子宮侍想去採茶的便去採茶，想去獵些肉食的就由秦生帶隊。

東翎衛三千人振臂高呼一聲，留下一部分人跟著聖上，其餘的人便心照不宣地一同衝入了密林之中，準備給午膳添些葷腥。

臣子們倒是矜持，挨個拿了布袋去採茶。薛遠也在身上背了一個木竹筐，同聖上一起走進了一望無盡的茶地之中。

「武夷山下時常有數百隻船隻停留，只為運送此地的茶葉，」顧元白悠悠摘下一片綠葉，「如今這時節正好是茶葉熟了的時節。林知城也帶了整整五十艘的茶葉離去，到時候也不知道能剩下多少。」

薛遠詫異，「聖上不擔心賣不出去？」

「好茶怎麼會賣不出去？」顧元白把茶葉扔進他背上的竹筐裡，「這可是大頭，你前往絲綢之路的時候，茶葉難道賣不出去？」

薛遠歎了口氣，「好像只有我吃不出來其中的美妙滋味。」

顧元白好笑瞥了他一眼，又摘下一片茶葉送到他的唇前，「嘗嘗？」

薛遠聽話地張開了嘴，溫熱舌尖碰過聖上的指尖，將茶葉吞到肚子裡後饜足勾唇，「滋味很好，不愧是聖上。」

「……」顧元白心道，又開始了，夏天就要過去了，薛遠怎麼還一個勁地發春呢，他把手指在薛遠肩頭擦了擦，也笑了，「薛妃喜歡就好。」

薛遠一愣，顧元白拍了拍他的臉蛋，哼著曲兒繼續往前採著茶。薛遠回過神，無聲笑了起來，快步跟上了聖上，「聖上，臣什麼時候能更上一步？」

「你還想上哪一步？」

「一國之母……」

話音逐漸遠去。

午時，大展身手的東翎衛憑著百步穿楊的箭術讓人人都吃上了肉。他們還獵到一頭幼鹿，幼鹿最嫩的一塊肉進了顧元白的嘴裡。帶兵的將領來顧元白這求得了恩令，允許士兵們適當飲些酒水，士兵們興高采烈，酒水的味道傳遍周圍，許多文臣也湊到了旁邊，與他們一邊笑著喝酒一邊吃著肉。吃飽喝足之後，士兵們將火滅掉，剩餘的殘渣處理好，又精神抖擻地踏上了前往福建沿海總兵處的路程。

愈往沿海處走，飲食和百姓衣著風格的變化便愈來愈大，顧元白特意注意了海鮮過敏這個問題，但還好，所有人包括他自己都沒有出現對飲食過敏的症狀。

九月初，聖上的鑾駕駕臨福建福州府，福州府百姓表現出了不輸於任何一地的熱情。顧元白實地走訪了幾個省縣之後，倒是發覺了當地官府的一些陋端。

福建與京城太遠，山高皇帝遠的弊端再怎麼遮掩也掩飾不住。顧元白忍不了這些，他親自坐鎮福州，雷厲風行地整治這些弊端，一時之間，福建各州風聲鶴唳。顧元白一封旨意去京，讓政事堂調來一個冷硬不吃性格剛強的官員來治理此地。

他大刀闊斧的手段很快就出了效果，當地官府開始政令通達，各項章程重新落實時很需要人手，顧元白瞧著京城調來的官員還沒到，就先用身邊的年輕官員試手，以此來磨練這些人的能力。

直到十月中，顧元白才打算啟程返回。他命令下來的時候，福州府府尹抹了把冷汗，總算是從戰戰兢兢的狀態中恢復了過來。

還好他這個府尹規規矩矩，平素裡也算是勤懇，否則當真是慘了。

回程的時間比預料之中要晚上了半個月，路上要加緊時間，因為要是再晚，怕是回京都要冬日了，霜雪一降，路上受了風寒那可不妙。

回程多是水路，不知是不是老天爺也照顧著一行人，這一路平安順暢極了，日日都是好天氣，寒氣都沒有察覺多少。

終於，在十二月的一個烈陽天，顧元白在夾道百姓的歡呼聲中回到了京城。

鑾駕緩緩，馬匹隨行，百姓、守衛鑾駕的士兵，人頭濟濟，人聲鼎沸。

他們的身前是乾淨寬敞的大道，背後是道路兩旁鱗次櫛比的整潔房屋。

人人棉衣加身，臉色紅潤。幼童在其中奔走，目光崇敬。

顧元白抬起頭，看著烈日高升下恢弘的大恒皇宮。瓦片沐浴著光，反射出金子一般燦爛的光澤。

「薛遠，」顧元白突然緩聲道，「朕以往聽過兩句話，那是一個很有骨氣的國家自始至終所做到的事，也是現在朕畢生的追求。」

薛遠在鑾駕之旁駕馬，他問：「是什麼？」

顧元白笑了，「不和親，不賠款，不割地，不納貢。」

他的目光從百姓身上滑過，從金碧輝煌的大恒宮上升高。

「天子守國門，君王死社稷。」

我與我大恒後代，皆應為此而努力。

——全書完

番外一

陸上絲綢之路因著康國和縛賜的戰火波及而在三年後提前回來，完成聖上所託歸來的臣子們皆受到了應有的封賞。

領頭三位臣子按功封賞，加官進爵。

薛遠封簽書樞密院事，領從三品以上武散官，受封二等博遠候。

簽書樞密院事是樞密使副手的副手，是以後樞密使的候選，掌軍機要事，正好全權協助於聖上。

薛遠沒有外調的經歷卻能躍入三品官之列，雖是絲路有功，但更多的還是他本身的能力強勁和聖上對他的期待和看重。

樞密院和政事堂直接聽命於聖上，不受任何大臣的把控。他們手中的權力完全被顧元白所掌控，能放下來就能收上來，這對於以往的薛遠來說很難忍受，但現在他卻甘之如飴。

相比於陸上絲綢之路，海上絲綢之路則是緩慢地行了五年，在五年之後，林知城一行人才帶著鋪天蓋地揮舞著大恒旗幟的船隻歸來。

他們帶來了巨大的財富，除了千百萬兩的金銀銅之外，還有各國換取的貨物，但比財富更重要的，是海外其他國家現如今的情況。

林知城獻上了厚厚的一個摺子，裡面詳細寫了每個國家的見聞和地理位置。還有一些尚且無人佔據的島嶼，林知城在面聖時很有急迫感地道：「聖上，這些島嶼我們都可以佔領啊。」

顧元白也很有急迫感，他肯定地點了點頭，「你說得對。」

他詢問了林知城很多，林知城一一答來，「外頭的一些國家雖很是富有，但國情卻很複雜。有些地方的吃食與我們天差地別，甚至茹毛飲血。我們依據著舊航線所走，大唐時沒有顯露名聲的一些國家如今也有了不凡的實力，但都比不上我們大恒天朝。此次出海，大恒威名揚名於海內外，不少小國對大恒很是嚮往崇敬，不只送上了貢品，還意欲與我大恒建立起穩固的通商船隊。」

林知城此次回程，還帶回了各國對大恒抱有強烈好奇心的人，他們想要看一看遙遠東方的這塊土地，想要去感受一些能生產出茶葉、絲綢、瓷器的這個國家是有多麼的繁華和文明。

顧元白心道，現在的年代，海上霸主還沒有影，歐洲的那些國家還處於混亂的中世紀時代，沒人認識到海洋的重要性，而這個時候，中華還是世界第一，大恒有著相匹配的能力，有著震懾世界的船艦。

林知城的這一次出海，光是帶來的財富就會震撼整個大恒王朝的人。

或許未來不遠的一天，海洋上到處飄蕩的都是大恒的旗幟。

顧元白笑了笑，又問了他特意留意的一些種子。舊航線不到美洲、歐洲一帶，玉米和番薯、洋芋這幾樣高產作物應當是帶不回來了。

但出乎他的意料，林知城還真的給他帶回了驚喜！

顧元白倏地從龍椅上站了起來。

林知城被他嚇了一跳，「聖上？」

顧元白盯著桌上的三小袋種子不放，被這驚喜砸得又懵又暈，「這作物種子是哪裡來的？」

「臣去往的那些國家之中有自稱是來自一個叫做西班牙國度的人，」林知城道，「這個國家似乎離我們很是遙遠，據此人所說，他們國家如今正發生驅逐入侵者的戰鬥。而他則在戰鬥之中因為意外獨自漂流到異國之中，他用這些種子來與臣進行交換，讓臣將他來到大恒。臣一看，就覺得黃色布袋中的種子同聖上曾說過的『玉米』相同，都是金子光澤猶如牙齒大小的米粒形狀。餘下兩種，臣卻認不出來了。」

顧元白的一顆心此時都已躁動了起來，他反覆翻看了玉米粒，又去打開另外兩個布袋，種子一黃一深，皆是缺水到乾枯的模樣，分明就是洋芋和番薯的種子。

這些其貌不揚的種子在顧元白眼裡卻像是無價之寶一般，顧元白驚喜之餘又開始凝重，這些種子看起來相當不妙，誰知道還能不能種活？

機會都擺在面前了，要是種不活豈不是得嘔死？

顧元白當機立斷：「來人！」

能不能活，得先試試，只要有一絲成活的希望，顧元白都會想盡辦法讓這些作物在大恒的土地上生長。

皇帝陛下如獲至寶地種地時，天下不如他所料地因為林知城的此次出海而震盪起來。

比較有門脈的商戶和朝中官員，多多少少都為此次的航行投了一筆錢。這筆錢經過五年的等待，徹底翻了數倍，被這麼大利益砸暈了的人們，用新的眼光重新看向了海上貿易這一塊。

隨後上書到顧元白桌子上，飛雪一般的摺子都在求問皇帝陛下下一次的出海是在什麼時候。

要是沒有強大的軍隊和船艦在周邊保護，他們的商隊實在不敢在海洋上走得太遠。

民間開始掀起了一股又一股出海的熱潮，關於海外的遊記一夜之間猶如百花初綻，不光是遊記，還有更為詳細地由出海人親自編纂的傳記。

這些東西愈多，大家能認識的就愈多。在戶部和刑部的人將船艙上的金銀銅和貨物運送到國庫中時，許多人都意識到了一件事實——海外是個聚寶盆。

他們蠢蠢欲動，但顧元白沒有空理他們。

如今正好是農耕時節，他召來了數百名對種植之道最有心得的農戶，將三小袋不到一百粒的種子交給他們，神色嚴肅，反覆叮囑，承諾種植成功的人榮華富貴。

數百名農戶面面相覷，緩緩張大了嘴巴。等他們反應過來之後，目光熱烈了起來。

農戶熱火朝天地琢磨了起來，顧元白對這件事無比的關注，他記得這三樣作物都適合在四月分播種，其中玉米是耐旱作物，種植成功的可能性應該不會太低。

他夜裡也念叨著這件事，「番薯倒是也耐旱，只是比不上玉米。洋芋用水則是很大，我再想想，看看還能想出來什麼……」

薛遠沒忍住起身撓了撓他的腳心，顧元白渾身一抖，笑罵道：「你做什麼！」

薛遠從他小腿慢慢往上，著迷地嗅了嗅聖上剛剛沐浴後的味道，嘴裡抱怨著，「聖上，你嘴裡心裡都是洋芋、番薯、玉米，念叨幾日也就罷了，今天都什麼時候了？還能看我一眼嗎？」

顧元白把腿伸到他的雙腿上，「給我按按。薛九遙，你多大的人了，生生活成了一個妒夫的模樣。」

薛遠給他捏捏腿，聞言神情一僵，努力笑出一副不那麼妒夫的溫和笑容，「聖上，臣怎麼會是妒夫呢？」

他高大的身形將顧元白舒服地摟在懷裡，不時親過他的耳朵，「臣要是妒夫的話，豈不是連您今日同旁人談話多了一句都要嫉妒得要死要活了？」

顧元白冷靜地問：「朕今日同翰林院編修笑了幾次？」

薛遠眼底一沉，指骨捏得咯咯作響，「你笑了兩次。」

說完，他整個人就僵硬住了。

顧元白心底哼了一聲，妒夫。

薛遠突然道：「臣也是偶然之下看到的，聖上一笑臣的眼睛就控制不住地黏了上去，真的是兩次嗎？」他裝模作樣地摸了摸下巴，「還是三次？」

顧元白配合他，恍然大悟道：「是我錯怪薛卿了。不過今日前來殿前的編修相貌倒是堂堂，頗有幾分九遙你年輕時候的風姿。」

薛遠笑容頓住了，過了良久，他才舔了舔顧元白的耳珠，纏綿地道：「聖上，我就在這兒，你看我就夠了，還看什麼像我年輕時的其他人？難道我還不比過以往的我嗎？」

他把顧元白抱在懷裡，牽著他的手摸向自己的脖頸，緩緩向下而去，「年輕時候的我，十個也打不過我一個。」

他的胸膛溫熱，肌肉結實，觸手時的彈性十足，寬肩窄腰，實打實的男色。

薛遠將身體的體力和外貌看得很重要，他向來自得於能以色侍君，即便而立也毫不放鬆。每日操練時汗流浹背，冒著熱氣的汗珠會順著銳利的下頷彙集在一起，他喜歡背著聖上練習聖上教給他的伏地挺身，起起伏伏每日能做三百多個，顧元白就在他背上被顛得晃晃悠悠，鼻尖都是薛遠身上的汗味兒，臀下的衣衫都被薛遠背上的汗意浸濕。

顧元白頭一次被他拉到背上坐著時還嫌棄，但後來不用薛遠說，他就每日固定的去當個人性加重工具了。

因為汗意濃重的薛遠，迷得顧元白偶爾都會昏頭昏腦，心中滂湃，也跟著冒汗。

有時候也會在心中驚歎，這傢伙吃什麼長大的？怎麼能這麼猛。

長久風雨無阻的鍛煉，讓他緊實有力的雙臂和大腿蘊藏的力量可以一拳打死一個人，對旁人來說難以撼動的重物對他已然不難，但十個也打不過他？顧元白當真不信，「你年輕的時候的本領已經很嚇人了。」

薛遠瞧著顧元白認真的神色，竟然真的在心中升起了對以往自己濃厚的嫉妒，他陰暗的神色在顧元白未觸及時顯露，聖上難道嫌他年紀大了？

可每次都是聖上受不住他的體力，這還叫年紀大？

薛遠把源頭定罪在今日的翰林院編修的身上，心中冷冷笑了兩聲，隨即收斂神情，握著聖上的手認真地道：「聖上，您還是接著說番薯和洋芋吧。」

別再說著讓妒夫被妒火燒心的話了。

顧元白：「……」

呵呵，男人。

番外二

顧元白就硬逼著他聽了整整十天的番薯洋芋玉米的事。

反覆地說，不停地說。白日裡坐在薛遠的背上，在他做著伏地挺身的時候也在說。薛遠從來不知道聖上這麼能說，他眼睛無神，被念叨得神魂出竅。

除了說，顧元白還帶著他下了地。

珍惜的糧食種子就在宮中開闢了一處重兵把守的地界種植，顧元白每日都要去看一看。他和薛遠踩了一腳的泥，手上身上也都是被濺起的泥點子，因為薛遠一直跟在顧元白屁股後頭，他連臉上都有顧元白龍靴後頭帶起的泥塊。

「滾邊兒去，」彎腰看幼苗的聖上轉頭瞪了他一眼，「別離我這麼近。」

薛遠晃晃悠悠地往後吝嗇地退了一小步，左右看了看，「聖上，三塊地兩塊都已出了苗，怎麼還有一片沒有一點兒動靜？」

笑著的顧元白眉目染上憂慮，他看了看沒動靜的那塊地，歎了口氣，「估計是死了。」

「那塊地種的是什麼？」

「洋芋，」用的是最肥沃的地，照看的都是最精細的農戶，但還是沒有種出來，「種子到大恒時，應當已經乾死了。」

洋芋啊，沒人會比顧元白更知曉它的好處了。

他難受是真的難受，但看了看已經長出幼苗的番薯和玉米，又笑了。滿足了，已經值得了。

番薯和玉米一旦能成功，那麼大恒就該迎來一次人口大增長了。

薛遠沉吟了一會兒，「死了也無事，至少……」他含蓄地道，「『洋芋』這個名字傳出去，文人雅士又得暗思聖上起名的法子了。」

老祖宗叫的名字，你們還有意見？

但顧元白想了想先前的炕床，又想了想洋芋這個名字，若是洋芋真的成活了，文人雅士要是想要寫詩讚揚洋芋，不又成了《詠洋芋》？

咳，史書上又該如何說，大恒皇帝顧元白親自命名其為洋芋二字？

相比於先帝的文雅風格，「玉郎峰」、「撚花瓷」、「棗無花溪爐」這般的命名，顧元白這個皇帝當真是太接地氣了。

不是不好，只是想要讚揚聖上的文人雅士們著實無從下手。

顧元白若無其事地轉回了視線，「名字不重要，重要的是它的價值。」

他又歎了一口氣，「一旦洋芋能養活起來，一畝地就是粟畝的兩三倍啊。」

唐代粟畝平均能畝產三百三十斤往上，大恒粟畝地也是這個水準，洋芋是高產作物，現代時普通的種植手法也能畝產千百斤，顧元白不能確定在古代種植洋芋的畝產量能達到多少，但大恒的土地肥沃，連年風調雨順，總不該少於八九百斤吧？

薛遠瞳孔一縮，猛地回頭去看毫無動靜的洋芋地，「兩三倍？」

他瞬息就明白了這些洋芋地的重要性，但在明白後的下一刻內心深處就湧起了顧元白剛剛升起的濃濃失望之情，一喜一悲之下，薛遠僵硬地道：「聖上，種子當真死了？」

顧元白可惜道：「應當是死了。」

薛遠無言以對，心疼得喘不上來氣。

「索性番薯和玉米已經長出了苗，」顧元白溫柔地摸了摸一旁的番薯苗，「這兩樣東西不低於洋芋的產量。」

薛遠覺得又能喘氣了，他珍惜地看著這些小小的幼苗，半說著笑，「聖上這話一出，我可算知道聖上為何會連日裡不停念叨它們了，這幾株小苗的確比我重要得多。」

這話酸的。

顧元白瞥了他一眼，「走了，該用午膳了。」

薛遠跟上他，慢條斯理地道：「聖上知曉得可真多，臣還得跟著聖上多學一學。聖上，親一口？」

顧元白走得更快，薛遠瞧見了他背後，帶出了笑：「聖上，您背後都是泥點子。」

「無事，」顧元白皺著眉，側頭朝後看一眼，「回去後再收拾。」

薛遠卻拉住了他的手臂，兩人走到隱蔽的大樹後，薛遠才小聲道：「我先給擦一擦，大片的泥都濺到腰臀上去了，太過顯眼。」

顧元白還未說出話，薛遠已經蹲下身，從懷裡掏出手帕小心地擦了起來。顧元白面無表情地忍了一會兒，還是沒有忍住，「薛九遙！」

薛遠放開軟肉，收起不規矩的手。他面不改色地站起身，帶著顧元白從樹後出來，「都乾成泥塊了，還是回去沐浴好。」

顧元白輕哼一聲，「手腳成日不老實，還好成了薛將軍的兒子，否則怕是要成了不知哪兒的潑皮無賴了。」

薛遠聽到他這句專門說出來的話，不由露出一個暗藏深意的笑，「我若是潑皮無賴，那也只無賴聖上一個人。」

顧元白隨意道：「怕是你連我的面都見不到了。」

薛遠眉頭一凝，良久，他緩緩點了點頭，「是托了薛老將軍的福。」

兩個人甫一回到宮殿，就有百獸園的太監來報，薛遠送給顧元白的那兩匹成年狼快要不行了。

顧元白一愣，衣裳都來不及換就跟著太監來到了百獸園。兩隻毛髮已經蒙上一層白灰的狼無力躺在地上，顧元白和薛遠一靠近，它們便從喉間嗚咽了一聲，幽幽的眼睛艱難轉著，費力蹭蹭主子的手，緩緩沒了聲息。

它們活了十二年，在今日老死了。

薛遠扶起顧元白，低聲安慰：「聖上，咱們找個地方把這兩隻狼給葬了。」

顧元白還有些愣神，「好。」

百獸園還有兩隻狼，那是白狼崽子時便被送進宮的小狼。顧元白沉默地看著薛遠將那兩匹狼牽出，一同看著太監挖著坑埋葬狼屍。

這些狼野性不馴，卻被薛遠馴得極其聽話，它們時時陪在顧元白身邊。這些狼給顧元白添了不少的麻煩，但也有許多的樂趣。

他同薛遠有空便帶著它們在晚間散散步，也時常在四雙綠幽幽發著駭光的狼眼之中貼上唇親密一番。可轉眼之間，其中的兩隻就已經老到死去了。

田福生在一旁勸慰道：「聖上，這兩匹狼未曾受過什麼苦，每日吃好喝好，還備受聖上寵愛，這一輩子活到老必定沒有什麼遺憾了。」

顧元白歎了口氣，這一口氣還沒歎完，薛遠就捂住了他的嘴，「常歎氣不好。」

「我只是有些遺憾罷了，」顧元白道，「畢竟牠們陪了我數年。」

薛遠放了手，他身旁的那兩匹略微年輕一些的狼便走到了顧元白身邊，小心翼翼地舔舐著他的指尖。

塵土落地，綠葉隨風。等兩匹狼埋葬好了之後，顧元白有些沉默地同薛遠往回走，行至半途，他突然感慨道：「之前只覺得有些難過，現在一想，它們還是一起走的。」

「這樣挺好，」薛遠的手指插入顧元白的指縫，與他雙手相扣，「我也會與聖上如此。」

顧元白笑了笑，「那便不行了。我身子骨差上你許多，戰場上的暗傷都幾乎對你沒有什麼影響，你又怎麼會與我同時老死呢？」

事實也是如此，原著改編的網劇之中好似就是褚衛率先死去，薛遠獨自過了有二十年。

薛遠當真是天之驕子，只長壽這一條旁人便比不上。顧元白眼簾垂下，每次想起原文中薛遠同褚衛這一對，他心中都會異常不舒服。

也只有薛遠對他堪稱是著了魔的癡迷，才能抵消這樣的不適。

他聲音低得被風一吹就散，「你能活到百年，我卻不行。」

甚至這些命，都是在閻王手裡搶來的。

薛遠臉色難看，顧元白卻沒有看到，直到他陰沉的聲音響起，顧元白才抬起頭看他，「聖上以為我會獨活嗎？」

顧元白幽幽地想，你原本的命定好兄弟死了之後你不就獨活了嗎？

「聖上是不是忘了我同你曾說過的一句話？」薛遠眼神陰翳，他摸著顧元白唇側的軟肉，心道這張嘴又要吐出讓他傷心的話了，又要給他紮上幾刀子了，「我同聖上說過，若是你死了，臣就先去堵著你的黃泉路。」

他說完這話，話語陡然軟了下來，懇求道：「元白，你信我。」

顧元白張張嘴，正要說「我信」，薛遠就已低下了頭，他的額頭抵著顧元白的額頭，雙手捧著聖上的臉，顧元白一眼就能看到他的眼底，看到他已經有些發紅的眼睛。

薛遠喃喃，「我沒有你活不下去。」

顧元白心跳開始變快，他垂著眼，靜靜感受著此刻的溫情。

「我想同你永遠在一起，」薛遠鼻音開始濃重，「你為何總是不信我說的話。我只想要你，只想陪著你，我每日醒來的第一眼見著你時，你不曉得我是多麼開心。若是你終有長眠地下的那天，我只想摟著你長長久久睡下去。我獨活？顧元白，你怎麼能說出這麼狠心的話。」

過了良久，顧元白勾唇，「朕記住你這話了，你到時候不想死，我都得一杯毒酒賜下去了。」

薛遠放鬆，連親他十幾口，「死了也追著你，別想讓旁的鬼碰你一下。」

顧元白樂了。

心中也不免疑惑，那為何在原文中，薛遠在褚衛死後還好好地活到了壽終正寢？

時間一月一月過去，種著洋芋種子的土地沒有半晌動靜，顧元白已然確定洋芋是種不出來了。他收起最後那點期望，徹底把精力放在了番薯和玉米的身上。

農戶們伺候苗子伺候得小心翼翼，八月中旬，番薯和玉米終於到了成熟的時候，一個豔陽天，農戶拿著農具，在聖上和一眾人的目光之中咽了咽口水，一把刨出了泥地下的東西。

番外三

黝黑的泥土翻滾，一耙子下去，刨出了一叢叢圓滾滾的黃東西。

顧元白眼睛緩緩睜大，不敢置信地看著這些洋芋。

身旁的薛遠驚歎地和他說道：「聖上，雖然洋芋養不活了，但這些番薯看起來卻很是不錯。」

顧元白：「……唔。」

洋芋和番薯長出地面的秧苗並不一樣，顧元白見過這兩種作物。但他已經在大恒待了整整十四年，現代的記憶實在太過遙遠，遠得洋芋和番薯的秧苗有什麼不同他已經區分不出來。

他明明記得南側種的是洋芋，北側種的是番薯，為什麼現在卻不一樣了？還是說這兩種高產作物的種子被他搞混了？

還是農戶搞混了？

顧元白往玉米地中看去，顆顆飽滿的玉米被包裹在綠葉之間，散發著可口清香。玉米還是對的，顧元白心裡有了幾分安慰。只是尷尬的是，他這四個月來一直以為洋芋的種子死了，身邊的人也跟著他一同這樣認為。顧元白前些日子都已在思索怎麼快速將番薯和玉米的種植方法推廣全國，甚至想好了要吃烤番薯、地瓜乾、番薯餅、糯米果子和麻糰……他還想讓人將番薯做成番薯粉，結果出來的不是番薯，是他早就放棄希望的洋芋。

番薯的產量要比洋芋好上一些，但要說能做出來的美食花樣，還是洋芋多。

但顧元白一無準備二沒想到，猝不及防之下只能看著滿地的洋芋發著呆。

薛遠還在說個不停，「聖上快瞧，這些番薯的塊頭真是一個比一個大。」

「……」顧元白頓了片刻，幽幽地道，「是啊。」

農戶沒見過洋芋和番薯，為了以防這幾樣作物和未來的樣子不一樣，也為了保密，顧元白沒和他們描述過這些東西長成後的模樣，也沒告訴他們這些是什麼。

估計現在除了顧元白，所有的人都認為這些洋芋就是番薯了。

站在身後的樞密使眼睛不眨地盯著地裡，嗓子裡吐話也不再連貫，「聖上，光這一塊地挖出來的番薯莫約就有了兩三石的量……這要是、要是整整一畝地都是這樣的量這樣的個頭，豈不是一畝便能高達幾十石？」

周圍人倒吸一口涼氣。

嘈雜聲頓起，少許跟著顧元白前來看新作物的大臣們三三兩兩談論了起來，眼睛盯著洋芋不放，嘴中一個接一個「番薯」，「這番薯也不知道吃起來如何，容不容易飽腹」，「外頭一層泥，洗了後可是當果子生吃？」

顧元白揉了揉眉心，吩咐人去撿起幾十個洋芋，撐起笑問身後的大臣，「諸位卿想知曉這……番薯怎麼吃？」

臣子們恭敬行禮，按捺不住好奇，「聖上，臣等失禮了。」

「田福生，派人將番薯送去御膳房，」顧元白深吸一口氣，溫和地道，「讓御膳房的人注意著點，切記，番薯上若是變綠若是生芽，一定要將這些地方挖去，不能吃入肚中。番薯皮需削掉，此物可用做燒菜、熬湯之用，也可代麥穗做餅。朕跟你說幾種方法，你讓御膳房按這個來做……」

等他說完之後，心中惆悵，洋芋的姓名就這樣稀裡糊塗地沒了，自此以後，酸辣洋芋絲都要變成了酸辣番薯絲。

田福生一字一句不敢忘記，「小的這就去準備。」

薛遠也聽得認真，「聖上，番薯好吃嗎？」

顧元白回頭看他，肯定地點頭，「味道十足十地好，無論做素菜還是配葷，都是上飯桌的好東西。」他想了想，厚著臉皮平靜地道：「不輸洋芋什麼。」

「那臣就有福氣了，」薛遠笑了，「天下百姓也有福氣了。」

滿地的洋芋一個緊挨一個，極易讓人升起豐收的快樂。顧元白帶著眾人經過洋芋地，來到玉米地之前。

玉米已經被掰下放在地上，層層堆積得老高，顧元白伸手從上方拿起一個，親自撥去玉米的外衣，金燦燦的玉米一暴露在眾人面前，眾人便愣然，愣愣地看著這漂亮如同玉石做成的果子。

「這東西，朕稱呼其為玉米，」顧元白動作輕柔地將玉米上方的玉米須扯下，前頭金色之中略微泛著白意的玉米頭更加清楚地露了出來，「這東西軟糯香甜，無論是烤、炸、蒸、煮皆好吃，米粒可入菜，也可代粟米，用處多得是。來人，拿些去讓御膳房蒸上，也好讓諸位卿家嘗上一嘗。」

眾位臣子謝恩，顧元白笑了笑，「相比於這兩樣東西的味道，朕更注意的卻是它們的畝產多少。這些異國來的種子太少，一畝地都不到，但諸位卿也親眼見到了，即便不足百粒種子，種出來的東西卻決然不少。」

眾人回首，就見左右兩方分別堆著一堆小丘高似的玉米和「番薯」。

若是一畝地中都是這樣的數量，那可是要比粟畝多了許多！就算「番薯」和玉米的味道不好，但只要吃不死人，那麼就是好東西，只是不知飽腹感如何，種起來又麻不麻煩。

臣子們心中暗思良多，但欣喜興奮還是大過於擔憂。得了聖上允許之後，他們小心翼翼地去碰了碰玉米和「番薯」，那副神態，好似是對著自家剛出生的孫子，既喜愛，又生怕一不小心弄壞。

過了片刻，田福生跑過來請聖上傳膳，顧元白問了問，發現玉米已經蒸好了，索性直接讓人先呈上蒸好的玉米。

玉米含了水之後更為飽滿漂亮，熱氣在絲縫中縈繞。蒸出來的玉米要比煮出來的更要香甜些，一放到面前，香甜的味道就飄到了鼻端，顧元白聞著這陌生又熟悉的香氣，不由舒展開了眉心。

等聖上動了嘴之後，其他人才試探地嘗了嘗玉米的味道。清甜的味道甫一入口，就不由吃驚地瞪大了眼睛。

牙齒刺破米粒，汁水甜而不膩，吃起來著實好滋好味。產量如此之多的作物味道竟然這般的好，這真是出乎預料。

眾人心中不禁對接下來的「番薯」味道更為期待。

等膳食擺上來了之後，他們一嘗，不由眼睛一亮。

其中有些大臣人已老邁，牙口不好嘗不了玉米，顧元白特地吩咐，讓人將這些老臣所用的洋芋燉得更加軟糯，湯汁鎖在洋芋之內，比純吃燉肉可要香得多。

這一場午膳吃得賓主盡歡，等臣子請辭時，還有老臣來同聖上偷偷請求，求問聖上可否勻些「番薯」給他們。

顧元白笑著搖搖頭，「這些都要為明年留種，待明年你們就能吃上這兩樣東西了。」

這日之後，朝中重臣就記下了玉米和番薯這兩個名字。兩種作物還未發行，就已被人隱隱約約地知曉，私底下都期待著明年的春季，耐心等著朝廷的放苗。

冬日之後，春日緩慢而來。

這一年的二月分，朝廷的「番薯」種子和玉米種子沿水陸兩路運往各地，今年的種子數量不多，各地方官府都咬緊牙關希望能多要來一些種子。各地送往京城的奏摺八成都在哭訴，但不夠也沒辦法，總量就只有這麼多。

同年九月，「番薯」和玉米的畝產量達到了讓大恒人震驚的程度。

愈來愈多的人將之視為神仙賜予聖上的食物，只因聖上愛國愛民，勤懇仁厚，將大恒治理得條條有理。

長生牌豎起，廟宇之中百姓踏足。上香時誠心誠意，只想著讓聖上長命百歲。

能吃飽的百姓愈來愈多，百姓們心中感慨萬千，想要感恩聖上讓他們吃飽了肚子，但他們什麼也不懂，只能去求佛祖神仙，想要聖上身體安康，只要聖上長久了，盛世也就長久了。

上元節那日，顧元白同薛遠低調出了宮。

人影晃晃，他們二人走在其中。時光好似沒有在顧元白的臉上留下痕跡，薛遠看著他的時候，偶爾也會閃過幾分複雜的神色。

顧元白的展眉或是微笑，仍然像是閃著細碎的星光。花燈比不上半分，草木甘為陪襯。他愈發霽月清風，但大了他兩歲的薛遠，卻已經開始認識到時光的殘酷了。

「怎麼這般看我？」顧元白含笑抬頭看他，揶揄道，「傻子。」

薛遠不由抬起手勾過他鬢角的長髮，綢緞髮絲從手中劃過，薛遠眉間閃爍，良久才道：「我曾在北疆日連那的地盤上留下一份東西。」

顧元白好奇，「什麼？」

薛遠搖了搖頭，去牽住他的手，「等你發現的那日就知曉了。」

顧元白莞爾，與他緩步在燈影之中走動。

薛遠一身玄袍，讓他近年來愈發沉下去的氣勢更加逼人。他陪在顧元白的身邊時，就像是心情不虞的大老爺在陪著自己那人人覬覦的寶貝。

顧元白一想，不由笑得更深，他側頭看著薛遠。這個世界無疑是眷顧薛遠的，即便他的眉間已經有了深深皺眉帶來的嚴厲皺褶，但他仍然俊朗，挺拔。時光給他帶來的不只是年齡，還有沉積下來的風采。

濃茶散發香氣，寶劍脫去劍鞘上的華光。本質悠長的滋味更盛，已經不需要其他的東西去做無用的青枝綠葉。

顧元白看了看天色，算了算時辰。

等他們二人走到橋上時，京城的四處忽而升起了數百盞孔明燈。這些燈光暖黃如星，霎時之間成了一條四散的星河。

橋下響起驚喜的歡呼和讚歎，人人抬著頭去看漫天炫亮的孔明燈，繁星點點，人生百幕，這一幕從眼睛映入心底，打下一道道深入記憶的光。

薛遠也在驚訝地抬頭看著孔明燈，顧元白忽地咳了一聲。薛遠瞬息低下了頭，著急朝他看去。

顧元白的唇角帶著絲絲縷縷歡喜的笑，察覺他的視線後，才含笑回頭道：「今夕何夕，見此良人。」

薛遠頓住，眼中只有了他。

顧元白抬手，溫柔地在他眉心點了點，「北風其涼，雨雪其雱。惠而好我，攜手同行。」北風來得冷，雨雪下得大。承蒙你將如此多的情意放在我身上，我願與你牽手一起走下去。

顧元白知曉薛遠已經等這句話等很久了。

而他們也在一起十五年了。

時光緩慢，但驟然回頭去看時，卻發覺快極了，快到過去的那十五年的時光，與彼此的快樂回憶占了絕大部分。

若不是薛遠一年比一年的愛他濃重，以顧元白的多疑性子來說，他不會相信原來世上真的會有這樣濃烈又純粹的愛意，有這樣數年如一日的堅持。

他笑著催促，「說話啊。」

薛遠有些僵硬，長久未曾有過的手足無措再一次地降臨到了他的身上，他張開嘴，舌頭卻開始打結。

聖上的雙眼，比背後的孔明燈還要明亮。

薛遠艱難捋直了舌頭，磕磕巴巴道：「我一直在牽著你。」

顧元白低頭看看兩個人的手，薛遠下意識握緊，顧元白笑了，「那就牽好了。」

番外四

顧然少年老成，自小就已對許多事看得格外通透。

他的生父乃是瑞王爺的么子，瑞王爺年紀大了，家中兒女成群孫兒遍地，他沒有精力去管教幼子的一舉一動，顧然的父親便長成了成日裡花天酒地的庸才。

顧然自小便聰慧，他也想同父親親近。但父親一次次的荒唐行為卻徹底讓他小小的心寒了下來。母親誕下他而死，父親不看重他，顧然慢慢便沉默了起來，養成了不出風頭、不展露人前的性子。

顧然雖不受注重，但他卻並不難過。他喜歡看書，府裡的先生才華橫溢，雖教導他們這些小孩的東西不深，但顧然卻好似天生就會讀書一般，《千字文》不過兩遍便記了下來，但他沒有跟旁人說，只是試著開始看起一些簡單的書籍。

有次兩位先生相伴而來，他們看上去很激動：「北疆大勝……將軍凱旋……」

顧然有些好奇，他不出聲地在窗口邊聽著廊道上的先生對話，這是他第一次聽到聖上的事蹟。聖上和他父親完全不一樣，年紀輕輕已皇威遠揚。先生們討論聖上的口吻恭敬、畏懼，但又崇敬，顧然漸漸地在心中想到，聖上好厲害啊。

顧然慢吞吞地下了學，開始期待著第二日還有人能接著講講聖上波瀾壯闊的故事。

但這樣的機會實在太少，他還是主動去找了先生，在先生驚訝的目光之中坐在了一旁，仰著臉問道：「先生，聖上……」

先生便滔滔不絕了起來。

這一年，顧然活潑開朗了許多，厲害的人總會激起旁人的一腔熱血，即便顧然是個小小的孩童，也不免嚮往起親眼看一看聖上的英姿。

這個機會很快就來了。

宮裡派來了太監，在各宗親府中挑選孩子送到宛太妃身邊討巧。顧然向來對這種出風頭的機會能避就避，但等知道宛太妃便是聖上的母妃之後，他想都沒想地就站了出來，跑到了宮中來的太監面前，認真地道：「我會泡茶，會穿衣，會認字，我可以給太妃念書。」

太監訝然看著他，隨後當真讓人拿來了一本書，顧然一字一字照著讀了，不認識的字便坦然道：「我見過就不會忘了。」

身旁的瑞王爺重新將目光放在這個小孫子身上，好像頭一次認識顧然那般。

顧然平日裡低調，好像偌大的瑞王府沒有這號人一般。但他也大膽極了，想要什麼便出手，無論是問先生還是跑到宮中太監面前，旁人從他身上看不到一絲膽怯和羞意。

他只知曉去做，只餘從容二字。

顧然果然被帶往了宛太妃身邊，與他同行的還有五個孩童。宛太妃是聖上的母妃，顧然尊敬她，敬愛她。既然來到宛太妃身邊的目的是為了照顧宛太妃，那麼顧然自然要做好自己的本分。

他為宛太妃讀書，這是幾個孩童中沒人能比得過他的一點。這幾個孩童自然聰慧，但卻沒有顧然堪稱過目不忘的本事，太妃也因此而記住了他，時常看著他笑著與身邊貼身的大宮女道：「皇帝也愛讀書，前些年的時候，宣政殿的燭光日夜不滅，還得我去叮囑才能得以有片刻休憩。」

顧然悄悄豎起耳朵聽話。

大宮女笑了一下，道：「聖上愛書便淵博，天下被治理得如此繁華，也不枉費咱們聖上的一片心血。」

宛太妃的神色閃過思念，顧然心道，太妃既然想念聖上，那又為何不見見聖上呢？

宛太妃也說道：「我也想見一見皇帝了。」

大宮女為難地低頭，在宛太妃耳邊說了什麼。宛太妃怔怔，片刻後笑了起來，「妳說得是。」她收起了思念，但眉眼間的神情卻更加難過，只壓在心底不說。顧然看了一眼大宮女，繼續低頭讀著書。

接下來一天天的，不知從何時開始，宛太妃的心氣好像徹底沒了，身子散發著腐敗與枯萎的味道。等她開始躺在床上後，那大宮女終於慌亂地派人去通知聖上了。

宛太妃厲聲道：「不准！」

但她的聲音太過微弱，只有顧然聽見了。顧然看著滿屋的人腳步匆忙，於是從凳子上下來，平靜地道：「太妃說不准派人去。」

屋裡猛地靜了下來，大宮女前來勸道：「娘娘，您不想瞧一眼聖上嗎？」

她說了許多，宛太妃心底的渴望迸發。她不由自主地點了點頭，那沒有顏色的容顏上好像也有了生氣。

顧然卻不知為何有些悲傷。

聖上很快便趕了過來，這是顧然第一次見到聖上。聖上風塵僕僕，顏色憔悴，顧然忽地激動起來，他大聲道：「皇叔來了！」

聖上匆匆在他身上瞥過一眼，便衝進了房屋之中。

哭泣、悲戚、逝世、驚慌。

那段日子昏沉得不見天日。

顧然被接到瑞王府中，瑞王問他聖上現今如何。顧然看到聖上暈過去了，但他卻是低頭，冷靜道：「孫兒不知。」

聖上現在的情況不能讓其他人知曉。

瑞王爺沒說什麼，只是再次探究地看著顧然。顧然面色不動，心底卻是忐忑，良久之後，瑞王爺揮手讓他走了，顧然踏出房門時，好像聽見瑞王爺在同身邊的人低聲說道：「此子不同尋常……」

顧然身在府中，不知曉外頭的消息。府中的一些小子嫉妒他被挑選到宛太妃身邊的殊榮，一次次的拿些不入眼的手段來煩顧然。顧然不在乎這些，他只是有些擔心聖上。

聖上醒來了嗎？宛太妃下葬了嗎？

又過十幾日，罩頂的陰雲忽地被烈日驅散，瑞王爺派人來找了顧然，他在顧然面前哈哈大笑，痛快地拍著大腿，「王立青啊王立青，你總算死了！」

顧然靜靜地聽著。

瑞王爺目光灼灼地盯著他：「聖上昏迷數日的事你是不是知道？」

顧然頓了頓，耷拉著眼皮，還是那樣的語調：「孫兒猜到了。」

瑞王爺定定看著他好久，開口同顧然說了聖上將計就計逼出黑手的一事。顧然聽完後不禁露出了笑，這就是聖上啊。

顧然從來不覺得自己特殊，也並不覺得自己討人喜歡。但同其他人被領著進宮，隱約知曉聖上要做什麼之後，他卻後悔起自己不討人喜歡的這一點了。

宮中規矩嚴苛，但聖上對待他們這些小童卻很是寬容。顧然在這兒還和因著北疆一戰而聞名天下的薛將軍薛遠說起了話，這將軍看著嚇人，說起話來卻是還好。尤其是說到聖上，薛將軍眼底的自豪和喜意遮掩不了，顧然喜歡一切喜歡聖上的人，他尊敬這位將軍，只是覺得薛將軍說話好像有幾分深意似的，他聽不懂。

那之後，便是如同夢境一般，顧然被聖上帶入宮了。

顧然暈暈乎乎，他不是為了自己被聖上選中而高興，但也是為了自己被聖上選中而高興。這其中說起複雜，心中的雀躍只想著：全天下最厲害的人，就要成為他的父親了？

這個人要成為他的父親了！

從此聖上便成了父皇，父皇待顧然極好，顧然也從沒有好好地給人做過兒子。聖上學著做一個好父皇，他就學做一個好兒子。

一次，顧然夜中做起了夢，他又夢到自己回到了河北避暑行宮，見到了大宮女勸解宛太妃壓住思念的那一幕。他不由走到兩人面前，耳朵靠近，聽到了大宮女說的話。

大宮女說：「聖上萬般忙碌，行宮與京城只數日便可來回。聖上身體不好，若是當真思念您自然會來。但若是不來，您這想念只會成為聖上的擔子，您不說，才不會讓聖上勞累。」

宛太妃沉默地收起了念頭。

顧然心中一股怒意升起，他在一旁大喝宮女：「大膽！」

但這一聲剛說出來，他便從夢中驚醒了。顧然驚慌失措地去找了父皇，同聖上說著自己夢中的事情，說一說那個大宮女的古怪。

聖上的神情緩緩變了，他壓抑地握緊了拳頭，幾分痛苦和悲哀顯露，「然哥兒，父皇知道了。」

但顧然卻覺得父皇早就知道了。

他被宮侍送出了宮殿，薛將軍同他一起走了出來，口氣冰冷道：「你讓他難過了。」

顧然茫然抬頭看他。

薛將軍低下頭，那雙沉如深潭的眼眸好似能吞噬人心，他警告道：「下不為例。」

顧然看事通透並不是胡說。從這一日之後，他便隱隱約約從父皇同薛將軍的身上看出了什麼。等父皇他們長久的征戰西夏回來之後，這樣的隱約感覺變得更為明顯。

薛將軍對父皇來說是特別的。

父皇對薛將軍來說是唯一的。

時間愈久，他們之間的獨特便愈發彌久留香，顧然想通之後，遵循父皇的意思，將薛將軍看做母妃而待。

只是薛將軍每次看到他一臉孝順的樣子總會表情扭曲幾分。

「殿下，」身旁的小伴讀跑過來，白嫩嫩的臉上是糕點上的殘渣，「您又在想什麼了？」

顧然回過神，平靜地道：「議哥兒，你怎麼這麼能吃。」

褚議乖乖放下了手中的東西，拿著手帕擦過手臉，「回殿下，今日是侄兒過來講學，我怕侄兒餓了，才去送了糕點，只是侄兒不吃，我就給吃了。」

顧然無奈地歎了口氣，目光從褚議的身旁往前方看去，正對上名士褚衛的眼神。

褚衛同他行了禮，顧然禮貌點了點頭。

褚議小大人一般地歎了口氣，「侄兒愈來愈不喜歡說話了。」

顧然若有所思。

小孩子總是長得格外地快，薛將軍重走絲綢之路回來時，顧然已經像是抽條的綠柳，一下躥得老高，等到番薯和玉米遍佈全大恒時，顧然已經快要立冠了。

身邊的伴讀也跟著長大，開始入仕為官。這成長的一路上有諸多的誘惑和坎坷，可父皇將顧然保護得很好，顧然的心性也非一般地堅定，天家無親情，那也只不過是那些人不是他的父皇。

但過分的是，等他立冠之後便被扔去了監國，眼睜睜地看著薛將軍將他的父皇拐到了北疆去。

父皇和薛將軍在北疆待了三個月，等回京的時候，父皇似笑非笑，薛將軍面色卻是難看又僵硬。

顧然請安時，偶然聽到了父皇和薛將軍的對話。

「薛九遙，你說的那份大禮呢？」

父皇哼笑了一聲，逗趣的意味濃重：「自己放的地方自己都找不到了，偌大的一個草原，你埋東西的時候都不想一想。」

薛將軍悶聲道：「反正那片都已是聖上的地盤，東西就埋在聖上的土地之下。」

父皇笑開了。

薛將軍在外，是高深莫測喜怒難辨的樞密使。對著父皇卻永遠像是年輕的毛頭小子，顧然笑了笑，走出了宮殿。

這次父皇和薛將軍外出前往北疆，並不是為了玩樂，而是因為北疆契丹出了內亂，父皇等這次的內亂已經等了許久，在遊牧人的地盤上興建學院傳教他們大恒話，用互市的繁華來提供遊牧人一切想要的東西，這一切的一切，註定了遊牧民族的今日。

大恒出兵，整治了因為內亂而混戰的邊關，大恒的騎兵一掃雪恥，讓遊牧人好好見識到了這些年來大恒的成長，隨著勝利連連，遊牧民族開始有人投降。

父皇所說過的話一個接一個的實現，可是腳步從沒有放緩。他曾跟顧然說：「我還有許多想要做的事，但很多卻做不完了，這些事需要交給你，然兒，望你不要讓為父失望。」

顧然行禮躬身，鄭重道：「兒子曉得。」

父皇曾經說過，要讓扶桑付出代價。

要讓扶桑說大恒的話，以為自己是大恒的人，要讓王先生後悔，成為他們扶桑人唾棄的罪人。

顧然記得這個，父皇若是沒有做到，那麼他會接著做下去。

§

顧然娶妻生子之後，顧元白開始琢磨起退位的事情了。

皇帝當久了對誰都不好。顧元白身子骨不行，更需要在年紀大了之後好好地養上一養。顧然已有賢名，他是一個很好的接任者。

但退位的決定，並不是那麼好下。

站在權力巔峰幾十年，說一不二幾十年，驟然要將位置拱手讓給年輕人，顧元白也有一些不捨與悵悵。

但他已經掌權夠久，到了該放手的程度了。

顧元白開始做起了準備，他相信自己，卻不是決然相信顧然。他需要在退位之前將皇權壓低，抬高文官集團和武官勳貴的權力，使其和皇權三方平衡。若是以後的皇帝不是一個好皇帝，那過度集中的皇權只會對大恒造成災難。

政事堂、樞密院和監察處同樣需要整改，制衡一道已經融入了顧元白的骨血之中，就像呼吸吃飯一般自然。

他需要考慮的太多，一個國家換了主人的事情也太過重大，等一切塵埃落定的時候，時間已經過去了兩年。

顧元白已不年輕了。

但他卻像是醇香的美酒，仍然動人、溫和。長久的身居高位讓他的一舉一動都帶有說不出的尊貴和威儀。

這樣舉手投足的大氣，絲毫不因時光的流逝而褪去半分。

這一日，顧然和薛遠一同從外走來時，便見到書房緊閉，田福生面色古怪地候在書房之外。

薛遠上前，就聽到書房內的聖上冷聲道：「給朕滾！」

田福生低聲：「是新一任的狀元郎。」

兒，他突然歎了口氣。

薛遠靜靜地朝他豎起了手指，田福生噤聲。

田福生老了，聽不清書房內的內容，但薛遠還能聽清。

薛遠側著耳朵，鬢角處染上幾分白霜。他長久不露聲色的面容已經激不起波瀾點滴，但過了一會兒，他突然歎了口氣。

他上前推了推書房的門，光亮從門縫中穿過，散落的灰塵在光線中沉浮。

藉口有秘事稟報的狀元郎正在焦急得同聖上表達著心意，濃郁的愛意讓他甚至忘記了生死，直到身後推門聲響起，才把他拉回了現實。

薛遠從門縫中進了書房，又輕輕把門闔上。

顧元白坐在桌後，面上滿是怒容。薛遠的視線仔細地從他身上掃過，確定他全然無事，才移到狀元郎的身上。

狀元郎紅著眼睛瞪著他，嫉妒和火氣交雜，狠狠道：「逆臣！」

聖上若是都能看上薛遠，又為什麼不能看上他？

狀元郎年輕俊朗，除了官職大小外自認不輸薛遠。聖上退位後就要同這位樞密使大人同遊山水，這一次面聖有可能就是人生之中最後一次見到聖上的機會，滿腔愛意再也忍不住，寧願死也想要聖上看一眼他。

薛遠被罵了一聲「逆臣」，他還未說什麼，聖上手邊的茶碗就已被扔出，重重砸落在狀元郎的身上，「滾下去！」

狀元郎的表情痛苦猙獰，他含恨看著薛遠。

薛遠已經很少親自動過手了。

他在官場之中練就了一副永遠面不改色的神情，該笑則笑，看起來很是風度翩翩，是個好說話的君子。但骨子裡的暴戾從未從他身上離開，他仍然會暴怒，會用殘忍的手段出口心中的惡氣。

在聖上面前，薛遠沒有動狀元郎，他笑看著他被宮侍帶走。等下值之後，他便回了府，端坐於書房之中派人請狀元郎前來。

狀元郎來了，薛遠抿了一口茶，撩起眼皮指了指對面的位子，「坐。」

昏暗之中，他鬢角的白霜都已被遮掩。只剩下高大的身形，如同一座高山那麼巍峨。

等狀元郎坐下來之後，薛遠便笑了笑，起身走到狀元郎身後，掌著他的腦袋狠狠往桌角上撞去。

一下又一下，狀元郎的慘叫聲無人理會，鮮血崩了一桌，從尖角流了一地。

過了很久，薛遠才歎了口氣，自言自語道：「你該高興，你碰到的不是幾年前的我。」

當日狀元郎一身鮮血，被人抬進了馬車之中後後門送回了府。

薛遠做事早已不漏破綻，但這次他卻故意漏了些馬腳，借此警告那些想要打他聖上主意的人。

從始至終，都沒人能越過薛遠走到聖上身邊。

顧元白聽完這個消息後倒是笑了，夜間與薛遠相擁，取笑道：「多大的人了，竟然還跟個醋桶似的。」

薛遠輕輕在他頭頂落下一吻，歲月靜好地摟著他，「我已生出白髮了。」

顧元白即便是被時光所愛戴，但也不可避免的有了幾根月光鍍過的銀絲。

薛遠勾起他一根銀絲，與自己的交織在了一起，「都已相伴到如此，哪裡還能容人插入？」

顧元白雙眼一彎，不置可否地笑了起來。
他在心中悠悠地想。
一輩子啊，就在大恒過去了，挺好的。

番外五

春四月，楊絮飛揚。

薛老將軍初春受了寒氣，臥病已有一月。老將軍年已老邁，又兼薛遠在朝中大放異彩，他已有休致之心，準備從朝堂下來給兒子讓路。

從四月初起，薛老將軍便上書兩次告歸，均已被聖上駁回。前不久，薛老將軍第三次上書告歸，言辭懇切情深義重，聖上歎了口氣，親自駕臨了薛府，看望長病不起的老臣。

關注著這事的人心中知曉，這回薛老將軍應當就能致仕成功了。

聖上親至，榮譽非同尋常。一大早，薛府眾人就恭候在薛府門前。

聖上今非昔比，早也不是當年被權臣掌控的小可憐，而是鎮住萬里江山的定海神針。這幾年以來，除了獻上標點符號的太傅李保逝世時聖上親臨之外，再也沒有其他臣子有這般的殊榮。

薛府上到薛老將軍，下到打掃奴僕，俱都心中喜悅自豪。

在人群之中，有一道坐在輪椅上的影子。

此人面色是經久不見天日的蒼白，身形瘦弱的無一絲男子氣概。但那雙眼眸卻極深，深得好似波濤不動。

手握滔天大權的攝政王薛遠，從來沒想到自己竟然會有在廢物薛二身上醒來的一天。

身邊的家僕低聲道：「二公子，聖上來了，您還得屈身彎腰。」

薛二公子平日裡對聖上的態度可謂是害怕至極，猶如老鼠碰上貓。他曾被聖上嚇過兩次，在他面前提「聖上」兩個字就如同嚇唬小童時說「夜中哭鬧就會被閻王爺帶走」一般威懾。

但今日的薛二公子卻不一樣，他已經整整三日未曾說過一句話，現在甫一說口，嗓音就像是壞了一般喑啞難聽，「聖上駕臨，是應當行禮相迎。」

他又緩緩笑了，「只是今日身有不適，背上的骨頭疼得很，怕是彎不下來腰。」

僕人一瞧，是了，薛二公子何時會將背挺得如此直？他快步走到夫人跟前，低聲說著二公子的不適。

薛夫人臉上的喜悅之情變淡了些，側頭朝薛二公子看去。薛二公子正定定地看著她，好似許久未曾見過她一般。

薛夫人心中疑惑，但卻突然心中一軟，對僕人道：「那就扶二公子到後面去，見過聖上便下去休息。」

僕人將薛二公子推到人群最後方，剛剛站定，聖上的鑾駕便駕臨在了薛府門前。前頭的人恭敬的彎下腰，特別是奴僕們，幾乎要頭著了地。

薛二公子雖然坐在輪椅上，人又在最後，卻反而在這時目光直視，看到了那輛皇帝乘坐的鑾駕。也看到了另一個自己。

薛遠一身官袍，颯爽翻身下馬，逕自走到鑾駕跟前彎身抬手，「聖上請下。」

周圍的御前侍衛衣袍整齊，精神抖擻，黑甲禁軍跟隨在外側，雙目炯炯提防四周。

薛二公子目光在另一個自己身上沉沉看了幾瞬，身姿、樣貌俱是他的樣子。但這盡職盡責對著皇帝效忠的模樣，真是讓他覺得荒唐可笑。

皇上未死，盧風之禍尚未危國，宦官之亂未曾霍亂朝綱，什麼都沒有發生，薛遠也沒有造反。

這裡的一切讓他陌生至極，他難以想像，這裡的自己怎會對著皇帝效忠，成為連躺在病床上不見天日的薛二也知道的一條皇帝腳下忠心耿耿的狗？

鑾駕打開，明黃色衣袍打了個滾，聖上遞出手，被薛遠扶著小心而下。

薛二公子從聖上的手上往上，毫不顧忌地直視聖顏。

聖上龍袍繁複，初春的日子也披了一道深色的大氅，他眉目溫和又暗藏鋒利，唇角微勾，正是一副愛臣如子的尊貴模樣。

薛二公子直直看著，從聖上的指尖看到聖上的髮上梢。

年輕又嬌弱，手段了不得。

薛老將軍被扶著行禮：「聖上萬安，得聖上駕臨，臣萬死足矣。」

顧元白扶起他，笑了笑，「這話薛卿不可再說。」

薛二公子還在看著聖上，身邊的奴僕卻推著他悄聲退下，「公子，咱們先行去休息。」

攝政王眼眸一沉，卻沉默地由著奴僕推動輪椅。

在他的記憶裡，皇帝勢弱，盧風可從來沒把薛家父子倆從邊關召回京城。薛二的腿他也沒打斷過，他是直接手起刀落要了薛二的命。

這輩子一切的不同，都是從這個本該早病死的皇帝開始。

薛老將軍果然提出告歸一事，顧元白瞧著他已兩鬢髮白的髮絲，歎了一口氣，終於准了奏。

看望完忠臣，顧元白便讓眾人在身後遠遠跟著，徒步和薛遠在庭院曲徑中漫步走著。

行到半路拐角，薛遠突然咳了一聲，提醒道：「聖上。」

顧元白彎唇，「還以為你能忍到多久呢，連兩刻鐘都還未到。」

薛遠略有些委屈，「您早上可不是這樣說的。」

顧元白忍不住一樂，拉著他走到一座假山後站定，讓宮人在遠處莫要上前，就推著薛遠靠在了假山上。

薛遠站得筆直，顧元白抬起雙手勾住他的脖頸，主動送上了吻。

會哭的孩子有糖吃，薛大人明裡暗裡地想要讓顧元白主動，顧元白就讓他瞧瞧什麼叫二十一世紀的男友力。

親軟他的腿！

這個志向高遠，奈何薛大人不是那麼好腿軟的，顧元白逐漸沉浸在唇舌交纏之間，在薛遠忍不住扣上他的腰時，顧元白精準攔住了他的手。

「你不能動，」哼笑，「不是想要主動嗎？今個只能我動你，你不能動我。」

薛大人面色一變，脫口而出：「還能這樣？」

顧元白笑迷迷地點了點頭，又作勢要解他的衣衫。薛遠難得有些扭扭捏捏，看了看四周，「聖上，在這不好吧……」

一邊說，一邊飛速解著自己的腰帶。

操。

顧元白哈哈大笑，他放開薛遠，撐在假山上笑得停不下來，「薛九遙啊薛九遙，你怎麼這麼可愛。」

薛遠腰帶都解到了一半，見又被耍了，也不生氣，直接用腰帶纏上了顧元白的腰，把他勾在懷裡，「耍我好玩嗎？白爺，我得欺負回來。」

他正要靠近，天邊卻有一身悶雷炸起。顧元白噗嗤一聲，「聽見了沒？老天爺都讓你別動。」

薛遠歎了口氣，還是上前親了一口再放開，為顧元白整理衣衫，兩人一同回程，怕有雨落下。

果不其然，片刻後春雨落下，薛遠將顧元白抱起跑到了最近的一處院落，「聖上在此等待片刻，我去帶人拿些雨具來。」

顧元白從懷中抽出手帕，細細擦掉他臉上雨滴，笑著道：「去吧。」

薛遠腳步匆匆地帶著人走了，顧元白走到廊道上看著春雨，不知多久，突然聽到木輪滾動之聲。

顧元白側頭，看到坐在輪椅之中緩緩前來的薛二公子。

薛二公子的肩上也落下了雨水，好似剛從雨中而來。

顧元白瞥了他一眼，剛剛被親吻過的薄唇微紅，像是綠意春雨中的花苞，「這院子是林哥兒的住處？」

薛二公子餘光從他唇上一掃而過，低頭笑了笑：「正是，草民見過聖上。」

攝政王從外一路跟了進來，在密林之後，他瞧見了皇帝與另一個自己親暱的模樣。

他驚愕極了，幾欲不信那人會是自己。

攝政王半生不近美色，瞧見男人女人都覺得膩味。褚衛顏色已經極好，但再好也是個男人，攝政王與褚衛是夥伴，不是床上發洩欲念的玩物。

薛老父親三代忠良，無法接受他掌政，父母以死相逼，淚流滿面，他只好托詞自己有龍陽之好，與褚衛正是一對，皆不會留下後代，如今掌權不過是剷除奸邪，穩住顧氏天下。

這樣的流言傳出去之後，反而讓他更為方便地把持了朝政。

好像攝政王是龍陽之好，就不會威脅到皇位似的。

攝政王覺得有趣，倒是想瞧瞧這些人知道他不是龍陽之好的樣子。但他怎麼也不會想到，「自己」竟真的會有成為龍陽的一天。

且還那般急切，親個嘴都像是要了命，他哪裡會這麼著迷風月？

「嗯，」顧元白淡淡應了，讓人搬來了竹椅，「無事就回房待著去，瞧你在朕面前也不自在。」

薛二公子轉著輪椅過去，突然道：「聖上，草民前些日子從道士手裡買到了一本看手相的書，若是聖上不介意，草民斗膽想要給聖上看看手相。」

顧元白轉過頭，微微瞇起了眼睛，審視地看著他，「你今日有些不對。」

攝政王勾起一抹古怪的笑，朝他伸出了手。

這一隻薛二的手臂。

皮肉鬆垮，枯黃無力，沒有絲毫強勁的肌肉。

顧元白低頭看著他的手，攝政王含笑看著他，手堅持地抬著，這具廢人皮囊維持不了長久的姿勢不動，手臂已經不自然地顫抖起來，但薛二面上卻很輕鬆，好像手臂的顫抖和痙攣和他沒有任何關係。

「來人，」高高在上的皇帝轉過了頭，不容置喙，「將薛二公子帶房裡休息去。」

聖上身邊的宮侍上前，強硬地要帶他離開，攝政王歎了口氣，收回了手。但在宮人推動輪椅的剎那，薛二公子卻倏地往左側一倒，在宮侍驚呼聲之中重重摔落在顧元白的腳旁，那木做的輪椅摔壞了木輪，零碎的瑣件順著走廊滾落雨水之中。

混亂之中，薛二公子握上了聖上的手，匆匆一瞥他手心之相。

很快，他便被人扶起抬走，地上的東西一一被清理乾淨，顧元白抬起手，若有所思。

而被抬著回房的薛二公子捂住了臉，好似是覺得自己丟大了人。

「二公子，」家僕道，「小的去給您叫大夫，您今日還是別出去了。」

薛二公子放下手，笑吟吟道：「滾出去。」

明明是一副短命之相，問題果然是出現在這個皇帝的身上。

薛遠帶著顧元白回到了自己的房中，顧元白沉思了一路，「九遙，你弟弟不對勁。」

薛遠沉下臉，「他冒犯你了？」

顧元白手指敲敲膝蓋，「算不上，罷了，讓人將他叫來。」

片刻後，薛二公子冒雨前來，他身後的奴僕撐著把油紙傘，但風雨還是將他膝前衣衫打濕，顯出幾分狼狽。

他膝上還放著一副白玉棋盤。

顧元白讓人擺上棋盤，薛遠陰著臉站在聖上身邊，目光一遍遍從薛二公子身上掃過。

確實不對勁，往常的薛二被他掃上一眼都能尿了褲子，可不是現在這副從容樣子。

顧元白執白子，薛二公子執黑子，兩人皆不說話，等落下五六子之後，薛二公子突兀道：「草民到底是看了聖上的手相，匆忙之下難免看錯，否則又怎麼會是短命之相？」

顧元白巍然不動，薛遠卻已一腳將薛二踹到了地上，面上卻好聲好氣，「弟弟，你怎麼連坐都坐不穩？」

薛二公子吐出一口帶血的口水，撐著地上坐起，「弟弟一見到聖上就抑制不住仰慕之情，激動之下——」

薛遠又是狠狠一下，薛二公子呼吸沉重，眼中泛著駭人血絲。

薛遠蹲到他面前，輕佻地拍拍他的臉，又笑道：「林哥兒，再說錯話，大哥都護不住你。」

薛二公子也笑了，「護好你他娘自己那二兩肉吧。」

顧元白歎了口氣，頭疼，「薛遠。」

薛遠收斂神色，風度翩翩站起身，顧元白朝他笑笑，柔聲，「我想吃梅花糕了。」

薛遠緩和，「我去吩咐。」

等他走了，薛二公子才又抹去自己臉上的血，又戾氣深重地低罵了兩句，突然自言自語，「『我』竟然這麼寶貝他。」

不敢置信，另一個自己竟然會因為這一句話暴怒。

吃醋？

他竟然還會吃醋？

顧元白打個手勢，侍衛長上前扶起薛二公子坐在了聖上對面，繼續下著棋。

薛二公子一雙黑眼珠死死盯著顧元白，好像第一次見到他一樣。

顧元白道：「你下棋的路數是薛九遙的路數。」

他執起白子，放在黑子的致命之處，眼皮撩起，銳利逼視薛二，「你是誰？」

他的目光好像是利劍，是要命飛來的箭矢。

攝政王在這種目光之中竟然渾身發熱，直覺告訴他要是一個回答不好就會被這位帝王奪走性命，可偏偏就是這樣，他的神經反而從頭皮開始戰慄，興奮得蠢蠢欲動。

「聖上，您得先告訴我，薛九遙是不是您的男人？」他勾起一個怪異十足的笑。

顧元白面無表情看他。

薛二公子輕佻地朝他吹了個口哨，「您想要知道臣是誰，其實答案很簡單。」他換了自稱，雙臂撐在棋盤上，強行拖著殘廢的雙腿探過身，幽深眼眸愈近，壓低聲音道：「臣名薛遠，是您另外一個男人。」

§

淡色的唇就在眼前，攝政王本想逗弄逗弄這個皇帝，想瞧瞧年輕帝王愕然驚怒的神色。哪裡知道自己卻先出了神，他最後定定地看了一會兒，閉上眼，試探上前。

另一個自己親吻這張唇的神情他還記得，究竟是怎樣的珍饈美味，竟會讓他如此喜歡？是甜的，還是香的？唇舌交纏，難不成不嫌髒嗎？

但他還沒碰到唇，整個人就已被掀翻在地。全身上下開始泛起痛感，攝政王呼吸間稠黏熱氣噴出，血腥味從喉嚨衝到口間，「您身邊的狗真是一個比一個忠心。」

侍衛長警惕地看著他，劍已出鞘擋在身前。

攝政王咳嗽了幾聲，血沫從嘴裡溢出，他擦了擦嘴角，竟然悶笑開來，「我都已好久未曾受過傷了。」

他的一舉一動都給顧元白難以明說的熟悉感，結合他先前所說的話，顧元白已經有了一個荒唐想法。他讓侍衛長退下，親自起身走到薛二的身邊，居高臨下看他。

想要透過這層皮囊來看清裡面的靈魂。

「出去。」良久，顧元白下了命令。

屋中的宮侍依言出去，甚至貼心地帶上了門。顧元白撩起衣袍，彎身掐住薛二的脖子，「你剛剛是在做什麼，想親朕？」

攝政王誠實地道：「我原本是想的。」

顧元白冷笑一聲，手下用力：「你是個什麼東西。」

「睡你的東西，」攝政王壓低嗓子，「美人剛烈有趣，別有風味。」

顧元白冷眼看他，已經在薛二的脖子上掐住一道痕子。攝政王呼吸不暢，又接著說道：「但現在不想了。」

脖子上的手頓住。

攝政王咧開笑，即便皮囊平庸，現在也透著幾分邪氣，「倒也不是不想，而是這副皮囊配不上碰你。」

他費力抬手覆上脖頸間的那隻手上，觸手溫涼，倒比他這個流了血的人還要體弱的模樣。

千金之軀，得需好好溫養。

攝政王的思緒飄飛了一瞬，他總算找到自己比這個世界的薛遠要好的一點了。至少他是萬人之上，手握江山萬里、珍寶無數，若說誰能讓人享用天下好物，那必然只有他。

若是溫養眼前之人，也怕是只有權勢滔天如他才有辦法。

攝政王的心情忽地有些愉悅，顧元白卻突兀問道：「若說皮囊，子護的皮囊豈不是最配？」

沒忍住，還是刺了一句。

這個人說自己是薛遠，雖然離奇了些，但顧元白卻下意識想到了原書中的攝政王薛遠。

顧元白擁有了他的薛九遙，擁有了薛九遙的現在以及未來，但偶然也會在意若是沒有他的存在，薛遠會同褚衛在一起的事。

一想到這件事就格外不舒服，但這件事還沒法說出口，因為根本就沒發生過。

攝政王眉頭一皺，難不成這皇帝占著「他」的寵愛時還對褚子護懷有旖念？

原本愉悅的心情沉下，「褚子護？」

「聖上，您還年輕，」攝政王好聲好氣地道，猶如長輩教導小輩，「不免會被皮囊所迷了眼，您或許覺得褚子護的皮囊配您，但依臣看，他卻不比薛九遙來得高大威猛。」
說著還歎了一口氣，「倒也無需念著那冰塊臉。」
一邊貶低著褚衛的容顏，一邊低調誇讚著自己。
攝政王不免在心中埋怨另一個自己。
怎麼連一個男人都制不住，還讓他有心去想其他的男人？
不聽話就身體力行的讓他聽話，綁住腿捆住手，這麼簡單的道理還不懂嗎？
顧元白一怔，隨即古怪地上下打量他，「你這話是什麼意思。」
攝政王悠悠道：「這天下除了薛九遙，約莫也沒人能配得上你了。」
顧元白聽明白了，他神色複雜地看了薛二一眼，將門外的人招了進來。
攝政王的目光追隨著他，想要在他身上找到能讓另一個自己愛上的點。看來看去，身子骨弱了些，容顏太過，雙眉倒是好看，唇色淡了些。
天下美人何其多，攝政王更是閱人無數，皇帝的樣子在他眼中無論怎麼看，都不免有些寡淡。
顧元白察覺到他的目光，側頭，雙眸投來。
好似黑白水墨漫上顏色，黑眸淡唇猛地迸入眼中，繽紛散在眼底，只留個活生生的他。
過了片刻，聖上已經走了出去，攝政王卻怔愣在原地，低著頭，無措看向自己胸腔。
顧元白在廊道裡站了片刻，出神了許久，遠處的腳步聲踏水而來，他抬頭一看，薛遠帶人正疾步如飛，身後人的手裡除了雨具之外還有膳食。

「怎麼在這裡站著？」薛遠大步走上廊道，衣擺下方已被雨水浸濕，「好黏人，走了這麼一會兒就想我了？」

顧元白朝他翻了個白眼，薛遠笑了兩聲，哄著，「我現在全身寒氣濃重，不好多靠近你。這雨估摸要下到入夜，這會也是午膳的時候了，你先趁熱用膳，我去換身衣服。」

顧元白好好地點了點頭，「不急這一時，等你換好衣服一起。」

薛遠壓下嘴角，佯裝鎮定地咳了一聲，「也好。」

他匆匆回房換好衣裳，回來牽著顧元白的手一同用膳。薛二緩緩爬上輪椅，轉著滾輪出了房門，靜靜看著他們逐漸遠去。

等到前方兩人身影不見之後，他才動身，慢騰騰地跟了上去。

薛遠正趁著餵飯的空偷偷佔著聖上的便宜，剛剛親了一口就看到了門外薛二不動如山看著他們。

薛遠與薛二對視了一會，薛二儒雅地笑了笑，說話卻粗俗不堪，「親得舒服嗎？」

薛遠沒有當即生氣，而是轉頭朝顧元白笑了笑，心底翻滾的煞氣藏得嚴實，「聖上，您先用著膳，臣去同臣弟說一說話。」

顧元白輕拍了拍他的手，「去吧。」

薛遠起身，笑著推著薛二的輪椅離開。一刻鐘之後，他又換了一身衣服濕氣濃重地趕了過來，身上的血腥味被洗得乾乾淨淨，不讓顧元白瞧出絲毫不對。

顧元白心知肚明，但也裝著不懂，他淡定地吃著飯，「九遙，過些時日你可要和我去拜祭宛太妃？」

薛遠鄭重：「好。」

§

從劇痛之中醒過神的攝政王下意識開始咳嗽起來，可咳了兩聲就覺到了不對。

外頭成群的僕從恭候，小心翼翼：「大人，可需要小的們進去伺候？」

房裡雕樑畫棟，薰香宜人。攝政王翻身下床，健壯的胸膛半裸，雙腿完好有力。

做了一場夢？

攝政王在原地站了半晌，淚燭晃動，在牆面上打出一道光影。

褚衛被邀進薛府時，便見到攝政王正在月下獨酌，桌上桌角已經是一片狼藉空壺。褚衛面色不變，走到桌旁坐下，也給自己倒了一杯酒水。

他與攝政王悶悶喝了好幾杯，攝政王突然道：「褚子護，先帝逝世得早，我只記得他叫做顧斂。」

褚衛淡淡地應了，「正是當今聖上的叔父。」

攝政王喝酒的手又頓住，良久才舉杯一飲而盡，「你可知道，若是他沒死，天下又是另外一副樣子，而我又是另外一副樣子？」

那個天下太平，沒有接受過磋磨。朝廷命官活得踏實，沒有在他手底下戰戰兢兢的模樣。

褚衛難得笑了，「大人這是還沒從夢中出來？」

酒水飲盡，莫名有些惆悵，攝政王摩挲著酒杯半晌，才道：「或許吧。」

還好只是個夢，還好夢中只有那短短幾日，不至於讓他沉溺其中。

攝政王站起身，抬頭看見明月，心中油然升起興致，高聲道：「明月昭昭，江水迢迢。」

念完這兩句，他卻突然卡了殼，失笑搖頭，拎起酒壺就走。

明月昭昭，江水迢迢，若是他當真心悅了一個人，定要給他如此多的喜歡。

高寶書版集團
gobooks.com.tw

FH015
我靠美顏穩住天下 4

作　　者　望三山
繪　　者　黑色豆腐
主　　編　吳珮旻
編　　輯　賴芯葳
校　　對　鄭淇丰
美術編輯　Vitctoria
內頁排版　賴姵均
企　　劃　方慧娟

發 行 人　朱凱蕾
出　　版　朧月書版股份有限公司
　　　　　Hazy Moon Publishing Co., Ltd
地　　址　台北市內湖區洲子街88號3樓
網　　址　gobooks.com.tw
電　　話　(02) 27992788
電　　郵　readers@gobooks.com.tw（讀者服務部）
傳　　真　出版部(02) 27990909　行銷部 (02) 27993088
郵政劃撥　19394552
戶　　名　朧月書版股份有限公司
發　　行　朧月書版股份有限公司
初　　版　2021年 12 月

本著作物《我靠美顏穩住天下》，作者：望三山，由北京晉江原創網絡科技有限公司授權出版。

國家圖書館出版品預行編目(CIP)資料

我靠美顏穩住天下 4 / 望三山作. -- 初版. -- 臺北市：
朧月書版股份有限公司, 2021.12
　冊；　公分

ISBN 978-626-95289-0-5(第4冊：平裝). --

857.7　　　　110014616